中國語言文字研究輯刊

二一編

許學仁 主編

第 1 冊

《二十編》總目

編輯部編

殷卜辭與人相關之
義近形旁通用研究（上）

陳冠勳 著

花木蘭文化事業有限公司

國家圖書館出版品預行編目資料

殷卜辭與人相關之義近形旁通用研究（上）／陳冠勳 著 --
初版 -- 新北市：花木蘭文化事業有限公司，2021〔民110〕
目 4+156 面；21×29.7 公分
（中國語言文字研究輯刊 二一編；第 1 冊）
ISBN 978-986-518-654-8（精裝）
1. 甲骨文 2. 研究考訂
802.08   110012595

ISBN-978-986-518-654-8

9 789865 186548

中國語言文字研究輯刊
二一編　第一冊　　　　　　ISBN：978-986-518-654-8

殷卜辭與人相關之義近形旁通用研究（上）

作　　者　陳冠勳
主　　編　許學仁
總 編 輯　杜潔祥
副總編輯　楊嘉樂
編　　輯　許郁翎、張雅淋、潘玟靜　美術編輯　陳逸婷
出　　版　花木蘭文化事業有限公司
發 行 人　高小娟
聯絡地址　235 新北市中和區中安街七二號十三樓
　　　　　電話：02-2923-1455／傳真：02-2923-1452
網　　址　http://www.huamulan.tw 信箱 service@huamulans.com
印　　刷　普羅文化出版廣告事業
初　　版　2021 年 9 月
全書字數　198792 字
定　　價　二一編 18 冊（精裝）　台幣 54,000 元　　　版權所有‧請勿翻印

《二一編》總目

編輯部編

《中國語言文字研究輯刊》 二一編　書目

《中國語言文字研究輯刊》二一編
各書作者簡介・提要・目次

第一、二冊　殷卜辭與人相關之義近形旁通用研究

作者簡介

陳冠勳，臺北市立教育大學中國語文學系碩士、世新大學中國文學系博士，師承於許進雄教授，研究方向為甲骨學、古文字學。著有《殷卜辭中牢字及其相關問題研究》、《殷卜辭與人相關之義近形旁通用研究》及古文字相關論文數篇。

提　要

本文以殷卜辭與人相關之義近形旁通用現象為研究主題，擇定二十字例，透過字義的分析、辭例的對比及頻次的統計，觀察諸字例是否確能相通。文章可概分為三部分，簡述如下：

首先，本文所研究的二十字例中，不能通用者有五例，包括：即（䖝、䖝）、鬼（䖝、䖝）、兄（䖝、䖝）、見（䖝、䖝）、妥（䖝），印（䖝）；暫定相通者二例，包括：競（䖝、䖝）、曼（䖝、䖝）；確定相通者則有十三例，包括：毓（䖝、䖝）、蔑（䖝、䖝、䖝、䖝）、妯（䖝、䖝）、艱（䖝、䖝）、夢（䖝、䖝）、得（䖝、䖝）、采（䖝、䖝）冓（䖝、䖝）鼓（䖝、䖝）、敗（䖝、䖝）、逆（䖝、䖝）、遘（䖝、䖝）。從上述字例，筆者將義近形旁通用的條件定義為「兩形旁之詞義含括範圍必須有交集之處，由兩形旁組成之異體字皆要合於其創意，且文獻意義相同，並考慮其時代性」，不可隨意言其通用。

其次，經過頻次的統計以整理殷商各期文字使用情形，發現甲骨文字確有

一定程度的規範性，惟各期用字情況不盡相同：第一期用字最為整齊，第二、四期則略遜於第一期，第五期異體字亦不多，特色是代表字與早期不同，而王族卜辭之用字規範則較同期之王室卜辭寬鬆。此一結論，與董作賓、許進雄先生對各期書體、鑽鑿之描述吻合，或可用以輔助斷代。並由此析出甲骨文字中所隱含之字樣觀念有二，即有因時制宜觀及用字道德觀。

最後，將甲骨文字中所隱含之字樣觀念運用於斷代上，除觀察字形外，仍需討論各期代表字與異體字之間的關係。若從字樣角度切入，第一期用字整齊，與王族卜辭多異體字、《花東》卜辭多晚期字形之情況不若，且武丁期政治規範力強大，王族卜辭、《花東》卜辭不應歸屬於此期，應斷定為晚期為妥。

目　次

上　冊

凡　例

第三至八冊　甲骨氣象卜辭類編

作者簡介

　　陳冠榮，國立東華大學中文所畢業，研究專長為甲骨文，曾任東華大學兼任講師，學術論著有：《甲骨氣象卜辭類編》、〈花東甲骨卜辭中的「霋」字與求雨的關係〉、〈《旅順博物館所藏甲骨》新見字形研究〉、〈讀《甲骨文詞譜》札記〉、〈甲骨氣象卜辭類編商榷〉、〈論殷墟花園莊東地甲骨中「⿰」字──兼談玉器「玦」〉等；參與部份編輯採訪、攝影提供之文學性著作有：《黑潮島航：一群海人的藍色曠野巡禮》、《遇見花小香：來自深海的親善大使》、《海有・島人》、《台灣不是孤單的存在──黑潮、攝影、歲時曆》、《海的未來不是夢》、《黑潮漂流》等。

提　要

　　高中時對於天文氣象甚感興趣，也曾隨臺大大氣系陳泰然老師撰寫專題報告，進入大學以後，則被古文字所吸引，但始終沒有忘記大氣科學，一直以來都在尋找兩者交互探討的可能性，因此博士論文便試圖蒐羅甲骨卜辭中與氣象相關的辭例，並試以現代科學的觀點予以詮釋。雖本文在材料的蒐集彙整未盡完善，辭例討論也不如預期，但中編（第三、四、五冊）及下編（第六冊）所收之辭例，或可做為未來氣象卜辭研究的基礎材料，以利增補修訂、考釋探討，這便是《甲骨氣象卜辭類編》為文的初衷。最後要感謝許學仁老師和魏慈德老師的指導，以及口試委員們的斧正，使得這本論文尚有些許價值，也因此才能

有機會託花木蘭文化事業有限公司出版本書。

本文題為《甲骨氣象卜辭類編》，即試圖以類編的體例，歸納分析甲骨文中的氣象類卜辭，聯繫甲骨時代橫向的天氣關係，以及商代社會文化與天氣的關聯。《甲骨氣象卜辭類編》共分上、中、下三編，上編為整體概述性說明與統整，中編為甲骨氣象卜辭中與降水相關的卜辭彙編，下編為甲骨氣象卜辭中與雲量、陽光、風、雷相關的卜辭彙編。

甲骨氣象卜辭之分類盡可能以現代大氣的科學觀點作為標準。第二章至第六章分別說明氣象卜辭中的降水、雲量、陽光、風、雷等五大類辭例。

降水類的雨卜辭，分為「表示時間長度的雨」、「表示程度大小的雨」、「標示範圍或地點的雨」、「描述方向性的雨」、「與祭祀相關的雨」、「與田獵相關的雨」、「對雨的心理狀態」、「一日之內的雨」、「一日以上的雨」、「描述雨之狀態變化」共十大類，66 小項；降水類的雨卜辭，分為「一日之內的雪」、「與祭祀相關的雪」、「混和不同天氣現象的雪」共三大類，4 小項。

雲量類的啟卜辭，分為「表示時間長度的啟」、「表示程度大小的啟」、「與祭祀相關的啟」、「與田獵相關的啟」、「對啟的心理狀態」、「一日之內的啟」、「一日以上的啟」共八大類，26 小項。

雲量類的陰卜辭，分為「表示時間長度的陰」、「與祭祀相關的陰」、「與田獵相關的陰」、「對陰的心理狀態」、「一日之內的陰」、「一日以上的陰」、「描述陰之狀態變化」、「混和不同天氣現象的陰」共八大類，17 小項。

雲量類的雲卜辭，分為「表示程度大小的雲」、「描述方向性的雲」、「與祭祀相關的雲」、「對雲的心理狀態」、「一日之內的雲」、「混和不同天氣現象的雲」共六大類，16 小項。

陽光類的晴卜辭，分為「表示時間長度的晴」、「表示程度大小的晴」、「對晴的心理狀態」、「一日之內的晴」、「一日以上的晴」共五大類，8 小項。

陽光類的暈卜辭，分為「描述方向性的暈」、「對暈的心理狀態」、「一日以上的暈」、「混和不同天氣現象的暈」共四大類，6 小項。

陽光類的虹卜辭，分為「一日之內的虹」、「描述方向性的虹」共兩大類，3 小項。

風類的風卜辭，分為「表示時間長度的風」、「表示程度大小的風」、「描述方向性的風」、「與祭祀相關的風」、「與田獵相關的風」、「對風的心理狀態」、「一日之內的風」、「一日以上的風」、「描述風之狀態變化」、「混和不同天氣的風」共十大類，29 小項。

雷類的雷卜辭，分為「表示時間長度的雷」、「對雷的心理狀態」、「一日之內的雷」、「混和不同天氣的雷」共四大類，7 小項。

第七章「疑為氣象字詞探考例」試探討可能與天氣相關的字詞，如：霓、霾、阱、泉等可能的字義。

第八章「殷商氣象卜辭綜合探討」分別探討「一日內的氣象卜辭概況」：與一日之內的時稱結合頻率最高的氣象詞為「雨」，而一日之內的時稱中詞頻最高、同時是也與最多氣象詞結合的是「夕」，因為降雨為最直接影響人類生活的大氣現象，舉凡田獵、採集、農耕等，都和雨息息相關，而商人極常卜問夜間是否降雨，這與田獵、祭祀等活動有直接的關係，由此可知，商代的夜間活動是非常豐富且多樣的。「氣象卜辭與月份的概況」：商代以農作為主要的糧食來源，在九月至十二、十三月為農業活動頻繁的時期，而在九月、十月播種期，向上帝祈求豐沛的降雨，十二、十三月為收穫期，則時常卜問不雨、不其雨，皆可見天氣與生活的關聯。「天氣與田獵的關係」：商人進行田獵之時，幾乎都以否定詞貞問雨，尤其常直接的問「不遘雨」，這是由於田獵於戶外無遮蔽的情境下，是否遇到雨，都會直接影響狩獵的安全跟收獲。而商人最期望適合田獵的天氣狀態，從卜辭上來看，並沒有明確顯示，這或許是因為除了降雨以外，其他的天氣現象並不對田獵活動造成決定性的影響，其重要性可能是在於獲得心理的支持與應對天氣的準備。「天氣與祭祀的關係」：與祭祀相關的氣象卜辭大致可以分成兩類，一是進行祭祀時的天氣狀況，另一則是試圖透過祭祀活動，祈求神靈來改變天氣現象，如希望雨、風可以止息、降雨平順得宜等。

第九章「結論及延伸議題」，試圖盡可能全面性的羅列、校釋與天氣現象相關的辭例，雖在文字考釋、詞項的分類與界定上難免有不太合宜或疏漏之處，但藉由大數據的辭例分析，使得對甲骨氣象卜辭、商代氣候以及不同活動、行為的意義關聯，能有進一步的認識。同時也藉由氣象卜辭的電子化，建立資料庫，對於將來的研究可以節省很大的功夫，而未來亦可將字體類組、分期列入類編中，更利於檢索，同時也能看到不同時期的天氣現象以及用字的差異。

目 次

第一冊

凡 例

甲骨著錄簡稱表

甲骨分期與斷代表

《甲骨文字編》字形時代之代號說明

第五冊

第九冊　《清華伍·殷高宗問於三壽》疑難字詞研究

作者簡介

　　薛慧盈，臺灣臺東縣人，生於 1973 年，國立中央大學中國文系、國立師範大學國文研究所畢業，現職為國立北斗家商國文科專任教師。

　　在中央大學中文系讀書期間，對文字學一科便有濃厚興趣。時授課老師為師大許錟輝先生，老師在文字學的治學嚴謹， 教學認真， 影響深厚。其後進入師大就讀，秉持對文字學一科的熱愛，加上羅凡晸老師的鼓勵，毅然選擇戰國楚文字做為研究方向。

　　近年清華大學出土文獻研究與保護中心公布一批從未面世的大量竹簡，其中很多與傳世文獻不同，筆者能有幸研究這一批竹簡、推敲其文字，藉此能更進一步研究其哲學、政治及社會狀況，或能與學者們互相討論，並期能對學術有所貢獻。

提　要

　　《清華大學藏戰國竹簡（伍）》（簡稱《清華伍》）於 2015 年 4 月出版，原書收錄〈厚父〉、〈封許之命〉、〈命訓〉、〈湯處於湯丘〉及〈殷高宗問於三壽〉五篇，原竹簡有原整理者及諸位學者進行過初步考釋工作，然其中仍有部分內容存在爭議，某些文字的釋讀困難，也導致無法通讀文意。

　　本論文的寫作集點是在〈殷高宗問於三壽〉一篇，其具有爭議性的「疑難字」進行討論。本文的寫作步驟：首先先描摹字形，熟悉楚簡文字的形狀。其次收集諸位學者相關討論，再依字形查考歷時字形的樣貌。確認字形結構後，配合聲韻、訓詁等方式，試圖解決疑難字在簡文中的釋讀問題。除了該簡文外，在其他材料上若有出現相同的字，筆者也會嘗試推敲該疑難字在其他材料上的辭例，以更全面的瞭解其於文獻上的用例。

　　本文的寫作大綱如下：

　　第一章為「緒論」，分成四節，依序說明「研究目的」、「文獻探討」、「研究方法」及「研究步驟」等。

　　第二章為「疑難字分釋」，共分成十二節，總括十六個疑難字在字形、字音、字義等相關問題，再將個別疑難字回歸簡文本身，說明其於簡文中的意義並推敲該文句的意義。分別解釋「先」、「肩」、「非」、「䁝」、「䞓」、「愳」、「飤」、「韋」、「占」、「瘂痵」、「厰」、「象炗康䮤」等十一節。

　　第三章為「結論」，說明研究成果，其次說明在研究時所遇到之困難，最後簡述未來展望。

目　次

第十、十一冊　里耶秦簡（壹）文字研究

作者簡介

　　葉書珊，女，臺灣臺南市人。2020 年畢業於國立中正大學中國文學系，獲文學博士學位。曾任教於樹人醫護管理專科學校，現任國立臺南大學通識國文兼任助理教授、國立嘉義大學通識國文兼任助理教授、國立中正大學通識國文兼任助理教授。從事文字學、訓詁學、出土文獻的研究；講授通識國文、應用文等課程。著有《里耶秦簡（壹）文字研究》、《秦簡書體文字研究》、〈嶽麓秦簡「傷」字辨析〉、〈秦簡訛變字「卿」辨析〉、〈古器物──豆、籩、登之研究〉、〈先秦宦官起源考察〉、〈里耶秦簡「當論＝」釋義〉、〈從出土文獻探討高本漢《漢語詞類》的同源詞〉、〈嶽麓秦簡「君子＝」釋義〉、〈浙江大學藏戰國楚簡真偽研究〉、〈不其簋器蓋組合研究〉、〈商周圖形文字研究──以職官聯係為討論核心〉等學術著作。並且榮獲中研院歷史語言研究所 2018、2019 年「文字學門獎助博士生計畫」。

提　要

　　秦簡文字包含書寫在竹簡與木牘上的文字，自 1975 年起簡牘陸續出土，數量約 3100 枚，至 2002 年湖南龍山縣里耶古城出土約 37000 枚簡，遠超過前面秦簡出土的總數，成為戰國文字的重要材料。

　　本文主要討論文字的「筆勢」、「結體」、「文字的比較」，根據書寫文字的字形風格變化，可見里耶秦簡的文字書寫筆勢。再結體演變透過與甲骨文、金文、戰國文字、小篆比較，可見歷時性的文字演化。最後，由里耶秦簡第五、六、八層文字比較，可察各層位的字形體系；與其他秦文字比較，以察秦文字歷時與共時的演變情形。

目　次

第十二、十二、十三冊　齊系文字字根研究

作者簡介

　　張鵬蕊，1995 年出生，北京海淀人。2017 年畢業於首都師範大學漢語言文學師範專業，師從黃天樹先生。2020 年畢業於臺灣師範大學國文系，獲得文學碩士學位，撰《齊系文字字根研究》，師從季旭昇先生、羅凡晸先生，研究方向為戰國文字。

另有發表會議論文〈從《上博簡》看系詞「是」的形成原因和形成時間〉、〈臺灣藏敦煌北魏寫卷俗字研究〉。

提　要

　　本文以齊系文字為研究範疇，包含春秋戰國時期齊魯兩國及其影響下的周邊各國的文字，有銘文、陶文、璽印、貨幣、磚文等。齊系文字字形材料以孫剛《齊文字編》和張振謙《齊魯文字編》作為研究材料。本文將齊系文字拆解為「齊系字根」，即構成齊系文字的最小成文單位，並討論字根的字形、本義及演變，以及齊系文字字根的字形變化。

　　本文共分為三章：第一章為緒論，談及研究目的、文獻探討、研究的方法與步驟。第二章為字根分析，逐一分析齊系文字字形所包含的字根，將字根歸為「人類」、「物類」、「工類」、「抽象類」四大類別，再把每個齊系文字字形放入其所包含的字根底下。並分析齊系文字字根字形的特點和變化。

　　第三章為結論，談論本文的研究成果。主要分為四個部分，一是概述齊系字根分析成果，共歸納出 424 個字根，並歸納出齊系文字典型字根的字形；二是探究齊系文字字根的特點，共有三個特點：義近互用、同形異字、形近易訛；三是用齊系文字字根與金文、璽印、楚系文字字根進行對比，總結字根的增減情況；四是運用齊系文字字根與具有齊系文字特點的楚簡文字字形做比照分析。

目　次

第十五冊　《爾雅》同源詞考

作者簡介

　　郝立新，曾用筆名郝維等，湖北省襄陽市人。復旦大學漢語言文字學專業博士，在《漢語學習》、《修辭學習》、《理論月刊》、《理論界》、大學學報等刊物上發表論文 10 餘篇，在商務印書館、清華大學出版社、花木蘭文化事業有限公司（臺灣）等處出版的著作有《趣味咬文嚼字》、《中國傳統文化》、《流利普通話》、《〈爾雅〉同源詞考》以及寫作類教材。

提　要

　　本書只對《爾雅》前 3 篇（《釋詁》、《釋言》、《釋訓》）中的同源詞作全方位、窮盡性的研究。後 16 篇主要作為名物訓詁來研究，不在本書的研究之列。

　　同源詞是指出自同一語源、語音和語義都相關的詞，即語音、語義上都具有親緣關係的詞。判斷同源詞的標準是：語源相同，語音相近，語義相關。語源相同是指具有共同的來源，語音相近是指上古音擬音的聲紐、韻部都接近，語義相關是指意義相近、相反或相通。

　　《爾雅》前 3 篇同源詞之間的語音關係大致有五種類型：語音相同，雙聲疊韻，雙聲韻近，疊韻聲近和聲韻皆近。語義相關的類型主要有意義相近和意義相通兩種。語義相關的方式主要包括三種：含有相關的義項、含有相關的義

素及一個詞的義項與另一個詞的義素相關。

《爾雅》前 3 篇同源詞出現的方式主要有羅列式、滾動式和交替式三種。出現的類型大致可以分為兩種：被釋詞與解釋詞互為同源詞，被釋詞與被釋詞互為同源詞。每種方式或類型又有若干種形式。

《爾雅》前 3 篇同源詞之間的語音關係和語義關係多種多樣，同源詞出現的方式和類型複雜多變，便於容納更多的同源詞。《釋詁》的被釋詞與解釋詞不僅以單音節為主，而且每條類聚的詞較多，所以出現同源詞的頻率就高。由於《釋詁》中的被釋詞與解釋詞數量在《爾雅》前 3 篇中超過一半，其同源詞的比重對《爾雅》前 3 篇同源詞的整體比重起著舉足輕重的作用，而且《釋言》、《釋訓》中的同源詞也占一定的比重，因此《爾雅》前 3 篇同源詞的整體比重就相當大。

《爾雅》前 3 篇同源詞的數量在詞的總數量中超過三分之一，接近 40%。這說明，先秦時代聲訓占相當大的比重，先秦時代聲訓的準確度相當高。《爾雅》前 3 篇是對普通詞語的解釋，其中的同源詞占相當大的比重，這決不是偶然的。這表明，在解釋詞語時，先秦學者已經自覺或不自覺地運用聲訓。雖然缺乏理論上的論證，但是先秦學者運用聲訓的技巧已經十分熟練。從某種意義上說，《爾雅》前 3 篇也具有半同源詞詞典的性質。

從《爾雅》前 3 篇同源詞的情況看，故訓存在許多同源詞相訓的情況，聲訓多數是正確的。以往有人認為「因聲求義」是訓詁的最高境界，不是沒有道理的。傳統訓詁學要走向科學化，必須解釋詞的構成理據，揭示語源。

揭示語源要盡可能地探求「語根」。探求「語根」，不僅要研究詞源，而且要參考字源。

語音與語義的結合有現實的理據。音義結合的理據是多種多樣的，或者是自然的發音，或者是動情的感歎，或者是音響的類比，或者是形態的模仿等。「語根」一旦產生，就會根據事物之間的某種相似性或相關性，衍生出一系列詞。這些詞是同源詞，具有共同的語源。

目　次

第十六冊　《廣韻》音讀研究

作者簡介

　　趙庸，2000 年入浙江大學求學，2009 年畢業，獲博士學位。現為華東師範大學中國語言文學系副教授。主要研究領域為漢語語音史。曾在《中國語文》《方言》《語文研究》《語言科學》《語言研究》等刊物發表論文。主持國家社科、教育部人文社科、上海社科規劃、高校古委會等項目。多次獲丁邦新語言學獎、上海青年語言學者優秀論文獎。入選上海市浦江人才計劃。

提　要

　　第一章討論《廣韻》「又音某」中「某」字異讀的取音傾向。《廣韻》用直音字作又音時，該直音字往往又有異讀，這類現象影響辨音的清晰程度。分析又音字異讀的全部 285 條用例，可以看出「某」字的七類取音傾向。

　　第二章對《廣韻》不入正切音系的又音進行釋讀。《廣韻》一書有 43 條又音在正切音系中找不到相應的聲韻調配合。這些又音切語基本無誤，來源大多是繼承《切韻》系前書，有明顯異質性的非常少。又音與正切音系不完全吻合的現象主要起因於唇音不分開合口、混切和混韻。這些又音是《切韻》系韻書層累式增加的結果，反映出實際語音及其音變情況，至《廣韻》仍不入正切音系則說明《切韻》系韻書正切音系的保守性。

　　第三章對《廣韻》與實際收音處音切不一致的又音進行釋讀。《廣韻》一書有 44 條字例，所注又音本身符合《廣韻》音系，但在對應處找不到該字，這些字幾乎均在另處見收。這些又音有的切語用字或直音字有誤，有的混切、混韻、混開合、混等，還有的屬於異源音切。這些又音並非摘自古籍舊音，它們來源於當時的實際語音。

　　第四章對《廣韻》正切未收的又音進行釋讀。《廣韻》一書有 233 處字下又音，在正切另處沒有相應的收字。除去很小一部分是文獻校勘錯誤造成的假性又音外，其他多有文獻來源，並非編修者隨意增加。有些正切不收字是因為又音透露起因於漢字分化或用字問題的形音關係，有些是因為編修者於字音有所取捨，正切處有意不收。

　　第五章對《廣韻》注文所含直音注音進行釋讀。《廣韻》注文中有 94 處對

注文用字進行直音注音。這些注音或可補《廣韻》正切收音之缺，或可補《廣韻》字頭收字之缺，或可提示中古字形關係，或可反映混韻現象。注音字的選取無對應被注音字所有讀音的要求，音注蓋多有文獻來源。這些直音注音不單反映中古語音，還於形、義有所揭示。

第六章對《廣韻》疑難讀音和假性異讀進行考釋。《廣韻》有一些字反切和聲符讀音之間無法建立聯繫，字音由來難解。通過考釋具體音例，可發現疑難讀音的產生或因字形草書楷化，或因偏旁筆畫減省，或因漢字混用，或因誤參《說文》，或因語流音變等。《廣韻》有些異讀關係是由俗字參與而衍生的，屬於假性異讀。這類現象的本質是同形字本自有不同的讀音，所以嚴格來說，異讀關係不能成立。

第七章討論漢語首次長元音高化鏈移引起的《廣韻》異讀。前中古期，漢語經歷首次長元音高化鏈移，上古歌魚侯幽部受規則作用，經分化、合併，變入中古歌麻模魚虞侯豪肴尤幽韻，在韻書中表現為異讀。這批異讀或者來自上古同部異音，或者來自上古同部同音。前一類異讀需區分主體層、超前層、滯後層，後一類魚部麻=魚異讀反映擴散式音變。

目　次

第十七冊　湖南郴州土話音韻調查研究

作者簡介

　　尹凱，男，1984 年生，河北石家莊人。2007 年畢業於河北大學新聞系，獲學士學位；2009 年至 2012 年在河北師範大學文學院攻讀碩士學位，師從桑宇紅教授學習音韻學；2012 年至 2015 年在中國社會科學院研究生院攻讀博士學位，師從麥耘教授學習音韻學和方言學。現為河北師範大學文學院副教授，主要研究領域為漢語方言學、音韻學、語音學。主持並完成 2016 年度國家社會科學基金青年項目「語言接觸與郴州土話語音演變研究」、2018 年度河北省社會科學基金項目「河北無極方言語音層次研究」、國家語委中國語言資源保護工程專項課題「河北漢語方言調查・無極」、2015 年度河北省教育廳人文社會科學研究項目「河北石家莊里城道方言語音研究」。目前在研 2019 年河北省教育廳青年拔尖人才項目「漢語音節脫落的補償機制研究」和人文社科重大攻關項目「河北太行山麓方言的語音層次結構研究」子課題。已發表學術論文有《漢語構詞音變的前音節長化補償機制》《從古全濁聲母的讀音層次看湘南土話的性質》《無極方言本字考》《湖南臨武楚江土話同音字彙》《晉語入聲舒化二分型調類分析》《從古代文人的「正音」意識再談〈切韻〉音系的性質》等。

提　要

　　湘南土話主要分布在湖南南部的郴州和永州兩個地區，內部不同方言點的差異很大，一致性特徵並不突出，其方言歸屬至今未明。湘南土話分布的區域大部分同時通行官話方言，《中國語言地圖集》第 1 版和第 2 版分別將這片區域劃歸西南官話湘南片和桂柳片，是著眼於在這片區域通行的官話方言而言，但對本地固有的土話性質沒有定論。

　　郴州和永州兩個地區的土話又有明顯差異。本課題主要調查研究郴州境內的土話方言。以方言接觸和歷史層次分析的角度，分別從聲、韻、調三個方面對郴州土話的語音特點進行研究。重點分析古陽聲韻今讀體現的歷史層次、古

全濁聲母清化後逢塞音塞擦音的演變類型以及聲調的演變規律，在此基礎上，將郴州土話聲韻調各方面體現的不同層次與湘、贛、客、西南官話等多種鄰近方言進行比較，剖析郴州土話與其他各方言的關係，討論郴州土話的方言性質，並以方言接觸的視角推測郴州土話的形成過程和演變特點。

一、聲母方面，我們重點研究了古全濁聲母的讀音演變。古全濁聲母在郴州土話中分為兩種類型：一種是無論平仄全讀送氣音，這是典型的客贛方言特徵；另一種是古並、定母今讀不送氣音，其他聲母讀送氣音。我們通過音位感知的分析，並結合移民史，認為第二種類型是不同時代的客贛方言互相融合的結果。

二、韻母方面，我們重點研究了梗攝與其他韻攝的分合關係。梗攝白讀層表現為「獨立為韻」和「與其他韻攝合流」兩種大的類型，與其他韻攝合流又表現為與山咸攝合流、與宕江攝合流、與山咸宕江攝合流、與曾攝合流四種情況。不同的類型分別反映了湘、客贛、官話等不同方言的接觸影響。此外，蟹攝韻尾脫落、假攝元音高化、果攝元音高化和復元音化、山咸宕江梗等攝陽聲韻脫落韻尾，體現了湘語的層次；遇攝三等魚韻系部分字讀前、不圓唇元音，有客贛方言的特徵。

三、聲調方面，主要表現為「四調類」和「五調類」兩種類型。四調類無入聲調，平聲分陰陽，上、去不分陰陽，這與贛語吉茶片以及西南官話的聲調模式類似；五調類保留入聲調，平聲分陰陽，上、去不分陰陽，這是湘語的常見調類模式。另外，部分土話的濁上、清平同調，是客家話的接觸影響，濁去、清平同調，又是贛方言的讀音層次。

本研究認為，郴州境內的土話是處於湘語、贛語、客家話、西南官話方言區交界地帶的具有過渡性質的混合型方言群；是在古湘語的基礎上，宋元時期受到來自江西移民的贛客方言的衝擊，明清以來又不斷受到西南官話的侵蝕，多種方言融合接觸漸而形成的。

研究成果分上、下兩篇：上篇主要描寫，對調查的土話，包括仁義、飛仙、荷葉、沙田、唐家、楚江、麻田、一六等8個點，進行詳細的語音特點分析，展現各土話點的音韻演變特點；下篇分專題討論，分別分析土話的聲母、韻母、聲調的讀音層次，並將之與其他方言進行比較，探討土話與其他方言的接觸影響。

目　次

第十八冊　元泰定乙丑圓沙書院所刻《廣韻》研究

作者簡介

李福言，男，1985 年生，江蘇豐縣人，任教於江西師範大學文學院，講師，碩士生導師。武漢大學文學博士，北京語言大學在站博士後。主要研究方向為音韻異讀、歷史方言文獻。主持教育部人文社科青年項目一項，中國博士後第67 批面上二等資助一項，江西省文化藝術重點項目一項，江西省社科青年項目兩項，江西省高校人文社科青年項目兩項。入選江西師範大學 2017 青年英才培育計劃。出版專著多部，在《歷史語言學研究》《漢語史研究集刊》《勵耘語言學刊》《中國文字研究》《語言研究集刊》等學術刊物發表論文多篇。

提　要

杜信孚所輯七種元代江西書院中，性質複雜。作者似乎認為所有涉及「書院」名字的都應該是書院刻書，經筆者考察，真正屬元代江西刻書書院的可能只有興賢書院、廣信書院、武溪書院。圓沙書院有可能是江西的書坊，但是由於江西福建毗鄰，所以刻書具有建陽刻書的特點。江西、福建因為毗鄰，具有相同的文化圈，所以相互影響。筆者重點比較了俄藏黑水城本這一詳本且出現較早的版本，比較了重修廣韻以及原本廣韻，比較了元代同樣是略本廣韻的南山書院本，比較了古逸叢書本這一在圓沙書院本之後重修的版本。目的就是通過比較，來認識泰定圓沙書院本《廣韻》的特點，並盡可能的梳理版本源流。

雖然《原本廣韻》與泰定圓沙書院本《廣韻》有很多相似處，但是二者仍有差異，具體表現在圓沙書院本有訛誤而《原本廣韻》沒有，圓沙書院本與《重

修廣韻》有相同處而與《原本廣韻》並不一致,所以我們認為圓沙書院本與《原本廣韻》雖然同屬略本系統,但是與《原本廣韻》相比,泰定圓沙書院本與南山書院本的關係更近一些。通過比較泰定圓沙書院本與南山書院本平聲東韻字的所有內容,發現二者完全一致。朴現圭、朴貞玉(1986:84)指出至正丙午南山書院本由泰定乙丑圓沙書院本而來,這是可信的。元代泰定年間圓沙書院曾刻有簡本《廣韻》,泰定圓沙書院本與《原本廣韻》雖然同屬略本系統,但是與《原本廣韻》相比,泰定圓沙書院本與南山書院本的關係更近一些。

簡本《廣韻》主要對注解、引文、典故進行省略,這種省略與《廣韻》的前身《切韻》係韻書性質不同,簡本《廣韻》主要是在《廣韻》基礎上的省略,其又音異讀並沒有省略,音系框架還是《廣韻》性質的。簡略的《廣韻》仍有工具書查找音義的作用,仍是為科舉服務的。但是其類似類書的功能減弱了。

目　次

殷卜辭與人相關之
義近形旁通用研究（上）

陳冠勳 著

作者簡介

陳冠勳，臺北市立教育大學中國語文學系碩士、世新大學中國文學系博士，師承於許進雄教授，研究方向為甲骨學、古文字學。著有《殷卜辭中牢字及其相關問題研究》、《殷卜辭與人相關之義近形旁通用研究》及古文字相關論文數篇。

提　要

本文以殷卜辭與人相關之義近形旁通用現象為研究主題，擇定二十字例，透過字義的分析、辭例的對比及頻次的統計，觀察諸字例是否確能相通。文章可概分為三部分，簡述如下：

首先，本文所研究的二十字例中，不能通用者有五例，包括：即（、）、鬼（）、兄（、）、見（、）、妥（），印（）；暫定相通者二例，包括：競（、）、曼（、）；確定相通者則有十三例，包括：毓（、）、蔑（、、、）、妿（、）、艱（、）、夢（、）、得（、）、采（、）再（、）鼓（、）、敀（、）、逆（、）、遘（、）。從上述字例，筆者將義近形旁通用的條件定義為「兩形旁之詞義含括範圍必須有交集之處，由兩形旁組成之異體字皆要合於其創意，且文獻意義相同，並考慮其時代性」，不可隨意言其通用。

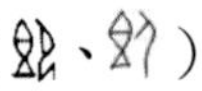

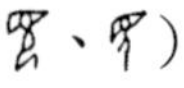

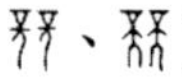

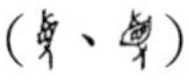

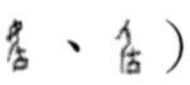

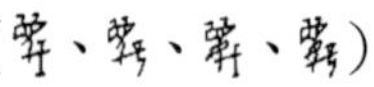

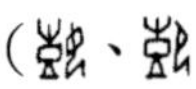

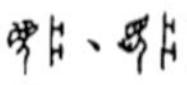

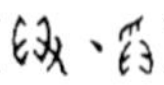

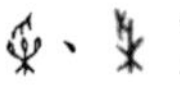

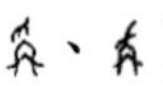

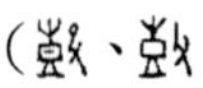

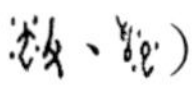

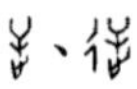

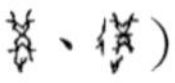

其次，經過頻次的統計以整理殷商各期文字使用情形，發現甲骨文字確有一定程度的規範性，惟各期用字情況不盡相同：第一期用字最為整齊，第二、四期則略遜於第一期，第五期異體字亦不多，特色是代表字與早期不同，而王族卜辭之用字規範則較同期之王室卜辭寬鬆。此一結論，與董作賓、許進雄先生對各期書體、鑽鑿之描述吻合，或可用以輔助斷代。並由此析出甲骨文字中所隱含之字樣觀念有二，即有因時制宜觀及用字道德觀。

最後，將甲骨文字中所隱含之字樣觀念運用於斷代上，除觀察字形外，仍需討論各期代表字與異體字之間的關係。若從字樣角度切入，第一期用字整齊，與王族卜辭多異體字、《花東》卜辭多晚期字形之情況不若，且武丁期政治規範力強大，王族卜辭、《花東》卜辭不應歸屬於此期，應斷定為晚期為妥。

目

次

凡　例

一、本文所運用之材料，以《甲骨文合集》、《懷特氏等收藏甲骨文集》、《小屯南地甲骨》、《東京大學東洋文化研究所藏甲骨文字》、《英國所藏甲骨集》、《甲骨文合集補編》、《殷墟花園莊東地甲骨》、《殷墟小屯村中村南甲骨》等甲骨著錄專書為主，並以《殷墟甲骨刻辭摹釋總集》、《殷墟甲骨文摹釋全編》以及《懷特氏等收藏甲骨文集》、《小屯南地甲骨》、《東京大學東洋文化研究所藏甲骨文字》、《英國所藏甲骨集》、《甲骨文合集補編》、《殷墟花園莊東地甲骨》、《殷墟小屯村中村南甲骨刻辭類纂》等書之相關釋文為輔，然文字釋讀、內容及標點則不在此限。

二、本文之分期採用董作賓之五期斷代法，董氏五期說是以在位帝王為分期：第一期為武丁、第二期為祖庚及祖甲、第三期為廩辛及康丁、第四期為武乙及文丁、第五期為帝乙及帝辛；歷組卜辭、王族卜辭亦依董說認定為第四期，歷組卜辭之統計資料歸屬於第四期，而為求客觀，王族卜辭（𠂤、子、午組）之數據則獨立處理。

三、文中所使用卜辭材料，包括出土於安陽小屯村以及安陽花園莊東地的卜辭，兩者地位不同，前者性質為王室、後者為性質為子。為求行文方便，將前者權稱為安陽卜辭或王室卜辭，後者出土於花園莊東地之卜辭則稱為花東卜辭或子卜辭。

四、本文所引用的書名、題目，皆以原作之字形與名稱為準；所引文章之內文，亦以原貌呈現，包括標點、訛字等，皆不妄自更易。

五、因甲骨文字尚未規範化，即使同一字仍會有點劃多寡、形構異位等細微差異，行文時將以代表字示之，若有需要則附原版字形於後。

六、文中徵引卜辭內容時，除有必要或未能隸定者以甲骨原形示之，餘者皆以現今通行隸定字形表之；另卜辭中確定僅闕一字者，作□；闕字不詳者則作▨，補字者作[ ]，今字作（ ），與一般甲骨學論著體例相同。

七、為使行文敘述更精確，文中徵引之甲骨圖版皆隨文放置，以清楚為原則。若圖版無涉辨識、綴合者，為使版面行文協調，縮放略以便宜為之，如有必要，敬請核校原版。

八、本文統計數字之百分比採計至小數點後第二位，以下四捨五入；加總後，或有因四捨五入而產生誤差，仍以 100% 呈現。

九、本文引用前人學者之專著、論文，為求體例一致，除受業親師尊稱「先生」外，餘則無論時代先後、年紀長少，一概直稱其姓名，未備之處，懇請見諒。

壹、緒　論

一、研究旨趣

（一）研究動機

漢字為世界上僅存之表意文字，也是目前唯一可溯源其歷史至數千年前的文字系統。然文字並非一時、一人、一地可創造，且常因時代的遞嬗而改變，再加上用字者的錯誤使用，漢字字形常常產生歧衍的情形，此亦成為漢字的特色之一。這種有別於正字的漢字稱之為「異體字」〔註1〕，關於異體字的定義，學者多有討論，如裘錫圭說明異體字為「彼此音義相同而外形不同的字」〔註2〕；張亞初認為「異體字則是指同一個時期內同一個字的幾種不同形體結構」〔註3〕；施順生定義異體字是「同一時期內同一個字的幾組不同的組成分子各別組合而成不同形體結構的字」〔註4〕。諸說意見略同，惟裘氏未

〔註1〕討論正字標準的「字樣學」興起於唐代，然唐之前整理文字的記錄亦所在多有，如西周宣王太史籀或東漢許慎《說文解字》等皆屬之；詳見曾榮汾先生：《字樣學研究》（臺北：學生書局，1988 年 4 月），頁 21～31。

〔註2〕裘錫圭：《文字學概要（修訂本）》（北京：商務印書館，2014 年 7 月），頁 198。此書初版作者已有此說，見裘錫圭：《文字學概要》（北京：商務印書館，1988 年 1 月），頁 205。

〔註3〕張亞初：〈古文字分類考釋論稿〉，《古文字研究》第 17 輯（北京：中華書局，1989 年 6 月），頁 243。

〔註4〕施順生：《甲骨文異體字研究》（臺北：中國文化大學中國文學研究所碩士論文，1991

討論文字的時代，忽略了異體字有「共時」與「歷時」之分。於此，施順生有更進一步的說明：

> 一個字在同一時期內同時存有不同的形體，即是所謂的共時異體；
>
> 一個字在前後不同時期所存有不同的形體，即是歷時異體。〔註5〕

李運富也指出：

> 談異體字最好泛時化，可以有「共時」的異體字，也可以有「歷時」
> 的異體字；可以從共時的角度歸納異體字的同用現象，也可以從歷
> 時角度探討異體字的產生和演變。〔註6〕

加入「時間」條件則使異體字的定義更精確，本文所討論者為共時異體字，即指在同一時期中，音、義相同而字形不同的文字；異體字中有一類是「改換義符後字義仍相通」的文字，韓耀隆指出義符相通之因，並析為「義近通作」、「義異或作」及「形近譌作」三點。〔註7〕其中「義近通作」即本文所欲探討「義近形旁相通」之字，此種現象不論在小篆或是小篆之前的古文字當中皆有之。

就小篆而言，許慎《說文解字》中已有此現象，如釋鳥：「長尾禽總名也。象形。鳥之足似匕，从匕。凡鳥之屬皆从鳥。」〔註8〕又釋隹：「鳥之短尾總名也。象形。凡隹之屬皆从隹。」〔註9〕鳥、隹二字意義相近，許慎釋雞、雛、雕、鶯、鶴等字時，指出其重文可从鳥或从隹，〔註10〕推知許慎已意識到鳥、隹兩形旁義近可相互通用。除「鳥與隹」之外，《說文》中尚有其他能夠相通的偏旁，許錟輝即考《說文》重文，整理出重文相通之例有三，包括「義近相通」、「義異專通」與「形文相借」。其中義近相通者，認為「事屬同類，義

年），頁2。

〔註5〕施順生：《甲骨文異體字研究》，頁32。

〔註6〕李運富：〈關於「異體字」的幾個問題〉，《語言文字應用》2006年1期（北京：教育部語言文字應用研究所，2006年2月），頁74。

〔註7〕韓耀隆：《中國文字義符通用釋例》（臺北：文史哲出版社，1987年2月），頁3。

〔註8〕東漢・許慎撰、清・段玉裁注：《說文解字注》（臺北：洪葉文化事業公司，2001年10月，經韻樓藏版），頁149。

〔註9〕東漢・許慎撰、清・段玉裁注：《說文解字注》，頁142。

〔註10〕《說文》釋雞云：「籀文雞从鳥。」（頁143）釋雛云：「籀文雛从鳥。」（頁144）釋雕云：「籀文雕从鳥。」（頁144）釋鶯云：「鶯或从隹。」（頁152）釋鶴云：「鶴或从隹。」（頁152）。

近相通，此通例也」〔註11〕，並舉四十八組偏旁相通之例。雖許慎已注意到了義近形旁相通的現象，卻未有更深入的理論建構與敘述。

就古文字而言，自清代以降，討論漢字理論的著作蜂出，其中亦不乏以義近形旁相通考釋文字者，羅振玉及孫詒讓兩位學者即以此法考釋文字。譚飛整理出羅氏所提出「母與女」、「人、大與女」、「木與屮」、「皿與鬲」、「牛、羊、豕、犬」、「隹與鳥」、「盤與舟」、「玉與貝」、「貝與金」、「寸與又」、「言與音」、「秝與林」、「辵與彳」、「彳與足」共十四組義近形旁通用例；〔註12〕程邦雄亦整理孫氏《契文舉例》有「言與口」、「叒與若」、「匚與方」、「魚與鱟」、「虵與虫」、「彖與豕」、「止與之」、「止與正」、「足與正」、「止與辵」、「手與又」、「又與寸」、「廾與拜」、「手與爪」、「工與珡」、「口與凵」、「豕與羊」計十七組例子。〔註13〕羅、孫二氏使用了義近形旁的方法考釋文字，仍僅止於運用，尚未建立理論。

其後楊樹達與唐蘭亦有相關的論述：楊樹達提出「義近形旁任作」，作為古文字的識字方法之一，〔註14〕如釋「苗」云：

> 此字从茻，从田，古文从茻之字與从艸同，知此乃苗字。〔註15〕

楊氏仍用於隸定文字上，而唐蘭則是使此種考釋方法進入了理論化的層次，唐氏以為：

> 凡研究語言音韻的人，都知道字音是有通轉的，但字形也有通轉，這是以前學者所不知道的。通轉和演變是不同的。……至於通轉，卻不是時間的關係，在文字的型式沒有十分固定以前，同時的文字，會有好多樣寫法，既非特別摹古，也不是有意創造新體，只是有許多通用的寫法，是當時人所公認的。通轉的規律，大約可分下列三類……（三）凡義相近的字，在偏旁裡可以通轉，像巾和衣通，所以「常」、「帬」、「幝」、「帗」等字可以作「裳」、「裙」、「襌」、「袯」，土和阜通，所以「坡」、「垔」、「塠」、「疆」可以作「陂」、「陻」、「隯」、

〔註11〕許錟輝：《說文重文形體考》（臺北：文津出版社，1973 年 3 月），頁 774～802。

〔註12〕譚飛：《羅振玉文字學研究》（北京：中國社會科學出版社，2014 年 4 月），頁 32～42。

〔註13〕程邦雄：《孫詒讓文字學之研究》（北京：中華書局，2018 年 1 月），頁 18～19。

〔註14〕楊樹達：《積微居金文說（增訂本）》（北京：科學出版社，1959 年 9 月），頁 9。

〔註15〕楊樹達：《積微居金文說（增訂本）》，頁 9。

「隨」。〔註16〕

唐蘭將文字的通用現象稱為「通轉」，並細分為三類，義近形旁通用即屬其中一類。爾後許多學者陸續發表對於古文字中義近形旁通用的看法，整理諸家說法如下：

1. 許學仁《戰國文字分域與斷代研究》

許學仁列出「糸、衣、巾、帛、索、素」、「人、亻」、「人、女」、「中、艸、屮、茻」、「目、見」、「首、頁」、「刀、刃、戈」、「攴、戈、殳」、「土、缶、瓦、皿」等九組，〔註17〕用於解讀竹簡上的文字；除「人、亻」一組未標記義近互通外，其他字組皆屬義近互通之例。如「衣糸義近互通」一組，長沙仰天湖M25第11簡、第14簡中皆有「緸」字，許氏以為簡上「緸」字即「裡」字，從糸不從衣，因糸衣義近互通之故。〔註18〕

許文既名「戰國文字」，其時代斷限當然為「戰國」時期。文章偏重將「義近形旁互通」運用於考釋文字上，對於理論的說明則相對較少。

2. 高明《中國古文字學通論》

唐蘭之後，高明亦針對古文字的通轉問題提出意見，其云：

> 在古漢字中究竟有多少形旁「通轉」？有哪些形旁可以通轉？過去沒有人進行過系統整理和研究，只是一些考釋文字的著作中有時提到這方面的問題，但因資料甚為零散，很不容易掌握，有時提到某種形旁可同某種形旁通用，因舉證不足，難以引起人們的重視和承認。〔註19〕

此外，更整理出「人與女」、「儿與女」、「首與頁」、「目與見」、「口與言」、「心與言」、「音與言」、「肉與骨」、「身與骨」、「止與足」、「止與辵」、「辵與亻」、「走與辵」、「攴與戈」、「牛、羊、豕、馬、鹿、犬諸獸」、「鳥與隹」、「羽與飛」、「虫與黽」、「艸與茻」、「禾與米」、「米與食」、「衣與巾」、「衣與糸」、「糸、

〔註16〕唐蘭：《古文字學導論》（濟南：齊魯書社，1981 年 1 月），頁 231～232、241。

〔註17〕許學仁：《戰國文字分域與斷代研究》（臺北：國立臺灣師範大學國文研究所博士論文，1986 年 10 月），頁 38～50。

〔註18〕許學仁：《戰國文字分域與斷代研究》，頁 38。

〔註19〕高明：《中國古文字學通論》（北京：北京大學出版社，2006 年 12 月），頁 129～130。此書最早版本是 1987 年由文物出版社所出版。

索、素」、「糸與鬲」、「宀與广」、「缶皿瓦」、「土與臺」、「土與田」、「土與𠂤」、「谷與𠂤」、「日與月」，共三十二組義近形旁通用之例。〔註20〕

高文首先解釋該偏旁之義，再表列出相通偏旁之古文字，最後以《說文》及後世字書為證；研究對象則為古文字，故其字例採用甲、金、篆體的歷時對照，但無詳細數據佐證，許多字組之相通與否或有可議之處，然高明之說奠定了義近形旁通用的研究，後人大致由高氏所整理之偏旁為基礎。

3. 張亞初〈古文字分類考釋論稿〉

張亞初提出他對異體字的看法，他認為：

1. 從岩、雨、𧲷等字的異體字看，造字的方法很不相同，可以推想，文字的創造並不是一人一時所能完成；

2. 除了用不同的造字方法創造的異字外，有一部分異體字是由於古代文字形體尚未規範化，而意義相近的偏旁常可互相轉換而造成的。魯字、布字就屬于這種情況；

3. 異體字的考定，可以進一步豐富我們對某些字造字本義的認識；

4. 異體字的考定，不但要熟悉同時代和早晚期文字形體演變和偏旁通轉的規律，如果有上下文的話，還要充分考慮這些字在文中的使用情況，以判別所釋字是否合適。同時，還要充份利用後代字書中的異體字材料，作為考定古文字異體字的參考。〔註21〕

其中第二點提及古文字「義近形旁」可以通用互換，是由於文字尚未規範化，並舉魯字、布字為例；此點雖非針對義近形旁做系統性的整理或討論，然第四點認為通轉規律的判定必須考慮文字在文中的使用情況；即在討論義近形旁相通時，不能單純由字形判定，更應加入字義的討論，所言甚確。

4. 何琳儀《戰國文字通論（補訂）》

何琳儀在「戰國文字形體演變」一節中，提及戰國文字亦有「形符互作」的情況，其云：

合體字偏旁，尤其形聲字形符，往往可用與其義近的表意偏旁替換，

〔註20〕高明：《中國古文字學通論》，頁130～159。
〔註21〕張亞初：〈古文字分類考釋論稿〉，《古文字研究》第17輯，頁245～246。

這就是古文字中習見的「形符互換」現象。形符互換之後，形體雖
異，意義不變。這是因為互換的形符之間義近相關。〔註22〕

何氏說法與諸說差異不大，文中列舉常見相通的形符，包括「日與月」、「土
與田」、「土與阜」、「宀與穴」、「宀與广」、「首與頁」、「目與見」、「口與言」、
「言與心」、「又與攴」、「攴與殳」、「屮與木」、「皀與食」、「木與禾」、「系與
束」、「刀與刃」共十六組，〔註23〕後再以若干字例佐證；何氏使用材料為戰
國文字，筆者以為將時代作明確的劃分是正確的，但雖有字例佐證，卻缺少
辭例說解，此為較不足之處。

5. 許進雄先生《簡明中國文字學》

許先生在說明漢字的複雜性時，以為漢字會有「意符事類相近的可能同
義，但也經常異義。或在某個時代通用而其他時代不通用」的情況產生，並
列舉「土與阜」、「郭與土」、「田與土」、「㞢與木」、「米與禾」、「米與食」、「口
與言」、「口與欠」、「言與欠」、「心與言」、「音與言」、「隹與鳥」、「衣與糸」、
「素與糸」、「巾與糸」、「衣與巾」、「市與韋」、「人與女」、「首與頁」、「目與
見」、「肉與骨」、「血與肉」、「人與手」、「止與足」、「辵與足」、「辵與彳」、「辵
與走」、「攴與戈」、「牛與羊」、「飛與羽」、「黽與虫」、「魚與虫」、「虫與蚰」、
「蟲與艸」、「宀與广」、「日與月」等三十六組可通用的字為例。〔註24〕

許先生論述的對象是所有的漢字字形，故所舉字例以甲骨文、金文與篆體
等古文字為主，以後世字書為輔。書中未將歷時的文字一起比較，而是提出「在
某個時代通用而其他時代不通用」的概念，此一概念所揭示的是不同時代影響
文字條件不同，故不能等而視之。

6. 朱歧祥〈殷墟甲骨文字的藝術〉、〈甲骨文一字異形研究〉

朱氏意見見於〈殷墟甲骨文字的藝術〉與〈甲骨文一字異形研究〉二文。
在〈殷墟甲骨文字的藝術〉甲骨文字偏旁通用例一節，舉出十組通用偏旁為

〔註22〕何琳儀：《戰國文字通論（補訂）》（南京：江蘇教育出版社，2003年1月），頁229。
　　　　此書前一版本出版於1989年。

〔註23〕何琳儀：《戰國文字通論（補訂）》，頁229～233。

〔註24〕許進雄先生：《簡明中國文字學（修訂版）》（北京：中華書局，2013年5月），頁
　　　　222～230。許先生在《簡明中國文字學》初版時已提出此論點，見許進雄先生：《簡
　　　　明中國文字學》（臺北：學海出版社，1990年7月），頁127。

例，包括「爪與又」、「攴、殳、攵」、「人、卩、女、母、旡、兄、子」、「止與正」、「皿、凵、口」、「木、來、屮、禾、米、枼」、「牛與羊」、「行與彳」、「丹與井」、「宀、广、冂、囗」。〔註25〕詳細的論述則在〈甲骨文一字異形研究〉中，文中將偏旁混同通用分為「同類偏旁通用」、「全體與局部通用」、「正體與側體通用」、「單筆與複筆通用」四類，並於「同類偏旁通用」一類中舉出「人與卩」、「人與子」、「人與身」、「人與長」、「人與女」、「卩與女」、「屮與木」、「木與禾」、「禾與來」、「又與爪」、「又與止」、「殳、攵、攴」、「皿與般」、「弋與戈」、「弋與弓」、「戉與刀」、「凵、口、內」、「水與川」、「隹與鳥」等十九組通用偏旁。〔註26〕

〈甲骨文一字異形研究〉中分類有若干疑議：第一，四類之中除「同類偏旁通用」外，餘者僅一、二例；第二，分類標準不一，如第三類「正體與側體通用」中所舉「大與人相通例」或可併入第一類中。在二文中所舉偏旁大部分相同，值得討論的是〈甲骨文一字異形研究〉文中所舉的例子多為單一偏旁與單一偏旁的相通、〈殷墟甲骨文字的藝術〉一文所舉之例則否，此點於後說明。

7. 施順生《甲骨文異體字研究》、《甲骨文字形體演變規律之研究》

施文對甲骨文的異體字進行全面考察，並將偏旁相通之異體字分為「義近人形偏旁」、「義近向背人形偏旁」、「義近首義偏旁」、「義近盛食器、盛酒器偏旁」、「義近行動偏旁」、「義近手形偏旁」、「義近執物行動偏旁」、「義近武器偏旁」、「義近狩獵器具偏旁」、「義近鐐銬偏旁」、「義近獸畜偏旁」、「義近鳥形偏旁」、「義近植物偏旁」、「義近糧食作物偏旁」、「義近屋形偏旁」、「義近絲製品偏旁」、「義近量器偏旁」、「義近坑阱偏旁」等十八組偏旁相通之異體字。〔註27〕

〔註25〕朱歧祥：《甲骨學論叢》（臺北：臺灣學生書局，1992年2月），頁28～30。按：〈殷墟甲骨文字的藝術〉、〈甲骨文一字異形研究〉兩篇發表於1991年，後收錄於此書中。

〔註26〕朱歧祥：《甲骨學論叢》，頁64～67。

〔註27〕施順生：《甲骨文字形體演變規律之研究》（臺北：中國文化大學中國文學研究所博士論文，1998年），頁252～346；《甲骨文異體字研究》，頁77～78。《甲骨文字形體演變規律之研究》中「義近形旁通用」共18組，是在《甲骨文異體字研究》所提出21組之基礎上進行增刪，計增加「義近鐐銬偏旁」一組，將「義近目形偏旁」、「義近口義偏旁」、「義近煮食器偏旁」、「義近器物中有水之偏旁」四組併入他組，又改「義近升斗偏旁」為「義近量器偏旁」。

不同於其他研究者之處在於，施文是按偏旁字義後以百科名物的方式分類，即是將偏旁依其意義分類，將相同專科的事物歸納為同一組，如第二組義近向背人形偏旁，包括欠、旡兩偏旁；第五組為義近行動偏旁，則包括行（彳）、止、辵、足四偏旁，〔註28〕筆者以為這種分類方法除了更具條理性外，亦能使偏旁之間的相關性更清楚。

8. 劉釗《古文字構形學（修訂本）》

此書雖以「古文字」為名，然討論義近形旁時則僅討論甲骨文字而已。其中在〈甲骨文構形的分析〉一章說明甲骨文中的偏旁相通，除同意唐蘭說法外，又言「甲骨文中有的形體在用作表意偏旁時可以和另一形體相通」，並列舉「人與大」、「人與女」、「人與卪」、「女與卪」、「眉與目」、「木、來、禾」、「水與川」、「虎與虍」、「糸與素」、「又、収、臼、爪、𠬪」〔註29〕、「屮、艸、木、林、茻」、「屮、木、生」、「止、彳、辵、行」十三組其認為可通之偏旁。〔註30〕

值得肯定的是，劉氏將甲骨文獨立出來討論，而非將不同時期的文字置於同一標準上，但僅舉出其認為相通之文字，卻少辭例以及數據的佐證，筆者以為是稍嫌不足之處。

9. 張桂光〈古文字義近形旁通用條件的探討〉

張桂光在此文中對於「義近形旁通用」提出了深入的討論與反思。首先，張氏以為不能逕說形旁偏旁通用，通用需符合「形旁意義相近」、「在字中互易後，字的音、義不變」及「互易後，在字形結構方面能從同樣的角度作出合理的解釋」等三個的條件。〔註31〕故將所考察之古文字分為數類，下有若干組偏旁，並說明或贊成、或否定其偏旁相通之因。

〔註28〕施順生：《甲骨文字形體演變規律之研究》，頁283、291～292。

〔註29〕「収」字字形作「𠬞」，一般隸為廾。

〔註30〕劉釗：《古文字構形學（修訂本）》（福州：福建人民出版社，2011年5月），頁41～46。《古文字構形學》是劉氏修改、增補其博士論文《古文字構形研究》後出版；又《古文字構形學》之修訂本與初版對於「義近形旁通用」之論點一致。詳劉釗：《古文字構形研究》（長春：吉林大學博士論文，1991年）、《古文字構形學》（福州：福建人民出版社，2006年1月），頁41～46。

〔註31〕張桂光：〈古文字義近形旁通用條件的探討〉，《古文字論集》（北京：中華書局，2004年10月），頁37。按：原文初刊載於《古文字研究》第19輯（北京：中華書局，1992年8月）。

分類包括：「人的幾種形體」、「有關人體器官的幾種形體」、「有關人體器官及其動作的幾種形體」、「有關動物的幾種形體」、「其他（武器類）」「其他（器皿類）」「其他（植物類）」共七類。認為不相通之偏旁包括：「人與卩」、「人與大」、「首與頁」、「止與足」、「動物性別類字」、「牢類之字」等六組；其餘如「女與人」、「女與卩」、「骨與肉」、「目與見」、「口與言」、「心與言」、「止與辵」、「沉埋類」、「逐獸類」、「刀與戈」、「皀與高」、「缶與皿」、「屮與木」、「禾與米」、「彳與辵」、「𨸏與厂」，則有其相通條件。〔註32〕至於各組偏旁相通與否的原因，並未整理出系統性的規律，仍要視各別字組情況而論；如文中以為「人與卩」不通用之因，在於「人」為常規之人，而「卩」則為特殊情況的人、奴隸身份、卑者侍尊者的行為、須跪坐狀的事等數種可能；而「人與大」不通用之因，在於「人」為表站立的人形，「大」則表行進之人。〔註33〕

張氏所舉字例包括甲骨文、金文與戰國文字，分類亦由百科名物分類；可惜文中無辭例及精確數據可佐證，也非全面考察古文字。然文中提出偏旁相通的條件相當值得參考。

10. 王慎行〈古文字義近偏旁通用例〉

王慎行整理的古文字不限於形聲字之形旁或聲旁，只要是作為偏旁，在一定條件下均可互代無別，所舉相通之例包括「天、大、人」、「人與卩」、「女與卩」、「女與母」、「又、収、𠬞」、「又與寸」、「又、手、支」、「支與殳」、「収與臼」、「行與彳」、「止與彳」、「口與欠」、「口與甘」、「言與欠」、「皀與食」、「水與雨」、「屮與木」、「韋與革」、「糸與」、「宀與穴」、「虫、虵、蟲」、「艸與竹」，共二十二組。〔註34〕王文討論方式與高明相似，首先解釋偏旁意義，再以表格列出字例並言其相通，所舉字例中甲、金、篆皆有之，最後再以後世字、韻書佐證。

王氏舉例之字或甲骨或金文，亦有《說文》或體字，文字的時代相當混雜，且未舉辭例佐證，並不能確定是否能夠達成互通的條件，雖文中有言需在「一定的條件下均可互代無別」〔註35〕，可惜並無明確說明能互代之標準為何。

〔註32〕張桂光：〈古文字義近形旁通用條件的探討〉，《古文字論集》，頁43～55。
〔註33〕張桂光：〈古文字義近形旁通用條件的探討〉，《古文字論集》，頁43～44。
〔註34〕王慎行：〈古文字義近偏旁通用例〉，《古文字與殷周文明》（西安：陝西人民教育出版社，1992年12月），頁2～33。
〔註35〕王慎行：〈古文字義近偏旁通用例〉，《古文字與殷周文明》，頁2。

11. 林清源《楚國文字構形演變研究》

林清源在「構形演變的變異現象」一章中，提及戰國文字有「義近替代」的情況，其云：

> 偏旁「義近替代」現象，是指幾個字義相近的義符，在不改變造字本意的前提下，彼此相互替代的現象。所謂的「字義相近」，既可指稱引申義相近，也可以指稱假借義相近。譬如：「皀」字本象粢盛豐腆之形，引申而有「飲食」義，由於「皀」、「食」二旁引申義相近，所以經常相互替代。「韋」字本是「圍」字初文，典籍常借用為「皮韋」義。由於「韋」字的假借義與「皮」字的字義相關，因而二者經常相互替代。〔註36〕

並舉「即、既、懸、飤等字」、「鞁、鞋」、「豹、貘、豻、貉、貍、狐等字」、「威」四組字為例。

林氏以「楚國文字」為題，楚簡自然為其主要材料；文中主要仍將「義近替代」運用於考釋文字之上，然也因研究範為有特定的地域及時代，〔註37〕故所舉的例子不多。

12. 鄒曉麗、李彤、馮麗萍《甲骨文字學述要》

文中討論甲骨文字偏旁混用的情況，並將之分為「同類偏旁的混用」與「非同類偏旁的混用」兩類，此段主要說明文字尚在篩選、定型的階段，故同類偏旁經常混用，並舉「人與卩」、「人與子」、「人與身」、「人與長」、「人與女」、「卩與女」、「屮與木」、「木與禾」、「又與爪」、「又與止」、「戉與刀」、「口與內」、「水與川」、「隹與鳥」、「大與人」、「牛、馬、羊、鹿」、「禾與麥」、「攵、殳、攴」十八組認為可以相通之偏旁作為例證。〔註38〕

此書既名為《甲骨文字學述要》，討論的對象當然是甲骨文，將甲骨偏旁的同類與否作為分類依據頗為正確，惜文中僅舉出相通字組，並無字例佐證。

〔註36〕林清源：《楚國文字構形演變研究》（臺中：東海大學中國文學系博士論文，1997年12月），頁121。

〔註37〕林清源：《楚國文字構形演變研究》，頁121～123。

〔註38〕鄒曉麗、李彤、馮麗萍：《甲骨文字學述要》（長沙：岳麓書社，1999年9月），頁37。

13. 彭慧賢《甲骨文从人偏旁通用研究》

　　彭文以从人偏旁為研究主題，並分从人偏旁為人形、手形、止形、其他器官偏旁等四類。文中較前人創新之處在於：說明字形演變時，則採用分期統計的方式，舉「以」字為例：〔註39〕

字形 時間	⟆	⟍（省人）	總　計
武丁卜辭	370	38	408
祖庚、祖甲卜辭	13	2	15
廩辛、康丁卜辭	1	45	46
武乙、文丁卜辭	5	57	62
帝乙、帝辛卜辭	0	3	3
百分比	72.85%	27.15%	100%

以數據佐證應該能使結論更加客觀，亦便於看出文字發展的脈絡；然彭文統計所據為《殷墟甲骨刻辭類纂》之內容，該書辭例多數僅為列舉或節錄，並不能作為數據來源之依據；又彭文言其斷代標準採董作賓五期斷代法〔註40〕，王族卜辭應為第四期，而《殷墟甲骨刻辭類纂》則是將王族卜辭歸為早期，斷代標準自相矛盾，此亦為「⟍」形在武丁卜辭卻有 38 例之因。再者，文中討論偏旁是否通用時，雖以辭例對照的方式，將字義加入討論，但是缺乏數據，結論或有可議空間，此為稍嫌不足之處。

　　綜上所述，義近形旁相通之說從一開始孫詒讓、羅振玉較為零散的舉例，到施順生作有系統性的分類，乃至彭慧賢運用統計、分期等方式，每個進程都使此說的理論更深刻；然而筆者以為，對於義近形旁理論的研究尚有再修正與深化的可能：首先，多數學者討論義近形旁時，仍著眼於文字的字形，忽略了字義。漢字的特色在於能夠藉形表義，也因為這樣的特點，研究漢字時必須兼顧形、音、義三者的聚合。又，雖彭文已使用辭例對照及數據佐證等新的研究方法，但其辭例統計以類纂為主要材料，數據仍不夠完整，此即可再修正之處。其次，目前所見討論義近形旁的文章中，多僅言其相通或不相通，對於其相通與否之因，惜未能再進一步探討，此即可再深化之處。

〔註39〕彭慧賢：《甲骨文从人偏旁通用研究》（南投：國立暨南國際大學中國語文學系碩士論文，2005 年），頁 16。

〔註40〕彭慧賢：《甲骨文从人偏旁通用研究》，頁 2。

（二）研究範圍

本文研究範圍為殷商時期的甲骨卜辭，並以卜辭中與「人」相關的偏旁為研究對象，將之分期，從而進行辭義的比較，以下分點詳述。

1. 偏旁選擇

本文選擇甲骨文字中與「人」有關的偏旁進行分類與考察，關於偏旁的分類，或可從甲骨文的字、辭典開始談起，早期甲骨字、辭典的編纂體例及檢索方式，皆依《說文解字》五百四十部首、十四卷的體例編排，然誠如《殷墟甲骨刻辭類纂》的序所言：

> 《說文解字》的五百四十部，就稱之為部首。這種部首的劃分，延
> 續使用了僅兩千年。《說文解字》的研究對象主要是小篆，同時也包
> 括一部分古文、籀文，這些文字的形體屬於戰國秦漢。五百四十部
> 的使用，無疑是一個偉大的創舉。但同時也不容否認，五百四十部
> 有其很大的局限性。〔註41〕

當然這些局限並非來自於五百四十部的分類本身，最主要的原因還是來自於甲骨文字字形與篆體根本的不同。由《說文解字》五百四十部至《字彙》、《正字通》、《康熙字典》的二百一十四部，黃天樹認為：

> 明代萬曆四十三年（1615），梅膺祚編撰《字彙》一書，他根據楷書
> 的形體，從方便檢字的角度，把《說文》540 部壓縮為 214 部，在
> 歸部上也作了調整，好些地方把《說文》部首辨別詞義的作用扔掉
> 了，例如「舅」字原本從男白聲，《說文》在男部，《字彙》改為白
> 部。《字彙》作為字典來看，其部首具有進步性，減少了部首數量，
> 方便檢索。〔註42〕

部首由「據形系聯」〔註43〕變成筆畫之多寡的排列順序，對於使用者在檢索上無疑地方便了許多。其原因亦同於甲骨文與小篆之間的差異，小篆隸定後，《說文解字》的五百四十部不適用於隸書、楷書。在 1976 年島邦男《殷墟卜辭綜

〔註41〕姚孝遂主編：《殷墟甲骨刻辭類纂》（北京：中華書局，1989 年 1 月），頁 4。
〔註42〕黃天樹：〈甲骨部首整理研究〉，《文獻》2019 年第 5 期（北京：書目文獻出版社，2019 年 9 月），頁 55。
〔註43〕東漢・許慎撰、清・段玉裁注：《說文解字注》，頁 789。

類》出版之後，甲骨文字的檢索方法邁入了一個新的里程碑。〔註44〕該書將甲骨文字拆成某些部件，並歸納出一百六十四部，此後甲骨工具書多採島氏的檢索方式，如《甲骨文字字釋綜覽》、《甲骨文字詁林》等書即屬之，並在島氏一百六十四部的基礎上提出修訂。〔註45〕

分析《殷墟卜辭綜類》之部首排列，能發現其據義系聯的痕跡，大致是人體、天文地理、動物、植物、宗教祭祀、建築、生活用器、田獵用器、刑罰兵器、交通、製成品與其他等十二類，爾後學者查詢時則更為便利，前文所提及施順生《甲骨文異體字研究》、《甲骨文字形體演變規律之研究》皆採用此種分類法討論異體字，此分類法最大的優點在於能有系統地歸納偏旁。

施文中將偏旁相通之異體字析為十八組，其中與「人」相關之偏旁者有「義近人形偏旁」、「義近向背人形偏旁」、「義近首義偏旁」、「義近行動偏旁」、「義近手形偏旁」、「義近執物行動偏旁」等六組；「義近向背人形偏旁」一組收「欠（𣢟）」、「旡（𣧑）」二形旁，〔註46〕皆與整體人形有關，或可併「義近人形偏旁」為「純粹人形偏旁」；「義近首義偏旁」收「首」〔註47〕、「目」、「眉」三形旁，皆非完整的人形，僅為單獨的構造或器官，又「義近手形偏旁」收「又」、「爪」、「丑」諸形，亦為人體構造之一，故「義近首義偏旁」、「義近手形偏旁」可併為「人體構造偏旁」；「義近行動偏旁」收收「行（彳）」、「止」、

〔註44〕唐蘭於 1935 年即《古文字學導論》提出自然分類法，1976 年完成《甲骨文自然分類簡編》初稿，至 1999 年才出版問世。見唐蘭著、唐復年整理：《甲骨文自然分類簡編・序》（太原：山西教育出版社，1999 年 3 月），頁 3、5～6。

〔註45〕如《殷墟甲骨刻辭類纂》刪減為 149 部、《甲骨文字詁林》刪減為 150 部、《新編甲骨文字形總表（修訂版）》刪減為 144 部、《甲骨文字編》刪減為 148 部，分部大抵都在 150 部左右；黃天樹以為島邦男的分類不盡合理，島氏部首排列先「人身」後「自然」，黃天樹認為「先有天地而後有人類，有人類而後有人類智慧的產物」，故調整島氏排序為「象物（自然界一切非生物和生物）」、「象人（人以及五官四肢之形）」、「象工（人類的智慧產物）」、「其他」四類，並歸納整併出新的 240 部。詳參黃天樹：〈《說文》部首與甲骨部首比較研究〉，《文獻》2017 年第 5 期（北京：書目文獻出版社，2017 年 9 月），頁 6～7；黃天樹：〈甲骨部首整理研究〉，《文獻》2019 年第 5 期，頁 56～58。

〔註46〕施順生：《甲骨文字形體演變規律之研究》，頁 286。《甲骨文異體字研究》一文中，「義近向背人形偏旁」原收「欠」、「旡」、「卩」三形旁，《甲骨文字形體演變規律之研究》僅收「欠」、「旡」。見施順生：《甲骨文異體字研究》，頁 143。

〔註47〕「義近首形偏旁」一組在《甲骨文異體字研究》中原作「首」旁，在《甲骨文字形體演變規律之研究》中則改為「獸首」，能指涉的概念更廣。然本文討論的對象在於人，仍取《甲骨文異體字研究》中「首形」的概念。詳參施順生：《甲骨文異體字研究》，頁 146～147；施順生：《甲骨文字形體演變規律之研究》，頁 287。

「辵」、「足」四形旁、「義近執物行動偏旁」收「殳」、「攴」、「支」三形旁，
兩組皆與人類的動作有關，故「義近行動偏旁」、「義近執物行動偏旁」可併
為「人體動作偏旁」一類。由此，本文將上述與人相關之偏旁分為三類，即
「純粹人形偏旁」、「人體構造偏旁」、「人體動作偏旁」。

各類下則選擇學者們聚焦討論之偏旁分為若干組，與人相關的偏旁整理如
下：

學　者	與人相關之通用形旁
羅振玉	「母與女」、「人、大與女」、「寸與又」、「言與音」、「辵與彳」、「彳與足」
孫詒讓	「言與口」、「止與正」、「足與正」、「止與辵」、「手與又」、「又與寸」、「廾與拜」、「手與爪」
高明	「人與女」、「儿與女」、「首與頁」、「目與見」、「口與言」、「心與言」、「音與言」、「肉與骨」、「身與骨」、「止與足」、「止與辵」、「辵與彳」、「走與辵」
許進雄先生	「口與言」、「口與欠」、「言與欠」、「心與言」、「音與言」、「人與女」、「首與頁」、「目與見」、「肉與骨」、「血與肉」、「人與手」、「止與足」、「辵與足」、「辵與彳」、「辵與走」
朱歧祥	「爪與又」、「攴、殳、攵」、「人、卩、女、母、兂、兄、子」、「止與正」、「行與彳」、「又與止」、「人與身」、「人與長」、「卩與女」
施順生	「人（从）、卩、女、每、丮、大、子、身、企、壬、尸、眉、羌、奚、允、晏、欠、文、交、黃、立、舞、婦、莫、祝、杀、夒、卂、ㄞ、ﾞ、ﾞ、ﾞ」、「欠、兂」、「百、目」、「目、皆」、「甘、口」、「行（彳）、止、辵、足」、「又（収）、爪（臼）、殳（舁）、卂、丑」、「殳、攴、支」
劉釗	「人與大」、「人與女」、「人與卩」、「女與卩」、「眉與目」、「又、収、臼、ﾞ、ﾞ」、「止、彳、辵、行」
張桂光	「人與卩」、「人與大」、「首與頁」、「止與足」、「女與人」、「女與卩」、「骨與肉」、「目與見」、「口與言」、「心與言」、「止與辵」、「彳與辵」
王慎行	「天、大、人」、「人與卩」、「女與卩」、「女與母」、「又、収、丮」、「又與寸」、「又、手、支」、「支與殳」、「収與臼」、「行與彳」、「止與彳」、「口與欠」、「口與甘」、「言與欠」
鄒曉麗等	「人與卩」、「人與子」、「人與身」、「人與長」、「人與女」、「卩與女」、「又與爪」、「又與止」、「口與內」、「大與人」、「攵、殳、攴」
彭慧賢	「人、卩」、「人、身」、「人、子」、「人、女」、「卩、女」、「人、大」、「子、女」、「又、爪」、「収、臼」、「又、殳」、「殳、支」、「殳、攵、支」、「彳、辵」、「止、彳、辵」、「止、企」、「又、卂」、「人、歩」、「目、眉」、「目、面」

本文主題為甲骨文字，故將未涉及甲骨文字之討論暫時排除。上表中，施順

生、彭慧賢二位亦以甲骨為研究範圍，且考察較為全面，故將以二位之說法為基礎，再以其他學者意見為輔。

以「純粹人形偏旁」而言，討論集中於人、卩、女、大等偏旁；以「人體構造偏旁」而言，則以又、爪、目、眉、面（首）等偏旁被討論次數較多；以「人體動作偏旁」而言，則有止、辵、彳、殳、攴等偏旁。

學者們所提出相通之偏旁可分為兩種，其一為單一偏旁與單一偏旁相通者，如「人與大」、「人與女」等即屬之；其二為多偏旁相通者，如劉釗以為「又、収、臼、𠬞、㸚」可以相通。若甲偏旁與乙偏旁義近相通、乙偏旁與丙偏旁義近相通，然則甲偏旁與丙偏旁是否義近相通？恐怕需再考察，故本文採取單一偏旁與單一偏旁相通的方式討論。

偏旁歸於何類，當考各偏旁甲骨文之意義，如「止」為腳趾義，應為人體構造偏旁，若「止與辵」相通，皆有行動義，本文則將之歸於人體動作偏旁。又如「彳」，如依《說文》之說解應歸於人體構造偏旁，〔註48〕然其甲骨字形之創意為「行道形」，〔註49〕故「彳」旁不列入討論。綜上所述，本文所討論的偏旁包括「人與大」、「人與卩」、「人與女」、「女與卩」、「目與面」、「目與眉」、「又與爪」、「攴與殳」、「止與辵」九組。

各組下又有若干字例，字例挑選原則則視其出現之頻次，如「遘」字有「⿰⿱」、「⿰⿱」、「⿰⿱」等形，應可歸於「止與辵」一組之字例，然「遘」字出現頻次未至 10 次，恐其代表性不足，故不列入討論範圍。另如「奚」字，有「⿰」、「⿰」、「⿰」、「⿰」、「⿰」、「⿰」、「⿰」諸形，雖總體出現的頻次不少，應可置於「人」、「大」、「女」等字組討論，然諸形分散於各組，則出現於各組頻次不高；有類似情況之字，亦不列入討論。

又如「焌（⿱）」字，其字義為「火上焚人」的求雨之祭，〔註50〕常見於第一期；焌字有從「文」之異體「⿱」形，此形見於第四期。從文字出現的時期來看，應是由從「交」之「⿱」形簡化為從「文」之「⿱」形，這類「簡化」的字不屬於「義近」的概念；另外，同源字亦不屬於「義近」的概念，故「簡化字」、

〔註48〕《說文》釋彳云：「彳，小步也。象人脛三屬相連也。」東漢・許慎撰、清・段玉裁注：《說文解字注》，頁 76。

〔註49〕許進雄先生：《簡明中國文字學（修訂版）》，頁 317。

〔註50〕許進雄先生：《簡明中國文字學（修訂版）》，頁 136。

「同源字」皆不列入討論。

　　總合上述原則，將欲討論與「人」相關之偏旁分為三類九組二十字例，詳細表列如下：

純粹人形偏旁	人與大：競（𦬊、𦫚）。 人與卪：即（𣤲、𦫳）、鬼（𭇦、𭇧）、兄（𠯑、𡧈）、見（𥄢、𥅕）。 人與女：毓（𮉤、𡿪）、蔑（𦱶、𦳊、𦻀、𦶐）。 女與卪：妥，印（𡇥、𡇦）、妫（𡟽、𡟚）、艱（𩆨、𩆩）。
人體構造偏旁	目與面：曼（𥆞、𥆧）。 目與眉：夢（𭇬、𭇭）。 又與爪：得（𢔃、𢔄）、采（𭭤、𤓒）、再（𠕂、𠕄）。
人體動作偏旁	攴與殳：鼓（𪔔、𪔕）、攺（𢼊、𢼋）。 止與辵：逆（𰀤、𨕭）、遘（𨕡、𨕢）。

2. 材料來源

　　本文研究的時代斷限為商代，雖亦有周原甲骨的出土，然周原甲骨不論數量或卜辭文字都遠不及殷商之甲骨之多，故仍以殷商時期甲骨為主要研究材料。

　　材料來源包括：

（1）《甲骨文合集》	簡稱《合集》
（2）《懷特氏等收藏甲骨文集》	簡稱《懷特》
（3）《小屯南地甲骨》	簡稱《屯南》
（4）《東京大學東洋文化研究所藏甲骨文字》	簡稱《東大》
（5）《英國所藏甲骨集》	簡稱《英藏》
（6）《甲骨文合集補編》	簡稱《合補》
（7）《殷墟花園莊東地甲骨》	簡稱《花東》
（8）《殷墟小屯村中村南甲骨》	簡稱《村中南》

前六部專書已能涵括大部分目前已出土並整理出版的甲骨刻辭；又 2012 年所出版的《殷墟小屯村中村南甲骨》，雖數量不若《合集》或《合補》，然其甲骨多為第三、四期及王族卜辭，對於討論斷代頗有助益，故亦為重要材料之一；而 2003 年出版之《殷墟花園莊東地甲骨》則因其性質為非王室之「子」卜辭，亦不能忽略。

3. 斷代標準

　　斷代的標準採用董作賓「五期斷代法」，即第一期為武丁及以前、第二期

為祖庚及祖甲、第三期為廩辛及康丁、第四期為武乙及文丁、第五期為帝乙及帝辛，選擇董作賓斷代標準之因則於後節詳述。

目前歷組卜辭、王族卜辭仍有斷代的爭議，本文將歷組卜辭之統計資料歸屬於第四期，王族卜辭則獨立處理。

（三）研究方法

關於「義近形旁相通」的研究，雖前人已有豐碩的成果，然筆者認為或可運用不同的研究方法將此論題更深化，主要的研究方法有四：

1. 卜辭的檢閱與匯整

古文字的材料既多且雜，不同的時代、載體未必能夠用同一標準視之，故本文將材料以殷墟為主。目前所見學者對於義近形旁研究的論著，所舉例證大多僅僅數例，少見對於材料全面的檢索，但如果未能通盤的檢閱與整理，恐有因管窺蠡測而導致所下結論失真之虞，如甲骨文中有牢（𡘺）、宰（𡘺）字，因後世僅存牢字，故舊說以牛、羊皆屬動物偏旁而義近相通，認為宰即牢字，筆者檢視所有卜辭並分期討論，而知牢、宰二字有別。〔註51〕故透過全面檢索，並將材料做系統性的分類、比較，所作結論才更為可信。

2. 辭例的推勘與解析

本文最主要的目的在於辨明甲骨文字中義近的形旁是否能夠相通：若兩文字的偏旁義近並且相通，則可將二字視為「在同一時期中，音、義相同而字形不同的文字」的異體字；反之，若這些文字的意義不同，則即便形旁的意義相近，也無法視為相通。換言之，「義近形旁」或可運用於隸定文字上，然其字義是否相通必須透過辭例的解析，以明文字的意義。

3. 資料的統計與分析

頻次的統計是近年文字學的論著中常使用的科學方法，〔註52〕藉由精確

〔註51〕拙著：《殷卜辭中牢字及其相關問題研究》（新北：花木蘭文化出版社，2012 年 3月），頁 90～92、109。

〔註52〕如曾榮汾先生：《歷代重要字書俗字研究——《字彙》俗字研究》（國科會研究成果報告書，1996 年 12 月）、張琬渝：《殷墟卜辭中的酒祭研究》（臺北：世新大學中國文學研究所碩士論文，2008 年 6 月）、吳俊德先生：《殷卜辭先王稱謂綜論》（臺北：里仁書局，2010 年 3 月）等論著中，皆大量使用頻次統計的方法。

的數量統計，可以量化材料、更有組織地觀察材料的全貌以及其所透露的訊息。本文將統計各時期義近形旁的文字字義為何，並通過義近形旁相通的次數，瞭解當時文字的使用情形，避免以少數例證來概括所有現象的情況。經由資料的統計，可以更準確的得知各期的用字狀況，並從字義辨析義近的形旁是否通用。

4. 字形的分期與比較

「時間」為漢字複雜性的影響因素之一，文字在使用的過程中，會因為許多因素而改變了文字的字形，或因文字使用者的用字習慣或因不同時期的文化觀念，字形未定的古文字尤甚，討論共時或者歷時的文字字形、字義，標準應該一致，如探討字形流變或是字義改變時，則是以歷時的標準來看；反之討論某一時期的用字情況時，則不能將其他時期的文字混為一談。故討論文字時，應釐清其文字不同時期的差異性，除了可以知道文字字形的演變之外，亦可了解義近形旁在各時期的改變情況。

（四）研究目的

《說文解字·敘》云：「蓋文字者，經藝之本，王政之始。前人所以垂後，後人所以識古。」〔註53〕許慎所揭櫫的是文字紀錄語言的功能，也惟有了解文字正確的意義，才能達到其傳播訊息、傳達政務、傳承文化、傳遞學術等等功能，故透過整理義近的偏旁，求得文字正確的意義，此為本文期望達到的目標之一。

其次，中國文字的創造、取材多「近取諸身，遠取諸物」，而中國文字也未因時間的變化而演變為拼音文字，此一特性，可以幫助研究者從文字字形，探求其背後所隱含的文化意義。故本文亦希望能結合文字的偏旁以及其字義，討論其文字創意與偏旁的關係，以求古代文化的實質內涵。

最後，透過字義的分析、數據的統計與各期的比較，除了可以看出字形演變外，亦能了解各時期的用字情況以及甲骨文中所透露的用字觀念。

二、甲骨斷代的爭議

材料所屬時代之斷定是各個學科研究的基礎，甲骨學亦然。在 1899 年甲

〔註53〕東漢·許慎撰、清·段玉裁注：《說文解字注》，頁 771。

骨出土後，學者們紛紛針對甲骨所屬的時代發表看法，從一開始「商代卜骨」、「殷人刀筆文字」或「夏殷之龜」等紛紜的說法，[註54]至將甲骨的時代判定為晚商，亦歷時十餘年。其後董作賓發表〈大龜四版考釋〉、〈甲骨文斷代研究例〉兩篇文章，使甲骨學進入不同的研究面向。〈大龜四版考釋〉[註55]一文中，確定了干支及貞字中間之字為貞人，並系聯永、亘、賓、爭等貞人為同一世；〈甲骨文斷代研究例〉[註56]則是進一步提出「世系、稱謂、貞人、坑位、方國、人物、事類、文法、字形、書體」等十項斷代標準，董氏又應用這些斷代標準，晚商分為五期，即「第一期武丁及其以前（盤庚、小辛、小乙）；第二期祖庚、祖甲；第三期廩辛、康丁；第四期武乙、文丁；第五期帝乙、帝辛。」至此，甲骨斷代方法及標準已趨於完善，其後學者們大致在董氏的研究基礎之上，再進行更精細的斷代研究。[註57]

　　斷代研究工作的發展，最具爭議性者即「王族卜辭」及「歷組卜辭」。「王族卜辭」或稱𠦪、子、午卜辭，爭議始於董作賓將這類卜辭置於第四期文武丁時，並認為「文武丁復古」，故卜辭部分內容與第一期相仿，[註58]貝塚茂樹、陳夢家等學者則提出不同意見，[註59]認為應將王族卜辭時代提前至第一期；「歷組卜辭」指一批僅署有貞人歷的卜辭，董作賓根據卜辭上稱謂、世系以及出土坑位，將之斷為第四期，[註60]爭議則源於李學勤主張婦好墓的時代應為武丁晚期，又時代相近墓葬所出土之青銅器、玉器上的文字與歷組

〔註54〕「商代卜骨」為王懿榮之說、「殷人刀筆文字」為劉鶚的看法、「殷夏之龜」則為羅振玉在《鐵雲藏龜・序》中之語，後出版《殷虛書契文字》則改變其說。見王宇信、楊升南主編：《甲骨學一百年》（北京：社會科學文獻出版社，1999 年 9 月），頁 124～127。

〔註55〕董作賓：〈大龜四版考釋〉，《董作賓先生全集》甲編（臺北：藝文印書館，1977 年 11 月），頁 599～617。

〔註56〕董作賓：〈甲骨文斷代研究例〉，《慶祝蔡元培先生六十五歲論文集》上冊（臺北：中央研究院歷史語言研究所，1992 年 3 月），頁 324。

〔註57〕如許進雄先生以「鑽鑿」斷代，詳見許進雄先生：《甲骨上鑽鑿形態的研究》（臺北：藝文印書館，1979 年 3 月）；或利用科學、天文學等新方法斷定甲骨年代。見王宇信、楊升南：《甲骨學一百年》，頁 190～193。

〔註58〕董作賓：〈殷墟文字乙編序〉，《董作賓先生全集》甲編，頁 1164～1175。

〔註59〕貝塚茂樹：《京都大學人文科學研究所藏甲骨文字・本文篇》（京都：京都大學人文科學研究所，1960 年 3 月），頁 110～122、陳夢家：《殷虛卜辭綜述》（北京：中華書局，1988 年 1 月），頁 165～167。

〔註60〕董作賓：〈甲骨文斷代研究例〉，《慶祝蔡元培先生六十五歲論文集》上冊，頁 356～357。

卜辭接近，再系聯王族卜辭，以為歷組卜辭時代應提前至第一期。〔註61〕對
於王族卜辭與歷組卜辭諸家學者之看法與爭議，吳俊德先生已有詳盡之整
理。〔註62〕應特別提出說明的是許進雄先生所研究的鑽鑿斷代，許先生從鑽
鑿形態、鑽鑿挖刻習慣等面向討論，首先是「異常型的鑽鑿形態」，整理出下
列四點：

> （1）圓鑿大於並包攝長鑿的形態只通行於第一期，不見有王族的
> 卜辭。（2）小圓鑽的形態通行於第一期，第四期和王族卜辭。這
> 種形態在王族卜骨中佔有相當高的使用比率，幾乎是種常態。（3）
> 長鑿旁伴有圓鑿的形態絕大多數使用於第一期，只有很少數出現
> 於第三、第四、第五期和王族卜辭。（4）於骨正面中下部位施鑿
> 的習慣只出現於第三、第四和王族卜辭，但以出現於四期最多。
> 〔註63〕

由上可知，鑽鑿形態有其時代性，如「圓鑿包攝長鑿」、「長鑿伴有圓鑿」常
見於第一期、而「骨面中下部位施鑿」則屬晚期特色，王族卜辭鑽鑿所呈現
的特點與晚期一致。「正常型的長鑿形態」亦能看出二者的差異，許先生提及
第一期正常型的長鑿長度在 1.5 至 2 公分間、寬度在 0.6 公分左右，有「兩肩
整飭」、「尖針狀突出」等特點；〔註64〕至於王族卜辭之長鑿則以短於 1.5 公分
為主，1.5 到 2 公分為輔，多數作彎曲肩尖圓頭，少數作微曲肩平圓頭，長鑿
周圍常呈波浪或鋸齒狀，絕無第一期那樣平整光滑的情況。〔註65〕

至於「挖刻習慣」，許先生則云：

> 第四期與王族卜辭長鑿的挖刻又有一點相當相似的習慣，就是這兩
> 期的挖刻態度都不很謹慎。這兩期常在不燒灼的一肩上，或鑽或鑿
> 地作了或大或小的淺圓弧窪洞，他期長鑿的肩部雖也經過直刃刻刀

〔註61〕李學勤：〈論「婦好」墓的年代及有關問題〉，《文物》1977 年第 11 期（北京：文
物出版社，1977 年 11 月），頁 35～37。
〔註62〕吳俊德先生：《殷墟第四期祭祀卜辭研究》（臺北：國立臺灣大學出版委員會，2005
年 10 月），頁 22～35。
〔註63〕許進雄先生：《甲骨上鑿鑽形態的研究》，頁 58。
〔註64〕許進雄先生：《甲骨上鑿鑽形態的研究》，頁 58～59。
〔註65〕許進雄先生：《甲骨上鑿鑽形態的研究》，頁 59。

的修整，肩及外廓的內壁常有波浪或鋸齒狀的起伏，絕不像這兩期

的窪洞這麼大，這麼沒規律。〔註66〕

鑽鑿的攻冶屬於器物制度層次，各時期應有其不同的風格與特色。由此觀之，不論是形態或挖刻習慣，王族卜辭的鑽鑿特點皆近於第四期，不與第一期同，故應將王族卜辭斷於第四期為宜。

　　雖諸多證據已明顯指出王族卜辭應屬於晚期，然而研究甲骨斷代的學者反而成為壁壘分明的陣營，對於王族卜辭時代歸屬的意見仍各執一詞、莫衷一是。值得思考的是，王族卜辭與歷族卜辭內容有關聯性是確定的，主張王族卜辭屬於第四期的學者，歷組卜辭亦同；然主張王族卜辭應提前至早期之學者，對於歷組卜辭時代的看法卻有兩種不同的意見。

　　近來多有以兩系說為基礎之研究，〔註67〕兩系說認為殷商的文字有兩組各自發展的系統，此說的斷代基礎是將王族、歷組卜辭置於早期；首先提出將字體作細部分類者為林澐，林氏根據字形、地層、鑽鑿等條件進行分類後，歸納文字演變時代之先後順序如下：〔註68〕

〔註66〕許進雄先生：《甲骨上鑿鑽形態的研究》，頁60。

〔註67〕諸如張世超：《殷墟甲骨字跡研究——𠂤組卜辭篇》（長春：東北師範大學出版社，2002年12月）；蔣玉斌：《殷墟子卜辭的整理與研究》（吉林：吉林大學博士論文，2006年6月）；常耀華：《殷墟甲骨非王卜辭研究》（北京：線裝書局，2006年11月）；劉風華：《殷墟村南系列甲骨卜辭整理與研究》（上海：上海古籍出版社，2014年5月）；劉義峰：《無名組卜辭的整理與研究》（北京：金盾出版社，2014年11月）；郭仕超：《甲骨文字形演變研究》（北京：中國社會科學出版社，2016年12月）；夏大兆編：《商代文字字形表》（上海：上海古籍出版社，2017年9月）等，皆以兩系說為基礎，討論各種主題。

〔註68〕林澐：〈小屯南地發掘與殷墟甲骨斷代〉，《林澐學術文集》（北京：中國大百科全書出版社，1998年12月），頁123。

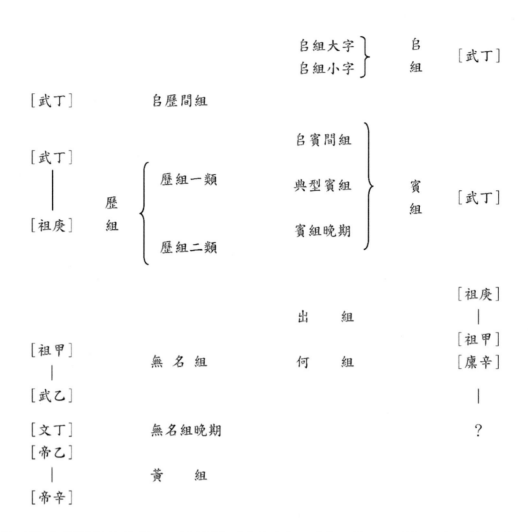

林氏將𠂤組置於賓組前、歷組則與賓組同時，成為兩組不同的系統。其後黃天樹更詳細析分各類，詳見下表：〔註69〕

〔註69〕黃天樹：《殷墟王卜辭的分類與斷代》（臺北：文津出版社，1991年11月），頁13。

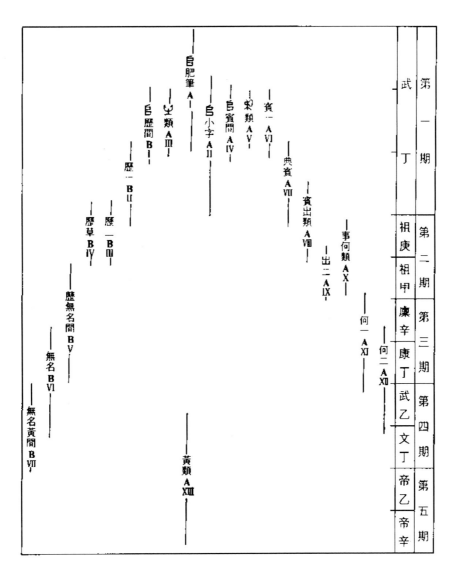

李學勤、彭裕商的意見則更甚之，如𠂤組分為「大字類」、「小字一類」、「小字二 A 類」、「小字二 B 類」；〔註70〕出組分為「出組一類」、「出組二 A 類」、「出組二 B 類」，〔註71〕共析為二十九類，〔註72〕並排列其發展順序：〔註73〕

（村北）　𠂤組→　　𠂤賓間組→　賓組→　　出組　　何組　　　→黃組

（村南）　　　　　→𠂤歷間組→　歷組→　無名組→　無名黃間組 ──

其認為文字演變當分為村北、村南兩系，其後兩系說之研究皆據上述四位學者

〔註70〕李學勤、彭裕商：《殷墟甲骨分期研究》（上海：上海古籍出版社，1996 年 12 月），頁 60～97。

〔註71〕李學勤、彭裕商：《殷墟甲骨分期研究》，頁 138～139。

〔註72〕筆者類項統計至「某組某類」，如「出組二 A 類」、「出組二 B 類」則計為兩類，如「歷組二 B 類甲群」、「歷組二 B 類乙群」、「歷組二 B 類丙群」則屬「歷組二 B 類」，計為一類。

〔註73〕李學勤、彭裕商：《殷墟甲骨分期研究》，頁 305。

之說再加以補充。兩系說的提出，是學者試圖解決將王族、歷組卜辭提前至第一期後，第四期所留下的空白，也希望能藉此解釋王族、歷組卜辭在地層以及鑽鑿形態上所無法說明的問題。

兩系說看似能將文字更細膩的區隔與分類，然而儘管有類型學、筆跡學等學科支持，將文字分組的區分標準仍偏於個人主觀的看法。如在《甲骨文合集》中有不少重片，崎川隆即指出楊郁彥將應為同版的《合集》18839 與《合集》21453 分別歸類於「賓一」與「師肥」兩組。〔註74〕若按同一研究者分類標準都可能偶有失誤，更遑論不同研究者標準紛歧的可能性。〔註75〕

再者，即使將甲骨文字分為𠂤組大字、𠂤組小字、𠂤賓間組、典型賓組、賓組晚期等諸多類組，甚至更多小類，但無法說明的是何以是𠂤組是大字演變至小字，或歷組是一類演變至二類；換言之，這幾類字的演變先後順序並無邏輯上的必然性。文字確切年代為未知，文字演變順序亦為未知，如此論述是以「未知」推論「未知」，結論實有可議之處。

其後，「村中、村南」甲骨的出土使得斷代議題又再次成為討論焦點，對於「兩系說」，亦有學者提出不同的看法。因為新出土的村中、村南甲骨皆屬無名組、歷組及王族卜辭，從發掘的地層證據，更能應證「王族、歷組卜辭屬於第四期」的觀點。將王族、歷組卜辭斷為第一期的學者，也不得不改變看法，如李學勤原力主王族、歷組卜辭屬早期，後亦認為「書體分組宜寬不宜窄」；〔註76〕而本來贊成李學勤說法的學者，紛紛撰文質疑兩系說的可能性，如王宇信評論〈三論武乙、文丁卜辭〉一文，並總結當前「五期說」、「兩系說」的斷代爭議：

> 《三論》這篇近年分期斷代研究的總結性著作，像一記重槌，在撼
> 動著「兩系說」的基石──歷組卜辭的時代「前提說」以後，又落

〔註74〕崎川隆：《賓組甲骨文分類研究》（上海：上海人民出版社，2011 年 12 月），頁 9。

〔註75〕如楊郁彥將《合集》55、《合集》1489、《合集》2884 歸為賓三，崎川隆則歸為師賓間類；又楊郁彥將《合集》1494、《合集》3104 歸為賓一、崎川隆則歸為賓三。見楊郁彥：《甲骨文合集分組分類總表》（臺北：藝文印書館，2005 年 10 月），頁 1、20、39、42；崎川隆：《賓組甲骨文分類研究》，頁 202、243、283、289。

〔註76〕2015 年 4 月 1 日上午於北京故宮博物院召開甲骨座談會，與會學者討論重點在於甲骨斷代，李學勤說「用書體分組宜寬不宜窄」，黃天樹亦表示「依書體的分組不夠周密，需要再思考」。詳見許進雄先生：《博物館裡的文字學家》（新北：商務印書館，2017 年 6 月），頁 277。

在了「兩系說」的架構上，即「無論從卜辭的內容進行分析，還是從田野發掘地層關係進行檢驗，『兩系說』都是難以成立的」。〔註77〕常玉芝更是直斥「兩系說」是「子虛烏有」，常氏云：

> 李學勤提出「歷組」卜辭時代應提前的問題，遭遇到了考古發掘中「歷組」卜辭出土的地層與它組卜辭出土的地層的矛盾現象，李先生為了擺脫地層的困境，就提出殷墟甲骨發展的「兩系說」，將「歷組」卜辭、無名組卜辭從傳統的發展序列中抽出，並將「歷組」放在無名組之前，與無名組組成一系，稱之為「村中、南系」，將其它組卜辭稱之為「村北系」，製造出子虛烏有的所謂「兩系說」。而為了敘述他的「兩系說」，就重提所謂「先用字體分類再進行斷代」。……再者，按著他們的分類原則，如果「歷組」卜辭是武丁至祖庚時期的卜辭，「歷組」卜辭應該有不少與賓組、出組同版的辭例才對，「歷組」卜辭更不會脫離與「村北系」的賓組、出組的聯繫，而脫鈎跑到「村中、南系」去……等等。總之，「以字體分類」同樣詮釋不了「兩系說」的存在，同樣證明不了「歷組」卜辭的時代應該提前。〔註78〕

由上述諸多原因及眾學者的看法，可知目前兩系說仍存在許多問題，此亦為本文仍採用董作賓五期斷代說之因。王族卜辭與歷組卜辭都歸於第四期，而王族卜辭會於統計上特別標明。除了盡可能保持論點的客觀性之外，亦希望透過各個不同時期義近形旁通用的頻次統計，對比各期與王族卜辭的用字習慣，並藉以觀察王族卜辭之從屬。

〔註77〕王宇信：《新中國甲骨學六十年（1949～2009）》（北京：中國社會科學出版社，2013年11月），頁436～448。

〔註78〕常玉芝：〈殷墟甲骨「先用字體分類再進行斷代」說評議〉，《殷都學刊》2019年第4期（安陽：安陽師範學院，2019年12月），頁31～32。

貳、義近人旁字例分論

本章將分三類九組，討論二十個字例，透過字形的比對與字義的考察，檢視這些義近人旁的字是否通用，此二十字例包括：

純粹人形偏旁	人與大：競（䜴、䜴）。 人與卩：即（⿰⿱字形、字形）、鬼（字形、字形）、兄（字形、字形）、見（字形、字形）。 人與女：毓（字形、字形）、蔑（字形、字形、字形、字形）。 女與卩：妥、印（字形、字形）、妉（字形、字形）、艱（字形、字形）。
人體構造偏旁	目與面：曼（字形、字形）。 目與眉：夢（字形、字形）。 又與爪：得（字形、字形）、采（字形、字形）、再（字形、字形）。
人體動作偏旁	攴與殳：鼓（字形、字形）、攻（字形、字形）。 止與辵：逆（字形、字形）、遘（字形、字形）。

以下試分論之。

一、純粹人形偏旁

本文所討論「純粹人形」偏旁有四，即「字形」、「字形」、「字形」、「字形」。「字形」為人，象手向前伸且側面站立之人形，「字形」為大，象雙手展開而正面站立之人形，「字形」為卩，象跪坐之人形，「字形」為女，象雙手交叉而跪坐之女形。以下將四偏旁分成「人與大」、「人與卩」、「人與女」、「女與卩」四組，觀察各組字例於卜辭中是否相通。

（一）人與大

1. 競

競字，甲骨文作「⿰竸竸」形，象二人頭上有裝飾之形，其創意為「二人競賽頭飾之美」〔註1〕，《說文解字》釋競云：「⿰競競，彊語也，从誩二人，一曰逐也。」〔註2〕學者釋字多依許說，如羅振玉云：

> 《說文解字》：「⿰競競，彊語也，从誩二人。」此从誩省。〔註3〕

王襄說法亦同：

> ⿰競競，古競字，許說：「彊語也，一曰逐也，从誩从二人。」此从二人，从誩省。〔註4〕

從甲骨文字形來看，競字創意確有相爭之義，然似與言字無關，對此，李孝定以為：

> 許書「彊語」一解，蓋以為其字从誩也。甲骨金文从⿱羊的字，於鳥則象其毛冠，⿰鳥鳥字是也，於人則象其頭飾，童妾諸字是也，此字亦然，然則此字當以逐也為本誼，甲骨金文競字，多為人名，無以証其本義。〔註5〕

甲骨文中「言」字作「⿱辛口」，「象長管樂器形」〔註6〕，雖與競字形似，但意義卻無涉，李孝定「⿱辛口象人之頭飾」說法甚確；趙誠釋競字云：

> 兢。从二人，其上為頭飾。後代演化為競。甲骨文用作祭名。〔註7〕

趙氏將此字依甲骨字形隸作「兢」，「上為頭飾」之說與李同，頭飾下从人，象「二人競比頭飾之美」，至於二位對於競字釋義有異則詳後。

又有「⿰㚔㚔」形，徐中舒《甲骨文字典》、于省吾《甲骨文字詁林》皆收於「競

〔註1〕許進雄先生：《簡明中國文字學（修訂版）》，頁185。
〔註2〕東漢・許慎撰、清・段玉裁注：《說文解字注》，頁102。
〔註3〕羅振玉：《增訂殷虛書契考釋》卷中（臺北：藝文印書館，1969年12月），葉59上。
〔註4〕王襄：《簠室殷契類纂》（天津：河北第一博物院，1929年9月），葉11。
〔註5〕李孝定：《讀《說文》記》（臺北：中央研究院歷史語言研究所，1992年1月），頁62。
〔註6〕許進雄先生：《簡明中國文字學（修訂版）》，頁116。
〔註7〕趙誠：《甲骨文簡明詞典——卜辭分類讀本》（北京：中華書局，2009年5月），頁252。

字條下，〔註8〕然徐中舒對「茻」形之義並無說解；施順生則引徐說云「字形中的人形可從人，又可從大」〔註9〕。實際考察「羿」、「茻」二形卜辭：

第一期	（1）戊子卜，王貞：來競（茻）姦？十一月。 　　　戊子□來競（茻）姦？十一月。	《合集》106 正反
	（2）甲戌卜，賓貞：其競（羿）父乙日于大庚告 　　　于□宰？	《合集》1487
	（3）貞：叀競（羿）令？八月	《合集》4337
第二期	（4）□亥卜，喜貞：大庚戠□競（羿）于庚？	《合集》22801
第三期	（5）競（弜）祖甲牢？	《合集》27337
	（6）貞：競（弜）父己□	《合集》27414
	（7）其又晉妣甲競（弜）妣庚？ 　　　弜競（弜）？	《醉古集》275〔註10〕
第四期	（8）其又子彙競（弜）兄癸牢？ 　　　□競（弜）□	《合集》41495

從上列卜辭可知競字多作祭名，如第（2）、（4）、（5）、（6）、（7）、（8）卜皆屬之；關於祭祀內容的說明，貝塚茂樹以為：

> 競字はここでは祖丁に犠牲をささげて祭る意味に使用されている。「王歲其競」（後下一〇・六）「弜競其又晉。」（誠三四三）「弜競。絲用。」（京四一八八）などのように。犠牲を供することに關している。說文では「從言從二人」というが、實は奴隷が二人並んでいる意を表している。牛羊などの犠牲を二匹ずつ對にして用いることであろうか。〔註11〕

貝塚氏以為《說文》中的從二人，實際上是指兩名奴隷，由此知競字作為祭名是指獻上兩匹祭祀犧牲之義；據上所論，「羿」字象二人帶頭飾貌，實與奴隷無

〔註8〕見徐中舒：《甲骨文字典》（成都：四川辭書出版社，1989年5月），頁227；于省吾主編、姚孝遂按語：《甲骨文字詁林》（北京：中華書局，1996年5月），頁150。

〔註9〕施順生：《甲骨文異體字研究》，頁133。

〔註10〕為《合集》27531、《合集》30479 兩版之綴合，見林宏明：《醉古集：甲骨的綴合與研究》（臺北：萬卷樓，2011年3月），頁313。

〔註11〕貝塚茂樹：《京都大學人文科學研究所藏甲骨文字・本文篇》，頁454。中譯為：「競字在此作為『貢獻犧牲給祖丁』義，『王歲其競』（後下一〇・六）、『弜競其又晉。』（誠三四三）、『弜競。絲用。』（京四一八八）等卜辭所述，皆與提供犧牲之義相關。《說文》云：『從言從二人。』實際上二人是指表示有兩名奴隷並列。用於犧牲即為牛羊等兩匹祭牲之義。」（筆者自譯）

涉，故貝塚氏之說應不確。然目前競字辭例甚少，僅知多出現於第三期，其他則無法得知，仍有待其他材料佐證。

除祭名外亦作人名使用，如第（3）卜「叀競令」；「叀某令」似為熟語，「某」即為人名，如：

（9）癸未卜貞：勿隹今令？	《合集》557
（10）貞：叀兕令？	《合集》4621
（11）貞：叀姁令？	《合集》4677
（12）叀川令？八月。	《合集》4817
（13）貞：叀得令？ 貞：叀般令？	《合補》1205

據上，競作人名使用無疑。又第（1）版的「𣓤」字僅兩例，且為同版，商承祚認為「𣓤」形「為地名」，[註12] 嚴一萍同意商說，認為「𣓤」、「𣓤」當非一字。[註13] 筆者以為商、嚴二氏之說基本正確，可備一說，惟其為孤證，能否成為定論，則俟日後更多證據。

考甲骨中競字辭例出現比例如下：

	第一期	第二期	第三期	第四期	第五期	王族卜辭	總計	比例
𣓤	6	3	12	2	0	0	23	88.46%
𣓤	2	0	0	0	0	0	2	7.69%
𣓤	0	0	1	0	0	0	1	3.85%
總計	8	3	13	2	0	0	26	100%
比例	30.77%	11.54%	50%	7.69%	0%	0%	100%	

「競」字在第三期使用的次數最多，佔全體比例的五成，其次則是第一期。從字形來看，「𣓤」有兩例，僅出現於《合集》106 一版，已見前述，「𣓤」使用比例最高，佔八成八，惟第一期作「𣓤」形，至第三期則於上加橫劃作「𣓤」形，於「平橫劃上增一短橫劃」為古文字演變時常見現象，[註14] 與字義無涉，故統計仍歸入「𣓤」形，「𣓤」形僅《合集》27010 一例，與「𣓤」形似，可併入「𣓤」統計。簡單整理競字演變如下：

[註12] 商承祚：《殷契佚存》下（南京：金陵大學中國文化研究所，1933 年 7 月），葉 106。

[註13] 嚴一萍：《美國納爾森美術館藏甲骨卜辭考釋》（臺北：藝文印書館，1973 年 1 月），頁 16。

[註14] 許進雄先生：《簡明中國文字學（修訂版）》，頁 184。

	殷商（甲骨）		西周（銅器銘文）			東周（簡牘）	東漢（小篆）
	第一期	第三期	早期	中期	晚期		
競	𦫶 → 𦫷	𦫸	𦫹 → 𦫺 → 𦫻			𦫼	𦫽
	《合集》 4337	《合集》 27337	〈高卣〉	〈𢼸尊〉	〈宗周鐘〉	《包》 2.118	

據上，連結競字各時期的字形，知於西周時期已開始產生訛變：甲骨言字本作「𠷎」形，後添加了無意義之裝飾筆劃而作「𠷏」形，此為字形演變常見之規律；[註15] 而競（𦫶）字上本象「頭飾」之形，於西周中期訛化為「𠂹」形，此即競字小篆从誩之因。

總言之，「𦫶」形於甲骨刻辭中作祭名及人名，確如李孝定所言，無以證其本義，而「𦫷」則為地名。就其字義而言，或可將二形視為不同字，然因「𦫷」出現次數太少，且為地名，實無法直接論斷；又就競字創意而言，其重點在於頭上的裝飾，暫定二形可相通。

（二）人與卩

1. 即

在甲骨刻辭當中有「𝈉」與「𝈊」兩形，「𝈉」形可隸定為「即」，「𝈊」形則或隸為「臥」，其創意為「一人前就食物，準備食用之意」，[註16] 兩形出現於各期的次數如下表：

	第一期	第二期	第三期	第四期	第五期	王族卜辭	總計	比例
𝈉	4	1	41	58	1	11	116	33.14%
𝈊	0	234	0	0	0	0	234	66.86%
總計	4	235	41	58	1	11	350	100%
比例	1.14%	67.14%	11.71%	16.57%	0.29%	3.14%	100%	

從上表可知各期皆有「𝈉」形，惟各期出現的頻次多寡不一，而「𝈊」形僅在第二期的卜辭中出現，且此形出現的頻次遠遠高於各期「𝈉」形所出現的次數。考其卜辭義，知二形意義有別，卜辭列舉如下：

〔註15〕舌字亦有此現象，甲骨文舌字作「𠮛」形，創意象「舌形，舌有紋理，簡化後像是有分歧」。見許進雄先生：《簡明中國文字學（修訂版）》，頁 396。又增繁作「𠯠」形。

〔註16〕許進雄先生：《簡明中國文字學（修訂版）》，頁 450。

第一期	（1）勿即（𝈿）賓？雨。六月。	《合集》12590
第二期	（2）癸亥卜，大：即（𝈿）〔註17〕☒王其田☒	《合集》24451
第三期	（3）其即（𝈿）宗父庚升，叀翌日乙酉？	《合集》30330
	（4）即（𝈿）于岳？	《合集》30675
第四期	（5）丁丑貞：求其即（𝈿）丁？	《合集》32440
	（6）癸亥卜：河其即（𝈿）宗于高？ 弜即（𝈿）宗☒	《合集》34058
第五期	（7）弜禹即（𝈿）于宗？吉。	《合集》38232
王族卜辭	（8）戊寅卜，王：即（𝈿）雀？	《合集》20174

第二期	（9）癸酉卜，即（𝈲）貞：上甲升歲其告祊一牛？	《合集》22676
	（10）戊申卜，即（𝈲）貞：其延丁歲？六月。	《合集》23069
	（11）辛巳□，即（𝈲）貞：今日又各雨？	《合集》24756
	（12）甲寅卜，即（𝈲）貞：王賓夕福亡□？	《合集》25539
	（13）癸亥卜，即（𝈲）貞：旬亡禍？六月。 癸酉卜，即（𝈲）貞：旬亡□？七月。	《合集》26615

（1）至（8）版，字形皆作从卩之「𝈿」形，即使第（2）版或有學者隸為「既」，亦為跪坐人形，而非站立之人形。此字雖出現頻次不多，但各期皆有，其義為祭名；而（9）至（13）版之字形皆作从人之「𝈲」形，大量出現於第二期，僅作貞人名使用，二形意義有別無疑。

已知二形意義有別，將其二形出現各期頻次分別統計如下：

	第一期	第二期	第三期	第四期	第五期	王族卜辭	總計	比例
𝈿	4	1	41	58	1	11	116	100%
比例	3.45%	0.86%	35.34%	50%	0.86%	9.48%	100%	

	第一期	第二期	第三期	第四期	第五期	王族卜辭	總計	比例
𝈲	0	234	0	0	0	0	234	100%
比例	0%	100%	0%	0%	0%	0%	100%	

就「𝈿」形論之，此形第一、二、五期所佔比例並不高，大量出現於三、四期，推論是晚期較常使用的祭名，到了第五期，因周祭等祭祀典律成形，各方面的制度已有一定的規律，故「即」字使用的頻次較低。

〔註17〕此版因拓片漫漶不清，《摹釋總集》隸為「即」、《摹釋全編》隸為「既」。

再就「𠃷」形論之，此形在第二期共出現 234 次，其中有七例為殘缺不全之辭，〔註18〕其餘的 227 例皆為貞人之名，所佔比例高達 97.01%；換言之，如排除殘辭的情況，第二期所出現的「𠃷」形皆為貞人之名，絕無例外，而在第二期以外的其他各期，則全無「𠃷」形的出現，顯然對殷人而言，「𠃷」與「𣪊」二形之詞義是有所區別的。就創意而言，「𣪊」字象「人跪坐就食」之形，由此引申為祭名。「𣪊」形切合創意，而「𠃷」形則否。至於「𠃷」形，推測有可能因「𣪊」、「𠃷」字音相同，故殷人借「𣪊」字而造「𠃷」字，以「𠃷」作為貞人之專用字，然脫離此語境後，此字亦隨著消失。

綜上所述，「𣪊」、「𠃷」二形於卜辭中字義並不相混，「𣪊」字非「𠃷」字之異體，反之亦然，知偏旁「人」與「卪」不相通。

2. 鬼

鬼字在卜辭中有「鬼」、「鬼」二形，其創意皆為「巫師戴面具扮鬼形之象」〔註19〕，而其相異處在於人形之站立或跪坐有別，「鬼」、「鬼」二形出現於各期的情況表列如下：

	第一期	第二期	第三期	第四期	第五期	王族卜辭	總計	比例
鬼	25	34	0	4	0	0	63	91.3%
鬼	4	0	0	0	0	2	6	8.7%
總計	29	34	0	4	0	2	69	100%
比例	42.03%	49.28%	0%	5.8%	0%	2.9%	100%	

由上表可以看出二形出現的頻次相距甚遠，「鬼」形與「鬼」形之比例將近九比一。考其卜辭義，知二形意義有別，卜辭列舉如下：

第一期	（1）貞：亞多鬼（鬼）夢亡疾？四月。	《合集》17448
第二期	（2）貞：隹鬼（鬼）？	《合集》25005
第四期	（3）庚辰貞：其㞢鬼（鬼）？	《合集》34146

第一期	（4）己酉卜，賓貞：鬼（鬼）方昜無禍？五月。	《合集》8591
王族卜辭	（5）庚子卜：不☐步鬼（鬼）？	《合集》20757
	（6）☐不召鬼（鬼）日☐	《合集》22012

〔註18〕分別為《合集》26111、《合集》26115、《合集》26462、《合集》40952、《合集》41143、《合補》7363、《懷特》1261

〔註19〕許進雄先生：《簡明中國文字學（修訂版）》，頁 440。

上表（1）至（3）卜，鬼字作「鬼」形，其卜辭義皆為鬼神之義，如第（1）卜即問「亞」是否會因夢鬼而有疾，此類卜辭常見於第一期，或因鬼神之屬並無具體形象，殷人敬畏鬼神，故常卜問是否因夢見鬼而導致疾病。（4）至（6）卜鬼字皆作「鬼」形，除第（6）卜辭例已殘外，第（4）卜辭例刻作鬼方，明確為方國之義，而第（5）卜則是地名，卜問步行至鬼，此地名或與鬼方相關。透過字形及其字義的對比，可知卜辭中「鬼」、「鬼」二形意義有別，並將二形出現各期頻次分列於下：

	第一期	第二期	第三期	第四期	第五期	王族卜辭	總計	比例
鬼	25	34	0	4	0	0	63	100%
比例	39.68%	53.97%	0%	6.35%	0%	0%	100%	

	第一期	第二期	第三期	第四期	第五期	王族卜辭	總計	比例
鬼	4	0	0	0	0	2	6	100%
比例	66.67%	0%	0%	0%	0%	33.33%	100%	

「鬼」字多見於一、二期，晚期中僅第四期出現 4 例，三、五期皆未見。至於「鬼」形則僅見於第一期與王族卜辭，關於此點，因「鬼」形所表示之義為方國名，或可由殷代方國之興衰探討之。張秉權曾列舉各期的方國，其云：

> （1）見於第一期武丁時代卜辭的方國，有三十三個：𡉚方、土方、鬼方、周方、龍方、羌方、……（2）見於第二期祖庚祖甲時代卜辭的方國，有兩個：𡉚方、周方（3）見於第三期廩辛康丁時代卜辭的方國，有十二個：危方、羌方、𢆶方、商方、戉方、𢿢方、宣方、北方、盧方、牝方、𡉚（方）、人（方）（4）見於第四期武乙文武丁時代卜辭的方國，有二十六個：𡉚（方）、周（方）、危方、人方、羌方、龍方、𢎥方、馬方、井方；鬼方……（5）見於第五期帝乙帝辛時代卜辭的方國，有八個：人方、羌方、𢿢方、盂方、𢿢方、𢆶方、林方、𡉚方[註20]

由張文可知，「鬼方」出現存在殷商的第一、四期中，故在第二、三、五期的

〔註20〕張秉權：〈卜辭中所見殷商政治統一的力量及其達到的範圍〉，《中央研究院歷史語言研究所集刊》第 50 本 1 分（臺北：中央研究院歷史語言研究所，1979 年 3 月），頁 215～216。

卜辭中並無「𩲡」形，「𩲡」形僅出現於第一期及王族卜辭中。王族卜辭中，鬼字凡兩見，且皆為「𩲡」形。其中《合集》22012 一版為殘辭，故無法得知其意義，另一版《合集》20757 中則為地名，推測或與「鬼方」有關。

綜上所論，殷卜辭中所出現且非殘辭之鬼字，如為「𩲡」形，意義為鬼神之鬼，如為「𩲡」形，意義則為方國名「鬼方」之義；換言之，卜辭中「𩲡」形與「𩲡」形雖形似，然意義並不相混，即「𩲡」形與「𩲡」形不為同字，不可視為異體字；「𩲡」、「𩲡」二形雖於創意上可通，實際用法卻有別，所以「𩲡」形可能另有創意，或因鬼神之鬼與鬼方之鬼讀音相同，換「𩲡」形之卩旁為人旁，作為鬼（𩲡）方之專字。

3. 兄

甲骨卜辭中有「𠯏」、「𠱾」兩形，或可分別隸定為「兄」與「祝」；除了最主要的「𠯏」、「𠱾」兩形外，亦偶有加示旁的「𥚃」形，或同樣為跪坐但手形稍異的「𦣻」形，諸形於各期出現的次數詳列如下：

	第一期	第二期	第三期	第四期	第五期	王族卜辭	總計	比例
𠯏	105	113	46	19	3	47	333	45.37%
𠱾	11	194	89	27	0	14	335	45.64%
𥚃	3	0	19	13	0	3	38	5.18%
𦣻	0	5	3	0	3	0	11	1.5%
𥚃	0	17	0	0	0	0	17	2.32%
總計	119	329	157	59	6	64	734	100%
比例	16.21%	44.82%	21.4%	8.04%	0.82%	8.72%	100%	

諸形於各期出現的情況看似紛雜無序、混用無別，然「𠯏」、「𠱾」二形於卜辭中詞義迥異，二詞詞義書證如下：

第一期	（1）丁未卜，㞢貞：㞢于兄（𠯏）丁？	《合集》1807
第二期	（2）庚辰卜，旅貞：王賓兄（𠯏）庚彡亡尤？在二月。	《合集》23486
	（3）癸亥卜，兄（𠯏）貞：旬□禍？	《合集》26629
第三期	（4）己未卜：其又歲于兄（𠯏）己一牛？己未卜：其又歲罙兄（𠱾）庚牢？	《合集》27615
第四期	（5）弜羊多兄（𠯏）？	《合集》32769
第五期	（6）兄（𠯏）？二。	《合集》37283

王族卜辭	（7）癸未卜，□：翌丁亥酒兄（ ）丁一牛？六月。用。	《合集》20055

第一期	（8）貞：王其入，勿祝（ ）于下乙？	《合集》1666
第二期	（9）乙巳卜，喜貞：祖乙歲，叀王祝（ ）？	《合集》22919
	（10）丁酉卜，祝（ ）貞：其品司在茲？	《合集》23712
第三期	（11）☑祝（ ）至兄（ ）辛？	《合集》27629
第四期	（12）辛巳卜：其告水入于上甲祝（ ）大乙一牛，王受祐？	《合集》33347
第五期	（13）□□卜貞：衣彡日☑犬蠱祝（ ）☑兇翌日□亥王其𧗊☑每禽？	《合集》37386
王族卜辭	（14）癸未卜：往衛祝（ ）于祖辛？	《合集》19852

（1）至（7）版中，皆作站立之「 」形，各版除第（2）卜作為貞人外，其他皆為兄弟義；至於（8）至（14）版，各版形體或有稍異，但皆為跪坐之形，其字義除第（10）卜為貞人外，其餘皆為祝祭義，第（11）卜還同見兄、祝二形於一版中，可知站立之「 」形與跪坐之「 」形意義不同。

二形意義有別，將其二形出現各期頻次分別統計如下：

	第一期	第二期	第三期	第四期	第五期	王族卜辭	總計	比例
	105	113	46	19	3	47	333	100%
比例	31.53%	33.93%	13.81%	5.71%	0.9%	14.11%	100%	

	第一期	第二期	第三期	第四期	第五期	王族卜辭	總計	比例
	11	194	89	27	0	14	331	82.54%
	3	0	19	13	0	3	38	9.48%
	0	5	3	0	3	0	11	2.74%
	0	17	0	0	0	0	17	4.24%
總計	14	216	111	40	3	17	401	100%
比例	3.49%	53.87%	27.68%	9.98%	0.75%	4.24%	100%	

就兄（ ）字論之，此字字義單純，各期中皆作為稱呼親屬的兄弟之義，第二期尚作為貞人之名。除兩例誤刻外，〔註21〕表示兄弟義時皆以站立之「 」形

〔註21〕即《合集》27632、《合補》6591 兩版，後文詳述。

表示，若用於祭祀之祝字則以跪坐之「」、「」等形表示，二字字形截然有別，並不相混。

再就祝（）字論之，第一期祝字作「」形，或加示旁作「」形；第二期祝字作「」形，此期用字情況相較於他期複雜許多，除兄弟義（）、祝祭義（）之外，尚有貞人名。第二期有兄庚、兄己等兄名計 82 例，全以「」形示之，不與他形相混。〔註22〕然而此期中卻有貞人祝與貞人兄，分別作「」、「」形，貞人祝（）共有 192 例，「」形不若他期作為祝祭義，筆者以為，此期祝祭義作「」形，應是為了區別貞人名與祝祭義，故有意將祝字從「」形變為「」形，或加示旁之「」形。至於貞人兄（），共有 31 例，雖其形與「兄某」之兄同，然第二期稱兄弟之兄大多刻為合文，如《合集》23477，兄庚作「」、兄己作「」，故貞人兄與兄弟之兄二字不至混淆。至於貞人祝（）與貞人兄（）所指涉之貞人是否為同一人，或可從《合集》26629、《合集》26641 兩版討論，拓片如下：

【《合集》26629】　　　　　　　　【《合集》26641】

〔註22〕其中《合集》23519 一版，《摹釋總集》隸為「☒兄辛☒」，然此版為辭句不全，且第二期的卜辭中除此版外並無兄辛之稱、第三期早期亦無父辛之稱，故推測此期可能為「辛☒祝☒」的殘辭。

　　貞人祝（🐦）與貞人兄（🐦）見於同版中，如二形所指為同一位貞人，則是貞人祝（🐦）誤刻為兄（🐦）；反之，二形指稱者若非同一位貞人，則是殷人有意區分祝（🐦）、兄（🐦）二形。筆者以為二形可能為不同人，首先雖然貞人兄（🐦）出現的頻次遠低於貞人祝（🐦），但仍出現了 31 次，並非只是零星數見，且二形見於同版僅上述二例；其次，就字形刻劃的難易度而言，祝字作跪作之「🐦」形，由此字筆劃的轉折來看，應較兄字（🐦）難刻，但二字中卻是祝字（🐦）出現次數較多，若二形無別，何不選擇較易刻劃之兄（🐦）字？再者，第二期已出現「🐦」、「🐦」形來區別貞人祝與祝祭義之不同，若貞人祝（🐦）與貞人兄（🐦）為同一人，應不需多此一舉；最後從卜辭內容來看，貞人兄（🐦）所負責卜問的內容皆為卜旬辭，貞人祝（🐦）則除了卜旬辭外，還有其他性質的卜辭，推測貞人兄（🐦）應專司卜問卜旬辭，且供職時間可能不長。綜上，將第二期各形及其字義以簡表示之：

字形	🐦	🐦			🐦	🐦
字義	兄某	貞人兄	貞人祝	殘辭	祝祭	祝祭
頻次	82	31	192	2	5	17

在第三期卜辭中並無名為祝（🐦）或兄（🐦）之貞人，故不會有字形相似而產生字義相混的問題。在第三期中，稱呼「兄丙、兄己、兄庚、兄辛」等兄輩，仍以「🐦」字形來表現，而祝祭之名則恢復以「🐦」形，或加上示的「🐦」形來表示。值得一提的是，在第三期中有《合集》27632 一版有「兄辛」一詞，是以「🐦」字形表達兄輩之兄的意義，姚孝遂以為是誤刻，[註23] 可從；又有《合集》27456、《合集》28296、《合集》30620 三版以「🐦」之形，表示祝祭之義，則可將「🐦」形視為「🐦」形之異體。推測可能是在第二期時，為了區別貞人祝（🐦）與貞人兄（🐦），而祝祭義作「🐦」形；但第三期已不見貞人祝、貞人兄，無需別義，故祝字又以「🐦」形來表示，而「🐦」形可能是受到第二期字形的影響成為異體字。

　　第四期的用字情況與第一期略同，以「🐦」字形來表達兄輩之義，而祝祭之名則是以「🐦」或「🐦」之形來表示。第五期的兄字仍以「🐦」形來表示，然而祝祭之名則不使用「🐦」字形，而是以第二期及第三期所出現的「🐦」形

〔註23〕于省吾主編、姚孝遂按語：《甲骨文字詁林》，頁 86。

來表示。王族卜辭一樣以「」字形來表達兄義，惟《合補》6591 一版祝字以兄字之形示之，拓片如下：

【《合補》6591】

此版內容有部分殘損，卜辭作「王祝☐虫呼☐」，祝字作「」形，與兄字混淆；除此版外，其他皆以「」或「」形表示祝祭之義，即「祝」字所使用的字形與第一、四期相同。

　　綜上所述，在卜辭中的兄（）字皆為兄某之兄，除少數誤刻外，絕無與「」形相混的情形，又第二期雖有貞人兄（），與兄弟之兄同形，然此期兄弟之兄字多作合文，字義上亦不致混淆；而祝（）字，除第二期為了區別貞人而以「」形表示祝祭，「」形皆為祝祭之義；到了第五期，祝字已改作「」形而不作「」形。各期兄（）與祝（、）的形、義有別，而二形根本之別在於一為站立之人形、一為跪坐之人形，知站立之「」形與跪坐之「」形不能相通。

　　4. 見

　　甲骨刻辭中有「」、「」兩形，從目下有一站立或跪坐之人形，其創意「指明人之眼睛司視覺之功能」〔註24〕，此二形出現於各期的次數統計如下：

〔註24〕許進雄先生：《簡明中國文字學（修訂版）》，頁 87。

	第一期	第二期	第三期	第四期	第五期	王族卜辭	總計	比例
𧠭	54	4	2	2	0	9	71	55.91%
𧠭	49	3	3	0	0	1	56	44.09%
總計	103	7	5	2	0	10	127	100%
比例	81.1%	5.51%	3.94%	1.57%	0%	7.87%	100%	

在各期當中，兩形所出現的次數差距不大，除第一期外，各期的卜辭幾為殘辭。對於此二字形是否可以視為同一字，學者們有截然不同的看法。如唐蘭、金祥恆與趙誠三位即以為「𧠭」、「𧠭」同義，唐蘭釋艮字云：

> 右艮字（按：即「𧠭」形），舊誤釋為見，今正。見字當作 𧠭 𧠭 𧠭 𧠭
>
> 等形，與此迥殊，猶欠作 𧠭，而旡作也 𧠭。〔註25〕

唐文的重點在解釋艮字與見字之不同之處在於「目」的方向，並認為見字有「𧠭」、「𧠭」、「𧠭」、「𧠭」等形，也從此點出「𧠭」、「𧠭」二形可同隸為「見」的看法；又金祥恆以為：

> 《說文》：「視也，从儿从目」。商承祚謂：「卜辭見字作 𧠭，望字作
>
> 𦣻，目視為見，目舉視為望，決不相混。」其說是也，金文亦然。
>
> 如：「沈子栽克蔑厭于公休。」〈沈子殷〉、「余子迺遣閒來逆邵王，
>
> 南夷東夷具見。」〈宗周鐘〉其見一作 𧠭，一作 𧠭，與卜辭同，字
>
> 或从 𠥓 或从 𠂤，𠥓 與人古相通。〔註26〕

金氏說法可分為兩點來談：首先，商承祚之例側重於見、望二字之異，主要是目的平視與上望，並無討論到見字為站立或跪坐，而文中所舉之例卻是兩見字；其次，金氏以為 𠥓 與 𠂤 偏旁相通，故「𧠭」、「𧠭」二形字義相同；趙誠意見亦同，其云：

> 甲骨文的見字寫作 𧠭，像人跪坐着睜開眼睛。或寫作 𧠭，象人站着
>
> 着睜開眼睛，都表示有所看見。〔註27〕

趙氏雖同意二形為一字，但認為甲骨文的詞義內部存在多層次性，並分見字有

〔註25〕唐蘭：《殷虛文字記》（北京：中華書局，1981 年 5 月），頁 102。

〔註26〕金祥恆：〈加拿大多侖多大學安達略博物館所藏一片牛胛骨刻辭考釋〉，《金祥恆先生全集》第 2 冊（臺北：藝文印書館，1990 年 12 月），頁 415。

〔註27〕趙誠：〈甲骨文行為動詞探索一〉，《古文字研究》第 17 輯（北京：中華書局，1989 年 6 月），頁 327。

見、視、監、觀等義。〔註28〕

以為「𥃊、𥅆不同義」者，如貝塚茂樹、張桂光、裘錫圭、蔡哲茂等學者；
貝塚茂樹釋「見」云：

> 卜辭の見は𥅆と𥅆との二體があり、前者は主として動詞、後者は
> 主として固有名詞として使用されている。〔註29〕

貝塚氏以為𥃊、𥅆二者之差別在於詞性，即𥃊為動詞、𥅆為名詞；然卜辭中
有𥅆形作動詞用者，如《合集》17055 正：

> 丙午卜，𣪘貞：呼臽往見（𥅆）有𠂤？王固曰：惟老惟人，途遘若？

此版「𥅆」字明顯非名詞，故二者並非如貝塚氏之說為詞性不同；又張桂光與
裘錫圭雖皆主張「𥃊」、「𥅆」二形意義有別，應為不同的兩個字，但此二形分
別為哪兩個字，則有不同的看法。張桂光以為「𥃊」為見、「𥅆」為望，其云：

> 甲骨文中的𥅆、𥃊有別，𥃊是「見」字，𥅆則是「𣶰」的異文，以
> 釋「望」為妥。……𥃊、𥅆二字的辭例，相似的很少，可確證為「見」
> 字的「其來見王」、「不其來見王」、「叩啟，不見雲」等，「見」字都
> 作𥃊不作𥅆。在稍覺相似的「𥅆方」與「𥃊方」諸例中，作「𥅆方」
> 的幾乎前面都帶「乎」或「令」，作「𥃊方」的則無一帶「乎」或
> 「令」的。而𥅆、𣶰二文的辭例，卻有很多相似的地方。〔註30〕

裘氏則以傳統經典釋「𥃊」為見、「𥅆」為視，裘氏云：

> 我認為甲骨文的「𥅆」也應釋為「視」。這種「視」是形聲字「視」
> 的表意初文。殷墟卜辭中有以下諸辭（𥅆字以「△」代替）：「貞：
> 登人五千，乎」（呼）△方。」《合》6167、「貞：乎△，�。」《合》
> 6193、「丁未卜，貞：令立△方。一月。」《合》6742……把這類卜
> 辭中的△釋為「視」，是很合適的。《左傳・僖公十五年》記秦晉二
> 國韓之戰之事說：「晉侯逆秦師，使韓簡視師，復曰：『師少於我，

〔註28〕趙誠：〈甲骨文行為動詞探索一〉，《古文字研究》第 17 輯，頁 328。

〔註29〕貝塚茂樹：《京都大學人文科學研究所藏甲骨文字・本文篇》，頁 543。中譯為：「卜
辭的見有『𥅆』與『𥅆』二形，前者主要是動詞，後者主要用於專有名詞。」（筆者
自譯）

〔註30〕張桂光：〈古文字考釋四則〉，《古文字論集》（北京：中華書局，2004 年 10 月），
頁 112。

鬬士倍我。』」同書《哀公二十三年》：「夏六月，晉荀瑤伐齊，高無
丕帥師御之。知伯視齊師，馬駭，遂驅之，曰：『齊人知余旗，其謂
余畏而反也。』及壘而還。」上引卜辭的「視」，當與《左傳》「視
師」之「視」義近，有爲了準備戰鬬而觀察敵軍情況之意。〔註31〕

裘氏又舉出其他載體上的視字：

> 《老子》今本 35 章的「視之不足見」，簡本就作：「�ြ之不足☐」
> ……周原卜甲也有「視」的表意初文：「☐工于洛」（H11:102）、「龍
> ☐乎（呼）☐☐」（H11:92）……在西周金文中，雖然早已出現個
> 別從「見」「氏」聲的「視」字（參看《金文編》619 頁「視」字），
> 「視」的表意初文仍然時常被使用。〔註32〕

筆者以爲，張、裘二說皆有可商之處。就張桂光之說，張氏以爲☐、☐二字辭
例相仿，而將☐字釋爲望字；對此，姚孝遂以爲：

> 考之卜辭，「望乘」之「望」從無作「☐」之例。「☐」與「☐」在卜
> 辭均可爲人名，亦均可爲動詞，但二者從不相混。〔註33〕

此意見裘錫圭亦贊同。〔註34〕考文字創意，兩字之重點在於眼睛的方向，
「見」字爲平目，指明人之目司視覺之功能，〔註35〕而「望」字則爲「豎起眼
睛遠望」，〔註36〕故二者不宜視爲同一字。

就裘氏之說，雖有傳統文獻爲例，且將所舉卜辭釋之爲視（觀察）也確爲
合理，惟逕說「☐」爲視的表意初文仍是偏向主觀的認定。首先，裘氏以爲「西
周金文中已出現從見氏聲的視字」，其說並不完全正確。《說文》釋視云：

> 視，瞻也。從見示聲。☐，古文視；☐，亦古文視。〔註37〕

段注云：

〔註31〕裘錫圭：〈甲骨文中的見與視〉，《裘錫圭學術文集·甲骨文卷》（上海：復旦大學
出版社，2012 年 10 月），頁 445～446。

〔註32〕裘錫圭：〈甲骨文中的見與視〉，《裘錫圭學術文集·甲骨文卷》，頁 445～447。

〔註33〕于省吾主編、姚孝遂按語：《甲骨文字詁林》，頁 611。

〔註34〕裘錫圭：〈甲骨文中的見與視〉，《裘錫圭學術文集·甲骨文卷》，頁 444。

〔註35〕許進雄：《簡明中國文字學（修訂版）》，頁 87。

〔註36〕許進雄：《簡明中國文字學（修訂版）》，頁 87。

〔註37〕東漢·許慎撰、清·段玉裁注：《說文解字注》，頁 412。

此氐聲與目部眡氏聲迥別。氐聲古音在十五部、氏聲在十六部，自
唐宋至今多亂之。眡見周禮。〔註38〕

又《說文》釋眡字云：「眡，視皃也。从目氏聲。」〔註39〕段注云：

（眡）與眡別。眡，古文視。氐聲在十五部、氏聲在十六部。宋元
以來，尟有知氏氐不可通用者。〔註40〕

由上述可知，眡、眡二字雖義近然字形有別，裘氏所云金文中從見氏聲之字應
為眡字而不為眡（視）字；又根據古文字字形，或可看出這些字形的演變脈絡，
試以簡表表示如下：

	殷商（甲骨）	西周（銅器銘文）	東周（簡帛）	東漢（小篆）
見	𗊅 → 𗊅（〈賢簋〉，西周中） 𗊅 → 𗊅（〈九年衛鼎〉，西周晚）		𗊅（《望》1.77） 𗊅（《包》2.15）	𗊅
視（眡）			𗊅（《上博二》魯.2） 𗊅、𗊅（《說文》古文）	視
眡		𗊅（〈員方鼎〉，西周早或中）		眡

視字是周以後出現的文字，其演變不與見字相混，裘氏之說或有可議之處。

如趙誠所言，甲骨文中的「見」字意義頗多，「𗊅」、「𗊅」二形是否同義的
問題，應直接梳理卜辭為妥。分舉二形卜辭如下：

第一期	（1）□戌卜貞：畢見（𗊅）百牛鬯用自上示？	《合集》102
	（2）己未卜，㱿貞：缶其來見（𗊅）王？一月。 　　己未卜，㱿貞：不其來見（𗊅）王？	《合集》1027 正
	（3）見（𗊅）入三。	《合集》9267
	（4）☑其隹辛見（𗊅）甲，七日甲允雨，八日辛丑亦□	《合集》12977
	（5）貞：多鬼夢，重□見（𗊅）？ 　　貞：多鬼夢，重言見（𗊅）？ 　　庚辰卜貞：多鬼夢，重疾見（𗊅）？	《合集》17450
第二期	（6）□午卜，出貞：☑孽小匄有歇示呼見（𗊅）☑大☑	《合集》23709

〔註38〕東漢・許慎撰、清・段玉裁注：《說文解字注》，頁412。

〔註39〕東漢・許慎撰、清・段玉裁注：《說文解字注》，頁132。

〔註40〕東漢・許慎撰、清・段玉裁注：《說文解字注》，頁132。

第三期	（7）叀見（䚕）令？	《合集》27741
第四期	（8）丁巳卜：其見（䚕）牛一？	《合集》33577
	（9）丁卯貞：王从沚□伐召方，受□？在祖乙宗卜，五月。茲見（䚕）。	《屯南》81
王族卜辭	（10）□辛丑見（䚕）母？	《合集》19973
	（11）啟，不見（䚕）雲。	《合集》20988

第一期	（12）貞：呼婦好見（見）多婦于𨚵？	《合集》2658
	（13）戌卜，亘貞：呼往見（見）于河儐□至□	《合集》4356
	（14）貞：登人五千呼見（見）舌方？	《合集》6167
	（15）貞：呼見（見）□戈？ 貞：呼見（見）舌戈？ 貞：呼見（見）舌戈？	《合集》6193
	（16）辛巳卜，𡧊貞：呼見（見）方？六月。 辛巳卜，𡧊貞：勿呼見（見）□	《合集》6740 正
	（17）丙午卜，㱿貞：呼㚔往見（見）有㚔？王固曰：惟老惟人，途邁若？	《合集》17055 正
	（18）貞：勿呼見（見）？ 貞：勿見（見）溫？九月。	《合集》19152 正
第三期	（19）翌日王其令右旅眾左旅弃見（見）方戈，不雉眾？	《屯南》2328

上列辭例中，（1）至（11）卜皆作「䚕」形、（12）至（19）卜則作「見」形，「見」形雖亦見於他期，但多為殘辭，故「見」形僅討論第一期之卜辭。二形有別，而其實際的區分為何？就「䚕」而言，蔡哲茂整理出「䚕」字在卜辭的意義，其云：

> 殷卜辭「見」字作「䚕」，與「見」字有別，不下百見，但其意義，約有以下數種：一、當作「看見」的見字……二、當作「獻」的意思……三、當作「出現」的現字……四、當作「觀見」的意義……五、人名或地名……最後卜辭見字尚有一種用法，即本文所主要討論的，常見於天干之前或兩個天干之間，其用法和卜辭的「畐」或「畗」出現在天干之間有類似之處……卜辭的天干見天干的見字，可能讀作「延」，即「至于」的意思。〔註41〕

〔註41〕蔡哲茂：〈釋殷卜辭的「見」字〉，《古文字研究》第24輯（北京：中華書局，2002

除第六種意義或有不同的看法外，〔註42〕第一至五種意義大致可從。如第（11）卜作「看見」義，第（1）、（8）、（10）卜作「獻」義，第（5）卜為「出現」之義，第（2）卜作「觀見」義，第（3）、（6）、（7）卜則為私名，第（4）卜則為介於兩天干間的時間詞。除蔡說「￼」形的六種意義外，第（9）卜有「茲見」一詞，該版所問之事為「是否讓沚或跟隨著一起伐召方」，貞辭、占辭皆未刻有「見」字，推測「茲見」或為某種特殊的驗辭用法。

至於「￼」形卜辭，其特色是辭例中皆帶有「呼」或「令」字，〔註43〕甚至第（13）、兩版卜辭還中有「往」字，即「￼」字卜辭的用法多為「呼某＋見某」或「呼某＋往見某」，「呼」與「往」成為解釋此類「￼」字卜辭的關鍵。呼字在甲骨卜辭或金文中皆作為「評召」之意，〔註44〕更進一步探察「呼」字卜辭：

（20）呼人入于雀？ 　　　呼人不入于雀？	《合集》190 反
（21）貞：呼黃多子出牛侑于黃尹？	《合集》3255 正
（22）癸卯卜，亙貞：呼往西？	《合集》8756
（23）王呼射擒？無悔。	《合集》28350
（24）呼多尹往雷？	《合集》31981

呼字卜辭多為「呼某＋動詞」的形式，即「評召某人作某動作」，如上舉（20）

〔註42〕年 7 月），頁 95～99。

〔註42〕關於第六個「讀為延，即至于」的意見，林宏明認為應作「或為」、「或者是」較為合理：「把這類的『見』字讀為『延』，意義相當於『至于』，在卜辭文例上會有兩個地方不好講。首先是關於分娩產子的事類如（五）王占辭說『其唯甲娩見庚』及（六）『其唯庚娩見丁』，如果『見』為至于之意，……『娩』的行為就必須是有可能持續長達七八天。這和我們一般理解『娩』係指女子生產不合。其次是卜問關於下雨的例子，如果『見』的意思是至于，那麼表示王的占辭認為從『前天干』至于『後天干』都會下雨，這樣，干支的順序就必須有一定的次序，但（三）的『唯甲丁見辛己顯然無法這樣解釋』。……這類『見』字，用法相當於《左傳・昭公十七年》『其以丙子若壬午作乎』的這個『若』字，語氣接近於不能完全肯定的『或為』、『或者是』之意。」沈培則認為林氏之意見雖合理，但亦有缺點，即除卜辭外，並無其他「見」解作「或者」的例子，並提出「見＋天干」有可能是一個獨立的小句。見林宏明：〈說殷卜辭見字的一種特殊用法〉，《古文字研究》第27 輯（北京：中華書局，2008 年 9 月），頁 76、80；沈培：〈殷卜辭中跟卜兆有關的「見」和「告」〉，《古文字研究》第 27 輯，頁 71。

〔註43〕第（6）卜見字作跪坐之「￼」形，卜辭中亦有呼字，惜後半段例已殘，可讀之辭例與「￼」形辭例不若，應為人名。

〔註44〕于省吾主編、姚孝遂按語：《甲骨文字詁林》，頁 3414。

卜「評召黃多子提供牛牲祭祀黃尹」，而「往」亦為動詞之一，其字之後多連以地名，為「來往」之義，[註45] 如（22）、（24）即評召往西邊、往畣地。

回到見（𥄂）字，第（12）、（17）三版合於「呼某人見某」的情況，第（12）版是評召婦好在礥地見（𥄂）多婦，第（17）版則是評召臿前往見（𥄂）有臿；亦多有省略賓語的情況，如第（16）版即是，此版的「見方」並非方國名，而是「呼＋省略賓語某＋動詞見（𥄂）＋方國」之義。由此推論，見（𥄂）字後多見方國名，如第（14）、（15）卜的舌方、第（16）、（19）卜的某方，此字使用時機或與軍事有關。

透過辭例的分析，可知「𥄂」、「𥄂」二形大致有別。就字形而言有很明顯的差異，「𥄂」形從跪坐之人、「𥄂」形從站立之人，張桂光以為「立可遠看、跪則近睇」[註46]，張說可參。就字義而言，「𥄂」字可作看見、觀見、進獻、私名等義，而最常見的用法為「介於兩干支間的時間詞」；至於「𥄂」字，卜辭皆帶有「呼」、「往」字，知其所見的範圍並不在眼前，且辭例中多見方國之名，推測與戰爭相關，或可將「𥄂」字理解為「視察」之義。

綜上所述，「𥄂」、「𥄂」二形並不通用，故偏旁「人」與「卩」不相通。

（三）人與女

1. 毓

毓，甲骨文作「𣫦」、「𣫦」、「𣫦」等形，象「婦女產下帶有血水的嬰兒狀」[註47]。王國維首釋此字為「后」，云：

> 卜辭后字異文頗多，或作𣬍前編卷六第二十七葉，或作𣬍、作𣬍、作𣬍並同上卷二第二十五葉，或作𣬍同上，或作𣬍後編卷上第二十葉。其字皆从女从𠪛倒子形即《說文》云充字，或从母从𠪛，象產子之形，其从丶丶、ﾚﾞ、∴者，則象產子時之有水液也。或从尸者，與从母、从女同意，故以字形言此字即《說文》育字之或體毓字。毓从每即母字、从充古文子，與此正同，故產子為此字之本義。又𣬍、𣬍、𣬍諸形皆象倒子在人後，故引申為先後之後，又引申為繼體君之后。《說文》：「后，繼體君也。象人之形，施令以告四方。」

[註45] 于省吾主編、姚孝遂按語：《甲骨文字詁林》，頁833。

[註46] 張桂光：〈古文字考釋四則〉，《古文字論集》，112。

[註47] 許進雄先生：《簡明中國文字學（修訂版）》，頁29。

故厂之從一口，是后字本象人形，厂當即尸之譌變，一口亦倒子形
之譌變也。后字之義，本從毓義引中，其後產子之字專用毓育二形，
繼體君之字專用后形，遂成二字，又譌后為后，而先後之後又別
用一字，說文遂分入三部。其實毓後后三字，本一字也。〔註48〕

筆者簡單歸納王國維看法有二：第一，毓、後、后三字同源；第二，從人者與
從母從女同義。其後所衍生「繼體君之字專用后形」之說，亦應是在前說皆正
確的前提下，才有可能成立。王氏意見影響後說頗多，以下先就「毓、後、后
同源」討論之。

(1)「毓、後、后同源」考

如上所述，王國維認為「毓、後、后同源」，郭若沫基本上同意此說，云
「（王國維）此字之釋至精確」〔註49〕，但修正「后為繼體君之說」，認為后
「當是母權時代女性酋長之稱」〔註50〕。陳夢家雖未明言三字同源，但亦將
此字釋為「后」，用以「表示廟主之先後次第」，並云「高后是前後」，即「后」
與「高」相對。〔註51〕

丁驌分析卜辭中后字有二形，一為「司」、一為「后、毒」，其釋毓云：

此字（按：后、毒）釋毓通后，……按毓字用於先王，男女無別。
武丁時代便有此字。反司為后之字只用於稱母，或不是法定先妣之
子女，如「司母辛」、「龔司」等。……「毓且乙」、「毓妣己」之后
乃前後之後，毫無疑問。亦可兼有「後代」之意，故稱「五毓」，或
即有血緣關係之五世。毓不同育（毒），後者為生育之育。子字橫
於人形之下段，而未出。毓則已生，子在人旁。〔註52〕

丁氏文中並未言明「毓、後、后」何以相通，且「后、毒」不同於「毒」之說
亦稍嫌武斷。其後，朱鳳瀚於〈論卜辭與商金文中的「后」〉一文中提及「王配

〔註48〕姬佛陀輯、王國維考釋：《戩壽堂所藏殷虛文字》，《王國維全集》第5卷（杭州：
浙江教育出版社，2010年9月），頁333。
〔註49〕郭沫若：《卜辭通纂》（北京：中國社會科學院考古研究所，1983年6月），頁247。
〔註50〕郭沫若：《卜辭通纂》，頁247～248。
〔註51〕陳夢家：《殷虛卜辭綜述》，頁439、441。
〔註52〕丁驌：〈說后〉，《中國文字》31（臺北：國立臺灣大學中國文學系，1969年3月），
葉4～5。

稱后」商已有之，並引王國維、丁驌、陳夢家及裘錫圭的說法，[註53]認為「先妣稱『毓匕某』時，『毓』也應讀成先後之後」。[註54]然而裘錫圭後已修正己說，言「讀『毓』為『後』缺乏字形、字音上的根據」，[註55]認為：

> 「毓」字應該讀為「戚」。「毓」和「戚」上古音都屬覺部（幽部入聲）。「毓」是余母（喻母四等）字，「戚」是清母字。余母上古音接近定母（曾運乾有「喻四歸定」之說），發音部位與精、清系聲母相近。從諧聲情況看，余、清二母也有關係。……單獨的「戚」字也可以用來指親近的親屬。所以把卜辭表示親近的親屬關係的「毓」讀為「戚」是很合適的；而且不管是對「毓祖」、「毓妣」的「毓」，還是「多毓」、「五毓」的「毓」都是很合適的。「毓」是生育之「育」的古字。生育是祖孫、父子等親屬關係形成的前提。說不定親戚之「戚」就是由生毓之「毓」分化出來的一個詞。[註56]

裘氏以為毓、後字形字音並無關聯，又因諧聲讀毓為戚；筆者認為此說尚有可商之處，以聲音相近或諧聲來判斷毓應讀為戚，再以戚釋毓字為近親，實過於迂折。如前所述，毓字之甲骨文字形即象「婦人產子狀」，產婦與其子女自然有親屬關係，由此引申即可，至於毓字更精確之意義則於後文討論。

綜上所述，毓字與後或后無涉，王國維說法不確。甲骨文毓（ 🀀 ）字象「婦人產子狀」，下一節則以此結論為基礎，再進一步討論從女之毓與從人之毓是否能夠通用。

（2）「 🀀 」、「 🀀 」相通辨析

毓字於卜辭中主要有「 🀀 」、「 🀀 」、「 🀀 」三形，王國維言從人者（ 🀀 ）與他形（ 🀀 、 🀀 ）同義。持相反意見者如聞宥，其云：

> 蓋卜辭女與人罕通假，毓子為為母者之事，尤不當以人為之。[註57]

[註53] 王、丁、陳諸說見前注，此不再贅述；裘說見裘錫圭：〈甲骨卜辭中所見的逆祀〉，《裘錫圭學術文集·甲骨文卷》（上海：復旦大學出版社，2012年10月），頁272。

[註54] 朱鳳瀚：〈論卜辭與商金文中的「后」〉，《古文字研究》第19輯（北京：中華書局，1992年8月），頁430。

[註55] 裘錫圭：〈論卜辭「多毓」之「毓」〉，《裘錫圭學術文集·甲骨文卷》（上海：復旦大學出版社，2012年10月），頁406。

[註56] 裘錫圭：〈論卜辭「多毓」之「毓」〉，《裘錫圭學術文集·甲骨文卷》，頁414。

[註57] 聞宥：〈殷虛文字孳乳研究〉，《東方雜誌》第25卷第3號（上海：商務印書館，

聞氏認為毓字中從人者不與從女、從母者相通，原因是人類的生理條件限制，毓子為女性之事，故不通「人」旁；然而卜辭中的「人」旁是否專指男性？又殷商的文字系統是否已如此區分？又聞氏之說即殷人的認知？這些問題都需更多討論。

葉玉森評論聞氏「女與人罕通假」之說，言：

> 予按除 🔲偃🔲、🔲寐🔲、🔲停🔲、🔲蔑🔲 外，雖罕見然似不妨段人為之。〔註58〕

葉玉森大抵贊成王國維之說，但未說明其原因。李孝定看法與王、葉二位同，其云：

> 作🔲者，古文偏旁從人從女從大從卩🔲，每得通也。〔註59〕

李氏則是純就文字發展的角度切入，認為諸多與人相關之偏旁能夠相通。

筆者以為，在「🔲」、「🔲」、「🔲」三形中，女、母同源，「🔲」、「🔲」相通應無疑問，有疑慮者在於「🔲」形，是否能與「🔲」、「🔲」相通？除主要三形外，尚有「🔲」、「🔲」、「🔲」等形。觀察卜辭中諸形出現的次數及其字義：

	第一期	第二期	第三期	第四期	第五期	王族卜辭	總計	比例
🔲	22	88	12	30	6	9	167	68.16%
🔲	0	2	30	2	15	0	49	20%
🔲	15	2	1	5	0	1	24	9.8%
🔲	0	0	1	0	0	0	1	0.41%
🔲	0	0	1	0	0	0	1	0.41%
🔲	0	0	0	0	3	0	3	1.22%
總計	37	92	45	37	24	10	245	100%
比例	15.1%	37.55%	18.37%	15.1%	9.8%	4.08%	100%	

分析諸期毓字情況：除三、五期之外，其他各期皆以從女之「🔲」形為多，此形亦佔整體68.16%，三、五期則以從母之「🔲」形居多。第三期字形稍顯紛雜，除常見三形外，尚有從每之「🔲」形與構形怪異之「🔲」形，「🔲」形見於《合集》27321一版，該字形結構上從卩、下從子，與常見毓字作左右結構不若，疑為

1928年2月），頁58。

〔註58〕葉玉森：《殷虛書契前編集釋》卷1（臺北：藝文印書館，1966年10月），葉103。

〔註59〕李孝定：《甲骨文字集釋》（臺北：中央研究院歷史語言研究所，2009年2月），頁4331。

習刻字；「偓」形未見於第五期，其餘各期皆有，就比例而言，二、三期「偓」形皆僅佔該期 2%左右，第四期與王族卜辭比例相近，皆約佔一成左右，第一期之「偓」形則佔該期 40.54%。

在第一期中，從人旁之毓字仍有作「生產義」之例，如：

（1）貞：子目亦毓（ ），隹臣？ 　　　貞：子目亦毓（ ），不其隹臣？	《合集》3201 正
（2）貞：子母其毓（ ），不死？	《合集》14125

亦有稱先祖者，如：

| （3）甲☐貞：翌☐酒彡于毓（ ）祖☐亡壱？ | 《合集》2097 |

或再以第四期卜辭為例，當期卜辭常見「毓祖乙」一詞，或有稱「毓祖」者：

| （4）于毓（ ）祖求勾？ | 《合集》32315 |
| （5）甲午卜：其侑歲于毓（ ）祖一牢？ | 《合集》32316 |

此處毓祖有可能為「毓祖乙」之省稱、或為某位最親近先祖的單稱，亦有可能為類似於「多毓」、「五毓」的多位先祖合稱；無論如何，皆以毓字稱呼先祖，而（4）、（5）兩卜用法相同，但字形分別為從人之「 」與從女之「 」形，亦可作為「 」、「 」二形通用之佐證。再檢視各期「多毓」卜辭之字形，列舉如下：

第一期	（6）癸巳卜，爭貞：翌甲午酒彡自上甲至于多毓（ ）衣？	《懷特》32
	（7）癸亥卜，㕛貞：求年自上甲至于多毓（ ）？九月。	《合集》10111
	（8）庚子卜，爭貞：其祀于河以大示至于多毓（ ）？二月。	《合集》14851
第二期	（9）癸亥☐甲子乞酒翌自上甲衣至于多毓（ ）亡禍？三月。	《合集》22655
第四期	（10）甲戌貞：☐酒涷自☐ 幾 至于多毓（ ）？用牛☐羊九豕十又一☐☐？	《屯南》1089
	（11）癸巳貞：☐歲于☐至于多毓（ ）？其遘翌☐	《屯南》1091
	（12）☐至于多毓（ ）？	《合集》34086
第五期	（13）癸酉王卜貞：今禍☐自上甲至于多毓（ ）？☐㠯王禍大吉。在四月。	《合集》35426
	（14）辛巳卜貞：王賓上甲权至于多毓（ ）亡尤？	《合集》35436

從上表可知，多毓一詞之「毓」多作從女之「 」形，偶有從人之「 」形

（如第一、四期）、從母之「產」形（如第五期）。由上述諸例可知，「居」、「產」、「倌」三形使用上並無區別，故「居」、「產」、「倌」應能相通；而各期卜辭中出現不同字形的毓，或與各期用字習慣不同有關。

（3）「毓祖（妣）某」商榷

殷卜辭所載內容為王室占卜之事，對研究商史者而言，是相當重要的研究資料；刻辭中有「毓祖某」或「毓妣某」之稱，該稱呼不僅與商代的世系相關，甚至涉及殷人廟號的訂定，頗為重要。以下就「毓祖某」、「毓妣某」、「毓父丁」三部分討論之：

A. 毓祖某

卜辭中有「毓祖乙」、「毓祖丁」二稱，歷來討論者頗多，吳俊德先生已詳盡整理諸家說法，認為「『毓』象產子形，可指最親近的親屬」，則「毓祖乙為小乙，毓祖丁應即武丁」〔註60〕。筆者亦同意「毓祖乙為小乙、毓祖丁為武丁」之說，然卜辭中大部分的稱謂會隨著王位的傳承而變動，當「父某」成為「祖某」，很容易與其他同干的先王混淆。

「毓祖某」是僅出現於某時期的特殊稱謂，或是適用於各期的稱謂？「毓」象產子之形，或由此引申為「最親近的親屬」，是否可以進一步表示二人之直系血緣？試想，毓祖某所指稱者為「最近之先祖」，帝乙時期或有可能稱武乙為毓祖乙、康丁為毓祖丁，甚至帝辛期稱文丁為毓祖丁。但上述推論純屬設想，實際上目前所見第五期卜辭中，並未出現「毓祖某」之詞例；對此，吳俊德先生亦有其看法：

> 「毓祖乙」之稱出現在第二、三、四期，各期皆與「小乙」之稱並用。「小乙」應出現於第一期晚，至第二期成為小乙主要稱謂，是時小乙為庚甲之祖父，亦可稱之「祖乙」，因不與祖乙混同，後稱「毓祖乙」以別之，故此期「小乙」、「毓祖乙」二稱比例約略相當。第三期後，「毓祖乙」的使用比例減少，明顯不及「小乙」，已淪為特

〔註60〕吳俊德先生：《殷卜辭先王稱謂綜論》，頁 38～39、47～49。據吳先生所整理之諸說，僅王國維認為毓祖乙為武乙，郭沫若、董作賓、陳夢家等學者，皆主張毓祖乙為武丁之父小乙；對於毓祖丁的認定，除陳夢家、姚孝遂、肖丁以為是小乙之父「祖丁」，董作賓、島邦男、金祥恆、趙誠等學者及《小屯南地甲骨‧釋文》，皆主毓祖丁為武丁；又郭沫若原主毓祖丁為武丁，後改已說為中丁。

殊偶稱。又，避免與武乙產生糾葛，「毓祖乙」之稱遂於第五期停用。
〔註61〕

又云：

> 「祖丁」指稱祖丁或武丁的混淆應始於第三期，亦當終於第三期，
> 簡言之，初始的稱謂混淆或難避免，然經過區別的過程後，自是不
> 該再有模糊地帶。衡諸第五期卜辭，無論周祭、祊祭或其他，其上
> 常有大量的先王妣之名號，迥異他期卜辭，其間若存便宜之稱則易
> 造成對象指涉混亂，祭祀及占問活動的神聖與嚴謹性必遭受損害。
> 因此，帝乙期既已有「武丁」之號，同時就不該再以「祖丁」稱之，
> 而「祖丁」一稱自第三期後，歷第四期，至第五期，應皆指祖丁（小
> 乙父）為是。〔註62〕

對於第五期不見「毓祖乙」之因，吳先生明白指出是「避免與武乙產生糾葛」；
丁日先王的複雜程度更甚於乙日先王，除「毓祖丁」外，還有「丁」、「小丁」、
「數祖丁」等稱呼。商王名號應是系統化並逐步的整理，〔註63〕在第五期中，
當祖丁成為小乙父之專稱、武丁成為祖甲父之專稱；同樣的，毓祖丁之稱也
有可能因為系統化的整理後就不再使用。

　　將商王名號系統化，可以有效避免同干先王混同的情況，但也因第五期未
見「毓祖某」之稱，故無法再深究「毓」字最精準的意義，僅知「毓祖某」為
第二期至第四期中出現的特殊稱謂。

　　B. 毓妣某

　　卜辭中明確稱「毓妣某」者有三，即「毓妣己」、「毓妣辛」、「毓妣癸」。其
中「毓妣辛」一詞見於《合集》27456 一版，惟該版部分內容雜亂，且毓字形
與當期字形差異亦頗大，應為習刻，不列入統計中；另《遺珠》363 中亦有「毓
妣辛」一稱，如圖：

〔註61〕吳俊德先生：《殷卜辭先王稱謂綜論》，頁 111。

〔註62〕吳俊德先生：《殷卜辭先王稱謂綜論》，頁 196。

〔註63〕吳俊德先生考察殷卜辭各期先王稱謂並整理商王名號確立的進程，文中認為自武
　　　　丁晚期即開始有意且系統化的定名，至帝乙期仍持續進行；先王名號不混同，更
　　　　能現顯祀典莊嚴及對於先祖的尊崇。見吳俊德先生：《殷卜辭先王稱謂綜論》，頁
　　　　201～202。

【《遺珠》363】〔註64〕

此版有「貞人何」，知為第三期卜辭；而此期「毓妣辛」所指稱的對象，則應為武丁之配妣辛。

　　至於「毓妣癸」、「毓妣己」之卜辭如下：

| （15）庚子卜王：上甲、妣甲、毓妣癸☐ | 《合集》1249 |
| （16）☐其又 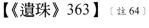 毓妣己 | 《合集》27377 |

多數學者認為《合集》1249為第一期卜辭，此版僅存一條不完整的卜辭，內容頗為特殊，卜辭拓片如下：

【《合集》1249】〔註65〕

1249

此卜的前辭形式為「干支卜王」，無貞字；又卜辭中缺少動詞，無法判斷是否為祭祀刻辭，且其中對象是「上甲、妣甲、毓妣癸」三人，這樣的組合未見於其他卜辭，要推測何以將三人放於一起也有相當難度。

卜辭中對女性先妣的稱呼頗為複雜，若辭例中未附夫名，其指稱可能性就會增多。就此版論之，趙林認為毓妣癸是「祖丁之配」，其云：

> 這是武丁卜辭，由於武丁之前只有中丁奭妣癸《合》23318、祖丁奭
> 妣癸《合》36274，所以毓妣癸當係祖丁之配奭。〔註66〕

趙林以為毓是「區隔輩分之先後的準據」，〔註67〕故以為毓妣癸即排序為後的「祖丁奭妣癸」。首先，趙文中未說明毓、後的關係，將毓讀若後或受王國維等前說影響，然如本文前述，毓、後並無音義上的關係；其次，文中並未明確指出妣甲之身分；再者，文中所舉《合集》36274上所載之「祖丁之配奭」諸家說法不一，〔註68〕故趙林意見暫備一說。又陳夢家認為毓妣癸是「小乙

〔註65〕摹本為筆者所摹。

〔註66〕趙林：《殷契釋親：論商代的親屬稱謂及親屬組織制度》（上海：上海古籍出版社，2011年12月），頁51。

〔註67〕趙林：《殷契釋親：論商代的親屬稱謂及親屬組織制度》，頁51。

〔註68〕董作賓將此版排入周祭祀譜的第八旬，即以為「祖丁奭妣癸」為小乙父之配偶；陳夢家、島邦男、許進雄先生、常玉芝皆認為祖丁並無名癸之配。見董作賓：《殷

輩之配偶」，陳氏云：

> 祖庚卜辭中的「后匕癸」在匕甲（祖辛配）之後，在其前中丁配名
> 癸，在其後武丁配名癸，此「后匕癸」可能為武丁卜辭中的母癸，
> 即小乙輩的配偶。又在后匕癸前之匕甲也可能是祖丁的非法定配偶
> （續 1.35.1）。〔註69〕

陳夢家讀毓為后，與王國維意見一致，王說之問題如前述，此不再贅言；不同
於其他學者，陳氏將此版斷為第二期，並提出妣甲為祖辛或祖丁之配、毓妣癸
為小乙輩之配，將此說示以簡表如下：

序　號	斷　代	妣甲配偶	毓妣癸配偶
1	第二期	祖辛奭妣甲	小乙輩之配偶
2		祖丁奭妣甲（非法定配偶）	小乙輩之配偶

筆者以為，陳夢家對毓妣癸身分的判斷不一定正確。周祭祀譜中，武丁諸母僅
小乙之配妣庚入祀譜，陽甲、盤庚、小辛之配則無；雖第一期卜辭中有母癸之
稱（如《合集》685、《合集》2498），但應非武丁生母，那為何會以「毓」稱呼
之？故此說不甚合理。陳說雖不完全正確，但意見仍見啟發性，其一是對於此
版時代的歸屬不一定為武丁期，其二是認為「妣甲或為祖丁之配」。

　　就斷代而言，《合集》將此版歸於第一期，陳夢家則以為是「祖庚卜辭」，
楊郁彥歸為「賓三」，崎川隆則認為此版是「師賓間類」。〔註70〕此版卜辭的前
辭形式為「干支卜王」，為典型王族卜辭的前辭形式，〔註71〕如《合集》19806

曆譜》，《董作賓先生全集》乙編（臺北：藝文印書館，1977 年 11 月），頁 85、陳
夢家：《殷虛卜辭綜述》，頁 390、島邦男：《殷墟卜辭研究》（弘前：弘前大學文理
學部中國研究会，1958 年 7 月），頁 97；中譯本見濮茅左、顧偉良譯：《殷墟卜辭
研究》（上海：上海古籍出版社，2006 年 8 月），頁 178、許進雄先生：《殷卜辭中
五種祭祀的研究》（臺北：國立臺灣大學文學院，1968 年 6 月），頁 52、常玉芝：
《商代周祭制度》（北京：中國社會科學出版社，1987 年 9 月），頁 123～124。

〔註69〕陳夢家：《殷虛卜辭綜述》，頁 490。陳夢家先斷定該版為「武丁或祖庚卜辭」（頁
489），後又在此以「祖庚卜辭」為基準來判斷妣甲與毓妣癸（頁 490）。

〔註70〕楊郁彥：《甲骨文合集分組分類總表》，頁 17、崎川隆：《賓組甲骨文分類研究》，
頁 236。

〔註71〕第一期卜辭中亦偶有出現此形式之前辭，林欣穎即整理「王貞卜卜辭」的前辭形
式，僅「𠂤組肥筆類」、「𠂤組小字類」、「𠂤賓間組」、「賓一類」四類會出現「干支卜
王」的前辭形式；林文將王族卜辭歸於武丁期，其結論卻為：「從王貞卜卜辭在某
一類組中所佔的比例來看，𠂤組的王貞卜卜辭出現的機率頗高，並以𠂤組小字類為
最多，或許是這一類卜辭的特色之一。相較於𠂤組小字類，卜辭中數量龐大、形式

一版：

　　辛丑卜王：祝上甲、示壬□酒河？

　　辛丑卜王：夕㞢示壬母妣庚豕？不用。

由前辭形式推斷，《合集》1249 一版應為第四期卜辭。

　　總上所述，筆者以為此版中的妣甲可能為示癸或祖辛之配，或如陳夢家所言，為非法定配偶、未入周祭祀譜之先妣，即祖丁之配；毓妣癸則可能為武丁之配，或其他先王之非法定配偶。事實上卜辭中多有祭祀非法定即位者或其配偶之例，且以此卜辭例已殘，或甚至為偽片，姑且暫置不論。

　　卜辭（16）第三期卜辭，卜辭內容只有「毓妣己」一位先妣，亦未明確附上夫名。在周祭祀譜中，配偶為妣己者有中丁、祖乙與祖丁三位，「毓妣己」所指稱對象，應是離時王最近的祖丁之配。

　　C. 毓父丁

　　毓父丁一詞僅一見：

（17）壬午卜：其剢毓（祤）父丁，禤？	《屯南》647

《小屯南地甲骨》釋文云：

　　后父丁：武乙諸父中除康丁外可能還有廟號為丁者，故對其中之一

　　加后以便區別，稱為后父丁。〔註72〕

姚孝遂、肖丁系聯《屯南》275 及《存》2.767（按：即《合集》34108）兩版，因《屯南》275 中有「毓」與「四示」對貞、《存》2.767 中有「四示」與「五示」對貞，故五示所指稱的先王可稱為毓，並舉《屯南》2342，認為五示即「祖辛、羌甲、祖丁、小乙、武丁」；又云《屯南》647 中「毓父丁」，是「『毓』與『父丁』（即「武丁」）連稱，指祖辛以下至「武丁」共五世而言」。〔註73〕

完整的賓組卜辭，其王貞卜的數量相對的稀少許多。𠂤組和賓組在時代上有一大段重疊的時期，或許是王親自貞卜的情況多由𠂤組貞人集團及刻手負責，所以𠂤組王貞卜卜辭數量較多。」雖然「干支卜王」僅為「王貞卜卜辭」的前辭形式之一，然據上所述仍可推知：第一，賓組、𠂤組的差異，反而能夠證明二組卜辭的年代不同；第二，「王貞卜」並非賓組卜辭主要的前辭形式，故「干支卜王」應為典型王族卜辭的前辭形式。詳見氏著：《殷墟「王貞卜」卜辭整理與研究》（臺北：國立政治大學中國文學系碩士論文，2016 年 12 月），頁 21～22。

〔註72〕中國社會科學院考古研究所編：《小屯南地甲骨》下冊第一分冊（北京：中華書局，1983 年 10 月），頁 885。

〔註73〕姚孝遂、肖丁：《小屯南地甲骨考釋》（北京：中華書局，1985 年 8 月），頁 28。

同書，考釋《屯南》647 則云：

> 「毓」、「父丁」不能連讀。卜辭於「祖乙」以下均可稱「毓」。《佚》
> 415 及《粹》237 均有「自祖乙至毓」可證。郭沫若先生謂毓「當是
> 后祖乙之省」，似不確。《屯南》275「其燎于毓」與「其燎于四示」
> 對貞，「毓」似不得單指「毓祖乙」，參見 275 片攷釋。〔註74〕

裴錫圭已指出姚說論據不充分之處，即「根據《存》2.767 以『四示』與『五
示』並提這一點，並不能得出《屯南》275 與『四示』對貞的『毓』就一定
是『五示』的結論」〔註75〕，筆者同意裴說。同文，又分析《屯南》釋文與
姚說，以為兩說各有可取之處：

> 《姚釋》承認《屯南》275 的「毓」包括武丁在內，為什麼此辭的
> 「毓」卻要把武丁放在「毓」之外另說呢？考古研究所的《屯南
> 釋文》定此辭屬武乙時期，釋「毓」為「后」，……我們不同意把
> 此辭定為武乙卜辭，也不同意把「毓」釋為「后」；但是同意把「毓
> 父丁」看作一個人的稱號。「毓父丁」應指武丁。對祖甲來說，武
> 丁是「毓」，而且是最親近的一位「毓」，也許此辭就是因此而在
> 「父丁」上加「毓」字的。〔註76〕

裴錫圭認為此版為祖甲時卜辭，「毓父丁」為一人之稱號，即祖甲之父武丁；吳
俊德先生對於「毓父丁」的讀法與裴氏同，但認為此版為武乙卜辭，故「毓父
丁」為武乙之父康丁。〔註77〕

　　筆者斷代看法與吳先生同，但認為「將毓父丁視為一人」之說有待商榷，
從周祭祀譜來看，第三期前或兄終弟及（如祖庚傳位祖甲）、或父死子繼（如小
乙傳位武丁）；第三期後則皆將王位傳於子，且父輩並不如祖輩容易混淆，何需
多此一舉稱其父輩為毓？而第四期有「毓祖丁」之稱者僅《東大》1257 一例，
該卜毓字作從母之「𣭉」形，為第三期較常見之字形，或可暫排除「祖」誤刻
為「父」之可能。

　　如前所述，卜辭中常見「多毓」，然亦有單稱「毓」者，列舉如下：

〔註74〕姚孝遂、肖丁：《小屯南地甲骨考釋》，頁 56。
〔註75〕裴錫圭：〈論卜辭「多毓」之「毓」〉，《裴錫圭學術文集・甲骨文卷》，頁 408。
〔註76〕裴錫圭：〈論卜辭「多毓」之「毓」〉，《裴錫圭學術文集・甲骨文卷》，頁 413。
〔註77〕吳俊德先生：《殷卜辭先王稱謂綜論》，頁 49～50。

第二期	（18）自上甲衣至于毓（𦥑）？	《合集》22652
	（19）自大乙至于毓（𦥑）？	《合集》22722
第三期	（20）自示壬至毓（𠟳）？ 　　自大乙至毓（𠟳）？	《合集》1369
	（21）自祖乙至毓（𠟳）？	《合集》30286
第四期	（22）自祖乙至毓（𣅀）？	《合集》32133
	（23）自祖乙至毓（𣅀）？	《合集》32517
	（24）自祖乙至毓（𣅀）？	《合補》10422
	（25）其求于毓（𦥑）？	《屯南》275

由此推論，「毓」所指稱者為單一先祖，故有「多毓」或「五毓」（如《英藏》1948）等辭例，故《屯南》647「毓父丁」一詞，亦有將「毓」與「父丁」應分開讀之可能；即《屯南》647 一版中「父丁」指武乙之父「康丁」，而毓則為康丁之父「祖甲」。

（4）小　結

「毓（𦥑）」字創義為「婦女產子狀」，於甲骨卜辭多作為先王妣之稱呼，應由其創義所引申無疑。由「毓」字使用情況推論，「毓」所指稱者應為單一先祖，因身從所出，或可引申為最親近的親屬。

又卜辭中毓字有「𦥑」、「𠟳」、「𣅀」三形，分析用字，各期皆以從女、母之「𦥑」、「𠟳」形為多；除第一期外，從人之「𣅀」形比例皆偏低，王族卜辭中「𣅀」形所佔比例與第四期相近。

漢字在演變過程中，常以增、減筆劃來區別容易混淆的文字，而毓字的字形、創意無混淆之虞，反可隨意的簡省或替換；而在殷代諸期中，「𦥑」、「𠟳」、「𣅀」三形於卜辭中用法並無差別，因毓字諸形不會與他字相混，知人、女偏旁於毓字使用上可相通。

2. 蔑

蔑，甲骨文中有𦰩、𦰩、𦰩、𦰩四形，創意象「貴族受刖刑而致心情沮喪」[註78]之形，此字將人的眼、眉清楚表現出來，或有可能為巫覡一類之貴族[註79]。而上列諸形之別在於從𠆢、從𨑔或從𠀒、從𢎥。

[註78] 許進雄先生：《簡明中國文字學（修訂版）》，頁 117。
[註79] 許進雄先生：〈古文字中特殊身份者的形象〉，《許進雄古文字論集》（北京：中華書局，2010 年 2 月），頁 544。

商承祚認為四形同義，其云：

> 戉乃戈字之變，女與从人之意同。〔註80〕

葉玉森不同意商說：

> 商氏竝錄𢾭、𢾱二體于𢾾字下，考卜辭中从戈之字變作𢦏、𢦔者罕
> 見，疑非一字。〔註81〕

葉玉森僅云「罕見」，而相關的例子，可見於白川靜之文，其云：

> 𢾭は𢦏形の曲刀を以て肉を剝取するに象る。〔註82〕

> 𢾭・𢾱はまた𢾯に作るものがあり、𢦏あるひは𢾰を以て肉を剝取す
> る象である。〔註83〕

> 𢦏は𢾯の字形からも知られるように、肉を剝取する利器の形を示
> し、孽の初文である𢾲（辥）の從うところである。〔註84〕

白川氏文章中多次提及「𢾭」字，以為此字象刀挖取肉之形，「𢦏」即為刀，或
可作戈形。許進雄先生亦考「𢦏」字云：

> 𢦏：大概是𢦔的異體，隸作𠦪，𠦪有罪孽義。〔註85〕

綜上所言，「𢦏」或為刑具一類之器具，故能與「戈」相通。

除「𢦏」、「𠦪」外，從「𢾯」、從「𢾱」亦為討論焦點，如高明即明確表達
兩形相通：

〔註80〕羅振玉考釋、商承祚類次：《殷虛文字類編》，（臺北：文史哲出版社，1979 年 12
月），頁 122。

〔註81〕葉玉森：《殷虛書契前編集釋》卷1，葉 123。

〔註82〕白川靜：〈𦤀辥關係字說──主として中國古代における身體刑について──〉，
《甲骨金文學論集》（京都：朋友書店，1973 年 12 月），頁 534～535。中譯為：「𢾭」
字是𢦏形的曲刀用以挖取肉的形象。」（筆者自譯）

〔註83〕白川靜：〈釋師〉，《甲骨金文學論集》，頁 219。中譯為：「𢾭、𢾱又作𢾯形，𢦏或為
𢾰用以挖取肉的形象。」（筆者自譯）又〈釋師〉後收於《白川靜著作集》中，此
段文字修改為「𢾯はまた口に從う形のものもあり、𢦏あるいは辛・戉を以て肉を剝
取する象である。」雖內文有異，但看法大致相同。詳見《白川靜著作集別卷・甲
骨金文學論叢上》（東京：平凡社，2008 年 6 月），頁 272。

〔註84〕白川靜：〈殷代雄族考・其三〉，《白川靜著作集別卷・甲骨金文學論叢下1》（東京：
平凡社，2012 年 6 月），頁 615。中譯為：「𢦏，從𢾯字形可知，是以利器挖取肉的
表現，孽的初文𢾲（辥）即屬於這樣的表現。」（筆者自譯）

〔註85〕許進雄先生：《明義士收藏甲骨釋文篇》（多倫多：皇家安大略博物館，1977 年），
頁 183。

（人、女）兩者雖性別不同，但是都表示人的形體。由於意義相近，

故有些字的形旁既可以從人，也可以從女，彼此可互相代用。〔註86〕

文後並舉娥、毓、執、蔑、奚、嬪六字為佐證。然筆者以為，討論蔑字諸形是否相通，仍需考察卜辭辭例。

蔑字出現於各期比例表列如下：

	第一期	第二期	第三期	第四期	第五期	王族卜辭	總計	比例
𡙸	5	1	2	2	0	2	12	44.44%
𡙸	5	0	0	1	0	0	6	22.22%
𡙸	5	1	0	0	0	0	6	22.22%
𡙸	3	0	0	0	0	0	3	11.11%
總計	18	2	2	3	0	2	27	100%
比例	66.67%	7.41%	7.41%	11.11%	0%	7.41%	100%	

由上表可知，蔑字多出現於第一期，佔整體近七成；第五期未見，其餘諸期僅二、三例而已。從字形來看，「𡙸」形佔四成為最多，其餘三形各佔兩成或一成；若是從人、從女比較，從人之形（𡙸、𡙸）佔66%，從戈、從亐比較，從戈之形（𡙸、𡙸）亦佔66%。

蔑字於卜辭中多作為私名使用，諸形相通與否，則牽涉到所指人物是否相同。陳夢家認為諸形所指為同一人：

> 武丁卜辭又有一人，有三種寫法：蔑、𡙸、𡙸……他和黃尹亦有并見
>
> 於一辭的……其字待考，大約與伊、黃同為舊臣。〔註87〕

于省吾則持不同意見：

> 甲骨文嬪字作𡙸，蔑字作𡙸，𡙸字作𡙸。前兩個字只是從女不從
>
> 女之別，第三個字從亐，和前兩個字迥然不同，雖然也作為祭祀對
>
> 象，但不與伊尹或黃尹並祭。又第一期甲骨文有「雨其𡙸」和「我
>
> 其屮𡙸」，𡙸字也沒有作蔑或嬪的，足徵𡙸是另一個人，不應與嬪蔑
>
> 混同。〔註88〕

于氏以為從十之「𡙸、𡙸」與從亐之「𡙸」為不同人，理由是「𡙸」不與伊、

〔註86〕高明：《中國古文字學通論》，頁130。

〔註87〕陳夢家：《殷虛卜辭綜述》，頁366。

〔註88〕于省吾：〈釋女嬪〉，《甲骨文字釋林》（北京：中華書局，1997年6月），頁208。

黃並祭，且於類似的卜辭中「𦏧」不作「𦏧、𦏧」。筆者以為，是否與伊、黃並祭並不能作為二形是否為同一人之直接證據，又考卜辭中蔑字之辭例：

第一期	（1）屮伐于黃尹，亦屮于蔑（𦏧）？	《合集》970
	（2）戈屮蔑（𦏧）羌？	《合集》6610 正
	（3）戈亡其蔑（𦏧）羌？	《合集》6611
	（4）我其屮蔑（𦏧）？	《合集》17358
	（5）亡其蔑（𦏧）？	《合集》17359 正
第二期	（6）丁亥卜，行貞：蔑（𦏧）歲☒	《合集》22655
第三期	（7）其又蔑（𦏧）眔伊尹？	《合集》30451
第四期	（8）☒其又歲于蔑（𦏧）卅羊？	《屯南》2361
	（9）余又夢，隹㠯又蔑（𦏧）？	《懷特》1633

第（1）、（7）卜與黃尹、伊尹並祭，應為人名，第（8）卜亦同；其字形分別作從女之「𦏧」形與從人之「𦏧」形，與于氏說法同；然第（2）、（4）卜皆有「屮蔑」，字形分別作「𦏧」、「𦏧」形，此不與于說同，知于氏所云不確。又，第（3）、（5）卜之蔑字或有可能為祭祀動詞，辭例皆作「亡其蔑」，字形分別作「𦏧」、「𦏧」形；第（6）、（9）兩卜雖辭例不同，但皆作祭祀之動詞用，字形分別作「𦏧」、「𦏧」形。對比卜辭，從人、從女之蔑在用法上似無差異，應可相通。

又卜辭中有「雨蔑」、「蔑雨」等辭例，溫少峰、袁庭棟則解釋「蔑」為「微小」之意，其云：

《小爾雅》：「蔑，無也，末也。」《尚書·君奭》鄭注：「蔑，小也。」故知「蔑雨」即雨勢微、雨量小，漸至於無之雨。謂「雨蔑」者，言雨已衰滅，行將停止也。〔註89〕

相關將卜辭羅列於下：

第一期	（10）雨其蔑（𦏧）？	《合集》250
	（11）蔑（𦏧）雨，隹屮壱？	《合集》12895
第二期	（12）戊午雨蔑（𦏧）？	《合集》24901
第四期	（13）☒今☒蔑（𦏧）雨☒	《合集》33960

〔註89〕溫少峰、袁庭棟：《殷墟卜辭研究——科學技術篇》（成都：四川省社會科學院出版社，1983年12月），頁142。

因「薆雨」等辭例太少，將甲骨薆字釋為「微小」雖能從後世典籍中找到書證，卻難與創意連結，故暫備一說。就辭例來看，「薆雨」一辭之薆字或從人、或從女，於使用上無別。

綜上所述，薆字於甲骨刻辭中有四形，透過考察辭例，知諸形用法並無區別，從人之薆與從女之薆可以通用。

（四）女與卩

1. 妥，印

卜辭中妥（ ）、印（ ）二字字形相似，其部件構成皆為「一手由上往下，按住一跪坐之人」，且手爪方向與跪坐方向相對〔註90〕；相異之處在於「印」字跪坐之形為一般人形，「妥」字跪坐之人則為女性，有學者以為，因「女」、「卩」偏旁相通，故以為「 」、「 」二形同字，如《殷墟甲骨刻辭類纂》的〈序〉即明白寫道：

> 甲骨文「 」和「 」在偏旁通中有時可以通用。如 — — 當同字。而我們於 和 隸作「印」， 則隸作「妥」，這裡沿用習慣的隸定。我們承認，有時是未能免俗的。〔註91〕

雖《類纂》編輯者將「 」、「 」二字分別隸為印、妥，但其認為「印」、「妥」通用的立場是顯而易見的；此外，朱歧祥亦認為：

> ，以手執人，人膝跪從之，隸為奴字。從 從 可通。
>
> 、 ，從手抑人，形與 同，亦隸作奴字。〔註92〕

朱氏以為「女」、「卩」偏旁相通，故將「 」、「 」皆隸為「奴」。〔註93〕認為「 」、「 」相通者並不多，而持論者亦未能詳論通用之因，以下筆者將分析「印」、「妥」二字於卜辭中的使用情形，觀察兩字於卜辭是否相通。

〔註90〕卜辭中「𠬞」字作「 」形，構形與「印」字同，惟「𠬞」字之手於人後；因構形相同、部件位置不同，與本文論題不符，故僅於此說明。

〔註91〕姚孝遂主編：《殷墟甲骨刻辭類纂》，頁12～13。

〔註92〕朱歧祥：《殷墟甲骨文字通釋稿》（臺北：文史哲出版社，1989年12月），頁50、52。

〔註93〕雖朱氏因認為女、卩相通，將「 」、「 」隸為奴，卻又將「 」字隸為妥，未明其意。見朱歧祥：《殷墟甲骨文字通釋稿》，頁118。

（1）妥

妥，甲骨文作「（字形）」或「（字形）」形，象「一手按跪作之女形」。大徐本《說文》未見妥字，[註94] 段注本《說文》則載：「妥，安也，从爪女。妥與安同意。」[註95] 段玉裁注云：

> 說文失此字，偏旁用之，今補。〈釋詁〉曰：「妥、安、止也。」又曰：「妥、安、坐也。」此二條略同，以止也、坐也為句。坐者，止也，見土部。毛《詩》、《禮經》、《禮記》皆以安坐訓妥。《禮記》：「詔妥尸。」古者尸無事則立，有事而後坐。似《爾雅》安、坐連讀。竊謂《爾雅》妥、安、坐、止四字互訓。〈士虞〉、〈特牲〉、〈少牢〉妥尸，皆謂安之使之坐。……如花妥為花落，凡物落必安止於地也。知妥與安同意者，安女居於室，妥女近於手，好女與子妃，皆以男女人之大欲存焉，故從之會意。[註96]

段玉裁認為妥為會意字，更言「妥、安、坐、止」四字互訓，並從「妥尸」、「物落安止於地」，甚至是「男女大欲存焉」等角度來解釋互訓之因。筆者以為，妥為會意字無疑，但言諸字互訓，僅就典籍中的訓詁內容作說明，仍不能解釋為何妥字「从爪女」會有「安」義。妥之卜辭義為何？李孝定釋妥云：

> 从女从爪，《說文》所無。段氏云从爪女會意是也。蓋以手撫女，有安撫之意。字在卜辭或為人名，《粹》一二七五言「小臣妥」是也。或當訓安，《甲編》二七〇〇云「□眾□妥余上下于（字形）□邑商亡壱□六月」是也。[註97]

李氏以為妥字形是「以手撫女，有安撫意」，於卜辭中為私名，或訓為安；筆者推測李氏或因典籍訓安，故有此說。屈萬里對於《甲編》2700 中妥字意見與李氏同，亦主訓妥為安。[註98] 而姚孝遂則持不同看法，姚氏整理諸家說法云：

[註94] 大徐本《說文》「綏」字：「車中把也，从糸从妥。」下注云：「徐鍇曰：『禮升車必正立執綏，所以安也。當从爪从安省，《說文》無妥字，息遺切。』」知《說文》未收妥字。見東漢・許慎撰、宋・徐鉉校定：《說文解字》（北京：中華書局，2010年2月，陳昌治刻本），頁277。

[註95] 東漢・許慎撰、清・段玉裁注：《說文解字注》，頁632。

[註96] 東漢・許慎撰、清・段玉裁注：《說文解字注》，頁632。

[註97] 李孝定：《甲骨文字集釋》，頁3887。

[註98] 屈萬里：《殷虛文字甲編考釋》下（臺北：中央研究院歷史語言研究所，1961年6

> 卜辭或稱「妥」（《合》二六八），或稱「子妥」（《乙》四○七四），
> 或稱「小臣妥」（《粹》一二七五），或稱「帚妥」（《粹》一二四○、
> 《合》四三二），均為人名。據《乙》五三○五……屈萬里《甲》二
> 七○○《考釋》謂「妥蓋當讀為綏，安也」。此辭已殘，無徵難以取
> 信。〔註99〕

姚氏整理出「子妥」、「小臣妥」、「婦妥」諸私名，又認為《甲編》2700 一版已
殘，妥字能否訓為安則難以取信，筆者以為姚孝遂之說可信。

　　綜上，關於妥之創意，許進雄先生認為「妥為被手所壓制的女俘，女性
體力較差，故被迫安於無奈的處境。」〔註110〕因刻辭中妥字皆作私名，無法
看出其與創意之關係，至於妥字於甲骨中是否已有「安」義，則尚待更完整
的卜辭。

　　（2）印

　　《說文解字》釋印云：「執政所持信也，从爪卪。」〔註101〕又釋归云：「按
也，从反印。�挕，俗从手。」〔註102〕羅振玉爬梳二字關係曰：

> 卜辭𢎥字从爪从人跽形，象以手抑人而使之跽，其誼為許書之抑，
> 其字形則為許書之印。〔註103〕

羅說甚確，卜辭中印字有「𢎥」、「𢎥」二形，其創意為「手按一跪坐之人形」，
然意義似與「印信」、「按」無涉。高嶋謙一隸定此字為「及」，並釋為動詞「到
達」義，高嶋氏云：

> 甲骨文有「𢎥」字，隸定作「及」是正確的，意義是到達，「𢎥」最
> 有可能是早期古典漢語中的「副動詞」（coverb）或者「介詞」和
> 連接詞「及」。在甲骨文中「𢎥」字不是連接詞，而是一個動詞。
>
> 〔註104〕

月），頁 346～347。
〔註99〕于省吾主編、姚孝遂按語：《甲骨文詁林》，頁 472。
〔註110〕許進雄先生：《簡明中國文字學（修訂版）》，頁 240。
〔註101〕東漢・許慎撰、清・段玉裁注：《說文解字注》，頁 436。
〔註102〕東漢・許慎撰、清・段玉裁注：《說文解字注》，頁 436。
〔註103〕羅振玉：《增訂殷虛書契考釋》卷中，葉 54 下。
〔註104〕高嶋謙一：〈甲骨文中的並聯名詞仂語〉，《古文字研究》第 17 輯（北京：中華書
　　　　局，1989 年 6 月），頁 340。

高嶋氏之說不確。首先，甲骨中「及」字作「⿰」形，從一人下方有手，其創意為「象以手及人之意」〔註105〕；兩字相較，無論是人之姿勢或手的位置皆不同；其次，高嶋氏之文中並未舉出作動詞用之例，故筆者以為此說不妥。

大多數的學者以為「印」為俘虜，甚至是用於「祭祀」的牲品之一，如姚孝遂以為：

> 甲骨文「印」字作⿰或⿰，與「⿰」字之作⿰者有別。至於陳夢家《卜辭綜述》二八四頁所謂之「印方」，字作⿰，唐蘭《天釋》五四頁釋「巴」，李孝定《集釋》二七八三釋「儿」，均待考。「方⿰自南，其⿰⿰」，當為方國名。（乙一五一）「隻⿰」（合三八〇）、「狩不其⿰⿰」（乙一四三）、「狩得⿰」（乙三九二）、「⿰不執」（乙一三五），以上「⿰」均為俘虜名。〔註106〕

羅琨意見亦同，認為印「在卜辭中常與執并提」〔註107〕，是祭祀的人牲之一；楊升南進一步整理人牲的身分，認為印是「以方國部落為名的人牲」〔註108〕，其云：

> 印字字形與⿰字同，只是手在前，作動詞當亦是俘獲人形，卜辭中有「方印」、「方執」（《南南》1.59），即方國的俘虜和方國的罪隸（執是手帶刑枷，當是罪隸之屬）。稱為⿰（俘）、印，從字形分析，當是捕捉不久的異族俘虜而用作人牲。〔註109〕

若從字形來看，甲骨文印字確實象手按壓「俘虜」之形，然字義或仍有待討論；李學勤將「⿰」字隸為⿰，並結合「執」字，以為二字皆為句末助詞，其云：

> 這裡要提出的是，在𠂤組卜辭中還有一個語末助詞「⿰」。請對比以

〔註105〕許進雄先生：《明義士收藏甲骨釋文篇》，頁44。
〔註106〕姚孝遂：〈商代的俘虜〉，《古文字研究》第1輯（北京：中華書局，1979年8月），頁350。
〔註107〕羅琨：〈商代人祭及相關問題〉，《甲骨探史錄》（北京：三聯書店，1982年9月），頁131。
〔註108〕楊升南：〈對商代人祭身分的考察〉，《先秦史論文集》（西安：人文雜誌編輯委員會，1982年5月），頁58。
〔註109〕楊升南：〈商代人牲身份的再考察〉，《歷史研究》（北京：中國社會科學雜誌社，1988年2月），頁137。

下卜辭：

（一）丙辰卜，丁巳其雀不？允雀。　　《京津》二九二二

　　　　丙辰卜，丁巳其雀𠬝？允雀。　　《乙編》三〇七

（二）丁丑卜，方其𢀙今八月不？　　《乙編》三九七

　　　　辛亥，方𢀙今十一月𠬝？　　《乙編》二八

很明顯，「𠬝」和「不」在句中的作用相同。……「𠬝」還可以和另一個助詞「執」結合起來。這種卜辭是把正反兩問併於一辭之中，正問用助詞「𠬝」，反問用助詞「執」（有時相反）。請看下例：癸酉卜，王貞，自今癸酉至于乙酉，邑人其見方𠬝？不其見方執？一月。《南北》師一‧五九

這是說：「邑人能見到敵方？還是見不到敵方呢？」〔註110〕

裘錫圭對於李學勤說法基本贊同，僅將「𠬝」字改隸為印（抑）；〔註111〕張玉金亦以為此說為確。〔註112〕曹錦炎雖認為李說正確，但因李學勤從舊說，將「𠬝」釋為「𠬝」，因而得出「語末助詞」的結論，故曹氏釋「𠬝」為印（抑），由此連結《左傳》、《論語》中的「抑」字，釋「𠬝」為「還是」，其云：

> 在𠂤組卜辭中作為虛詞出現的「印」，應當讀為「抑」。抑是印的孳乳字，印作抑，尤如奉作捧、益作溢，乃是疊牀架屋，徒增形符而已。「抑」在古籍中可作為選擇連詞，如：（7）子將大滅衛乎？抑納君而已乎？《左傳》哀公二十六年（8）夫子至於是邦也，必聞其政。求之與？抑與之與？《論語‧學而》可譯為「還是」。𠂤組卜辭中「印」字的用法，舉例如下：
>
> （9）己酉卜，𠭥，今夕其雨？印不雨？曾，啟。　　《綴合》八一
>
> （10）丙辰卜，丁巳其陰？印？允陰。　　《乙》三〇七

〔註110〕李學勤：〈關於　組卜辭的一些問題〉，《古文字研究》第 3 輯（北京：中華書局，1980 年 11 月），頁 40～41。

〔註111〕裘錫圭：〈關於殷墟卜辭的命辭是否問句的考察〉，《裘錫圭學術文集‧甲骨文卷》（上海：復旦大學出版社，2012 年 10 月），頁 311～313

〔註112〕張玉金：〈論殷墟卜辭命辭語言本質及其語氣〉，《中國文字》新 26 期（臺北：藝文印書館，1990 年 12 月），頁 63～71。

（11）癸酉卜，王貞，自今癸酉至于乙酉邑人其見方？印執不其見

方？一月。　《南南》一・五九

（12）貞，卲婦？印勿執？　《粹》一二四一

（13）癸酉卜貞，方其征今一月？印不執？余曰：不其征。允不▢

《南無》一七九

（14）▢隹▢征方？印弗▢執？

「印」字的用法正與上引古籍的「抑」相同，可見其必為選擇連詞

無疑。〔註113〕

雖曹錦炎同意李說，但其意見顯然與李學勤等人看法不同，以《合集》799（即
《南師》1.59）一版為例：

【《合集》799】

學　者	斷　　　　句
李學勤	癸酉卜，王貞，自今癸酉至于乙酉，邑人其見方▮？不其見方執？一月。
曹錦炎	癸酉卜，王貞，自今癸酉至于乙酉邑人其見方？印執不其見方？一月。

李學勤將印、執皆視為「語末助詞」，故將句子斷於印、執後，曹錦炎則將印
（抑）字置於句首以合於後世典籍，至於執字則未解釋。就該版行款來看，

〔註113〕曹錦炎：〈甲骨文合文研究〉，《古文字研究》第19輯（北京：中華書局，1992年
8月），頁458。

執字位置不應在印字之後，李學勤斷句為確，曹文斷句應修正為「印不其見方執」。順此思考，若將印解釋為「還是」，則此句解釋不通。

筆者以為，從甲骨卜辭卜問的形式來看，將刻辭中「印」字解釋為「還是」，是一種本質上的謬誤。殷人占卜，希望能預知吉凶，在同一個問題上，會以正、反兩種問句形式反覆貞問，故卜辭中有許多「對貞」情況出現，並於得知結果後刻於甲骨上，即為「驗辭」。如《合集》3945：

戊寅卜，殼貞：沚馘其來？　二（序數）

戊寅卜，殼貞：雷風其來？　二（序數）

貞：雷風不其來？　二（序數）

貞：沚馘不其來？　二（序數）

《合集》3946（序數三）、《合集》3947（序數四）與此版內容相同，為異版成套卜辭；若「印」為選擇連詞，則可簡化卜問內容，不須大費周章以相似的句子卜問並契刻於甲骨。再者，曹氏所舉卜辭例中，不乏出現「允」字之句，允於卜辭為「果然」義。筆者認為「果然」與「還是」出現在同一語境中是衝突的，下引曹文所舉《左傳》傳文全文：

文子使王孫齊私於皋如，曰：「子將大滅衛乎？抑納君而已乎？」皋
如曰：「寡君之命無他，納衛君而已。」〔註114〕

此問題的選項「大滅衛或是納君」，而皋如選擇後者，即「納衛君」。若回答中加入「果然」，則令人難以理解；同理，曹文所舉卜辭《乙》307：「丙辰卜，丁巳其陰？印？允陰。」將此卜理解為「在丙辰日卜問，隔天丁巳是陰天？還是（不是陰天）？果然是陰天。」並不合於語言邏輯。又卜辭《粹》1241：「貞，卯婦？印勿執？」若印字解釋為「還是」，其反面的貞問方式應該是問「印勿卯」，而非勿執。若將「印」字作為語末詞，則斷句或解釋變得文從字順。《乙》307「丙辰卜，丁巳其陰印？允陰。」此版卜問丁巳這日會是陰天嗎？驗辭則載果然是陰天；又《粹》1241「貞，卯婦印？勿執？」此版卜問卯祭婦嗎？不要（卯祭婦）嗎？李學勤等學者之說顯然較為合理。

綜上，印字創意象「手按俘虜之狀」，在卜辭中則假借作句末助詞使用；而

〔註114〕東周·左丘明著、楊伯峻注：《春秋左傳注》（北京：中華書局，1981 年 3 月），頁 1728。

《說文》中作「按」或「印信」之義，則為創意之引申。

（3）妥、印通用辨析

妥、印二字，雖構形相似，然於卜辭中並不相通。統計妥、印二字出現於各期次數如下〔註115〕：

	第一期	第二期	第三期	第四期	第五期	王族卜辭	總計	比例
妥	25	0	1	0	2	7	35	81.40%
妥	4	0	0	0	0	4	8	18.60%
總計	29	0	1	0	2	11	43	100%
比例	67.44%	0%	2.33%	0%	4.65%	25.58%	100%	

	第一期	第二期	第三期	第四期	第五期	王族卜辭	總計	比例
印	9	1	0	1	1	28	40	57.14%
印	2	1	0	1	1	25	30	42.86%
總計	11	2	0	2	2	53	70	100%
比例	15.71%	2.86%	0%	2.86%	2.86%	75.71%	100%	

從上表可知，妥、印二字於各期出現的比例大相逕庭：妥字在第一期中出現次數最多，佔了 67%；其次是王族卜辭，佔 25%，第三、五期皆佔 5%以下，第二、四期未見妥字。印字則是在王族卜辭中比例為最高，佔了 75%；其次是第一期，佔 15%，第二、四、五期皆佔 3%左右，第三期未見印字。

再從字義分析，印字為句末助詞，且常常與「執」字出現於同卜之中；後從其創意分化為印、抑二字，不論印或抑，所強調的都是「向下按壓」之動作。再從印字的卜辭義深入思考，卜辭本就是殷人占卜後留下的紀錄，即使句子無語末助詞，亦可理解卜辭「不疑何卜」的性質；其次，甲骨所刻之內容一般都頗為簡要，甚至會省略某些詞彙，還需以成套的異版同文補足文意；再者，就總數量來說，印字出現頻次不高，但高比例出現於王族卜辭中，〔註116〕應為此

〔註115〕下表二形之別在於從「手（扌）」或從「爪（爫）」，然本節討論重點在於印、妥二字是否相通，雖將分列二形，但仍視為同字。下表妥字亦同。

〔註116〕印字於第一期共 11 例，即《合集》797、《合集》798、《合集》799、《合集》800、《合集》802、《合集》4761、《合集》8329、《合集》9494、《合集》17096、《合集》17139、《合集》19071，下將崎川隆對此 11 版的分類以簡表示之：

師賓間大類	《合集》799、《合集》17096、《合集》17139
賓一大類	《合集》797、《合集》798、《合集》800、《合集》802
典賓類	《合集》8329

類卜辭的特殊用法。

　　至於妥字於卜辭中皆作私名，與創意聯結性不高；而後世典籍訓「妥」為「安」，與創意相差甚遠，故許進雄先生以為：

> 字不可無限量地創造，所以使用引申與假借的辦法，推廣字的使用範圍。一個字經過多次延伸，有時就與本義相去甚遠。……譬如《孟子》引用《尚書》逸文「有攸不惟臣，東征，綏厥士女」、《禮記・夏小正》「綏多士女」。綏與文意不適合，故舊註訓綏假借為妥，意義為安。但綏的字源妥為被手所壓制的女俘，女性體力較差，故被迫安於無奈的處境。俘虜經常加以捆縛以防其反抗或逃脫，知道用本義比較貼切。如果解釋為安其士女，則暗示戰勝者懷有仁慈之心。如果用本義，正表示古代戰勝者掠奪財物的用心。兩者的意義有天壤之別。〔註117〕

許先生又引銘文上的記載，進一步說明：

> 妥被解釋為安，有可能是為了美化掠奪者的行為。……綏字的意義是繩索。「綏厥士女」的意義，印證《師袁鼎》銘文的「驅孚士女、牛羊，孚吉金。」就是戰勝者略奪資源的意思。〔註118〕

由此可知妥字創意為「手壓制女俘」之義，經過引申後，與本義截然不同。

　　綜上，透過卜辭義的考察及文字使用時期的分析，可知形似的妥（ ）、印（ ）二形不能相通。從其字形及創意分析，妥（ ）、印（ ）二字最大的差異在於手所按跽之人性別有別，男性與女性於先天有許多生理條件不同，體力或力氣大小即其中之一。印（ ）字跪坐者為人形、妥（ ）字跪坐者為女形，印（ ）字重點在於制伏俘虜的動作，故後來分化為印、抑二字，皆強

賓三類	《合集》4761、《合集》9494
待考	《合集》19071

其中《合集》799、《合集》17096、《合集》17139 三版屬師賓間類，李學勤、曹錦炎等學者亦認為《合集》799 屬𠬝組卜辭，若將此三版皆置於王族卜辭，則有高達近八成之印字皆出現於此。見崎川隆：《賓組甲骨文分類研究》，頁 223、337、440、473、692、693、749；李學勤：〈關於𠬝組卜辭的一些問題〉，《古文字研究》第 3 輯，頁 41；曹錦炎：〈甲骨文合文研究〉，《古文字研究》第 19 輯，頁 458。

〔註117〕許進雄先生：《簡明中國文字學（修訂版）》，頁 240。
〔註118〕許進雄先生：《字字有來頭》02（新北：字畝文化創意，2017 年 6 月），頁 153。

調往下按壓的動作；妥（）字則特別強調女性，因女性俘虜氣力小，被迫安於無奈之境，其後才引申為安、止之義。

2. 劸

劸字，《說文解字》未收，甲骨文作「」、「」、「」三形。早期學者將此字誤釋為「奴」字，如王襄以為：

> ，古奴字。許說奴婢皆古之辠人也。从女从又。〔註119〕

羅振玉亦云：

> 、《說文解字》奴古文从人，作。此从又與許書篆文合。〔註120〕

羅、王二人混淆「」、「」二部件，故有此論。葉玉森即修正羅說，云：

> 森桉：卜辭之異體作卷二第十一葉之三、卷四第二十六葉之五、卷七第十四葉之四、後下第三十四葉之四，所从之、、竝為耒形。先哲造奴字，蓋取女持耒之誼。古代役女子為農奴，于茲可信，譌變作卷四第四十一葉之六、藏龜第二百七十一葉之四，乃似从又矣。〔註121〕

葉說亦不確，李孝定即指出：「契文上出諸形从女从力實非从又，羅說非。葉氏雖知字非从又，然囿於羅說，不得不曲為之解。」〔註122〕郭沫若則逕隸「」為「劸」，其云：「劸乃妿省，讀為嘉。」〔註123〕李孝定則認為：

> 郭氏始隸定為劸，謂是妿省，讀為嘉，其說是也。惟謂妿省則仍有可商。蓋古文繁變往往增口無義此唐蘭說，劸實妿之古文，非妿省也。卜辭此字恒與字連文，當釋冥見卷七，讀為娩，乃卜婦人生子之事，生子言嘉。〔註124〕

李氏修正郭說，認為劸是妿之古文，非由妿省。綜上，「劸」字从女从力無疑，且「劸」字在卜辭中確如李孝定所言「恆與冥字連文」，少部分學者如詹鄞鑫，

〔註119〕王襄：《簠室殷契類纂》（天津：河北第一博物院，1929 年 9 月），葉 54。
〔註120〕羅振玉：《增訂殷虛書契考釋》卷中，葉 23 下。
〔註121〕葉玉森：《殷虛書契前編集釋》卷 1，葉 88 下～89 上。
〔註122〕李孝定：《甲骨文字集釋》，頁 3626。
〔註123〕郭沫若：《殷契粹編》（臺北：大通書局，1971 年 2 月），頁 661。
〔註124〕李孝定：《甲骨文字集釋》，頁 3626。

對於「生子即為妎」有不同的看法，以下先就其字義討論。

(1)「妎」字字義商榷

「妎」字从女从力，但對於「力」旁，部分學者對此有錯誤的解讀，如楊潛齋即以為「妎」為會意字，將「力」理解為「用力」：

> 卜辭「妎」字，从女，从力，言女子用力，謂生子也，於六書為合誼會意。〔註125〕

楊氏說解不確。《說文解字》釋力云：「筋也，象人筋之形。」〔註126〕甲骨文中「力」（﹅）是「一種比較原始的挖土工具」，〔註127〕類似於耒耜，與許慎《說文解字》中對「力」的說解相差甚遠，故楊氏所言「女子用力」，則是混同了殷、漢兩時期對於力字的概念。詹鄞鑫之說亦有類似的問題：

> 妎，讀音同「理」，表示分娩順利。……「妎」字卜辭中有時也寫作「劷」或「力」（如《乙》1424、《甲》211、《人》3166 等），證明這個字从女（或子）力聲，不可能讀為「嘉」。從用例看，這個字除個別地方作人名用以外，都專用於婦女生育的卜辭，並且字形从女或从子，與「娩」字也有从女與从子兩種寫法一樣，一定是本義與生育有關的專字，而不可能是假借字，所以也不可能是「娶」而假借為「嘉」。從讀音上看，妎或劷都从力得聲。因聲求義，與力的古音相近的字，多有理、順之義。……顯然，「妎」的本義表示生子如瓜熟蒂落而毫不困難。〔註128〕

詹氏認為妎字與「嘉」、「娶」二字並無關係，而是从力得聲，因其他一樣从力得聲的字多有理順義，故將此字釋為「分娩順利」，此一說法亦與一般學者以為「生子為妎」的理解不同。

《說文解字》「力」字條段注云：「象其條理也。人之理曰力，故木之理曰朸，地之理曰阞，水之理曰泐。」〔註129〕如上所述，卜辭中的力為耒耜之形，

〔註125〕楊潛齋：〈釋冥妎〉，《華中師院學報（哲學社會科學版）》1981 年 3 期（武漢：華中師範大學，1981 年 6 月），頁 110。

〔註126〕東漢・許慎撰、清・段玉裁注：《說文解字注》，頁 705。

〔註127〕許進雄先生：《中國古代社會》（臺北：商務印書館，2013 年 9 月），頁 115。

〔註128〕詹鄞鑫：〈卜辭殷代醫藥衛生考（節本）〉，《華夏考：詹鄞鑫文字訓詁論集》（北京：中華書局，2006 年 12 月），頁 238～239。

〔註129〕東漢・許慎撰、清・段玉裁注：《說文解字注》，頁 705。

而詹氏之說仍是以《說文》中力字所含「條理」的概念，來推求甲骨中「劧」字為分娩順利，故筆者以為詹說不確。其次，卜辭中的「劧」字，除《合集》30032 一版外〔註130〕，其他多為卜問「婦某」生育之事：

（1）庚子卜，殼：婦媟娩，劧（劧）？ 　　貞：婦媟娩，不其劧（劧）？	《合集》376 正
（2）戊申卜，內貞：婦婞劧（劧）？	《合集》1854
（3）甲申卜，殼貞：婦好娩，劧（劧）？王占曰：其隹丁娩劧（劧），其隹庚娩弘吉，三旬又一日甲寅娩，不劧（劧），隹女。 　　甲申卜，殼貞：婦好娩，不其劧（劧）？三旬又一日甲寅娩，允不劧（劧），隹女。	《合集》14002 正
（4）丁未卜，韋貞：婦姘娩，劧（劧）？	《合集》14008 正
（5）貞：婦鼠娩，劧（劧）？	《合集》14020
（6）貞：婦𤏻娩，劧（劧）？ 　　婦𤏻娩，不其劧（劧）？	《合集》14022 正
（7）己卯卜，大貞：婦寢娩，劧（劧）？ 　　貞：婦寢不其劧（劧）？	《懷特》1262

除諸婦外，亦有「小臣」或「子某」之卜問：

（8）戊午卜：小臣劧（劧）？ 　　戊午卜：小臣劧（劧）？ 　　戊午卜：小臣不其劧（劧）？癸酉🔲甲戌毋口	《合集》585 正
（9）庚午卜，賓貞：子目娩，劧（劧）？ 　　貞：子目娩，不其劧（劧）？王占曰：隹茲勿劧（劧）。	《合集》14034
（10）□子媚娩，劧（劧）？ 　　　貞：子媚娩，不其劧（劧）？	《合集》14035 丙正
（11）丁亥卜，亘貞：子商妾，不其劧（劧）？	《合集》14036
（12）辛丑卜，爭貞：小臣娩，劧（劧）？	《合集》14037

第（3）卜已清楚表達劧字字義。該卜為正反對貞，內容卜問婦好生產是「劧」或「不其劧」。占辭載「丁日生產劧、庚日生產弘吉」，驗辭則言「甲寅日生產，不劧，因為生女。」婦好並未如預期地在丁日或庚日生產，而是在甲寅日生產，其結果被記錄為「不劧」，原因是生了女孩。此外，在《合集》14001 正一版中，有驗辭云：「其劧，不吉。于🔲，若茲，迺死。」若「劧」為「生產順利」，

〔註130〕《合集》30032：「叀劧奏，有大雨？ 吉。」

又怎麼會「不吉」？應理解為「生了男孩將會不吉，果然生下的男嬰兒死了」。
〔註131〕由此可知「妦」與「不妦」並非表示生產順利與否，而是所生嬰兒之
性別，生子為妦、生女為不妦。雖詹說不確，然其文中質疑「妦」字與嘉、娿
二字的關係，卻值得討論。

　學者釋「妦」字多受郭若沫之說影響，認為妦字與嘉、娿有關係，除詹鄞
鑫之說外，張世超亦認為妦字與嘉、娿無涉，其云：

> 「嘉」字古書上訓「美也」（《說文·壴部》），「善也」（《爾雅·釋詁》），
> 從無男性之義。與卜辭語境並不切合。其次，將「妦」看作「娿」
> 的省文也不符合事實。《說文·女部》：「娿，女師也，從女加聲。」
> 「娿」從「加聲」，而「加」是個會意字。〔註132〕

《說文》中亦列出杜林「加教於女也」〔註133〕的會意之說，然不論娿字為形聲
或會意字，其字義與甲骨文中「妦」字的生男義無涉。又後世字書上嘉字的確
不作生男之義，但是否是由生男引申為美、善之義，筆者則保留；再從字形的
演變觀察，以下簡單整理三字的字形演變：

	殷商（甲骨）	西周（銅器銘文）	東周（銘文、簡帛、璽印）	東漢（小篆）
嘉		（〈榮仲鼎〉西周早） （〈智簋〉西周中） （〈鄂叔奐父盨〉西周晚） （〈伯嘉父簋〉西周晚）	（〈上曾大子鼎〉春秋早） （〈王孫誥鐘〉春秋晚） （《包》2.159） （《包》2.166）	嘉
娿			〔註134〕	娿
妦	（《合集》14002 正）			

由上表可知，西周銘文中嘉字皆從口從力，或偶有當私名之「嘉」字增添部件
「壴」，如〈伯嘉父簋〉（《集成》3680）之嘉字即作「　」形，春秋時嘉字已有
部件「壴」，甚至簡帛文字中增加了部件「禾」，然不論有無部件「壴」，嘉字皆
無從女之形，小篆亦同；娿字未見於殷商、西周文字，目前可見最早的娿字是

〔註131〕許進雄先生：《中國古代社會》，頁 447。

〔註132〕張世超：〈釋「妦」〉，《古文字研究》第 27 輯（北京：中華書局，2008 年 9 月），
　　　　頁 100。

〔註133〕東漢·許慎撰、清·段玉裁注：《說文解字注》，頁 622。

〔註134〕清·陳介祺：《十鐘山房印舉·周秦四》（北京：中國書店，1985 年 3 月，涵芬樓
　　　　影印本），葉 12；因《戰國文字編》收錄此印，故斷代為戰國，見湯餘惠主編：《戰
　　　　國文字編》（福州：福建人民出版社，2005 年 8 月），頁 802。

見於戰國時期的璽印文字中、妢字則是僅出現於甲骨卜辭中，目前未見於後世記載中，原因未詳。對於此現象，許進雄先生認為：

> 一婦人與一耒會意，育有兒子能使用耒耜耕田，是令人嘉美之事。
>
> 金文加鼓形，可能表達喜慶之樂。〔註135〕

綜上所述，甲骨文中「妢」（𡥸）字從女從力，女為婦女、力為耒耜，耒耜用於耕田、需要力氣，故以此為男性的象徵，「妢」為「婦女產下男嬰」之義無疑。從字形的演變，妢字與契、嘉在字形上的連結較為薄弱，妢字應非契之古文；就字義而言，後世字書中並無意義為「生男」之專字，推測妢字已經消失，或者嘉字所表示的詞義擴大，涵蓋妢字字義，故後世未見妢字。

（2）「𡥸」、「𡥸」、「𢆶」通用辨析

妢字三形出現於殷商各期統計如下：

	第一期	第二期	第三期	第四期	第五期	王族卜辭	總計	比例
𡥸	188	2	1	3	3	24	221	95.26%
𡥸	0	0	0	0	0	10	10	4.31%
𢆶	1	0	0	0	0	0	1	0.43%
總計	189	2	1	3	3	34	232	100%
比例	81.47%	0.86%	0.43%	1.29%	1.29%	14.66%	100%	

妢字多出現於第一期，佔整體八成，其次皀是王族卜辭，但相較於第一期比例仍甚為懸殊。就字形來看，「𡥸」形所佔比例最高，為整體的九成五，從子的「𡥸」形居次，所佔比例僅4%左右，從卩之「𢆶」形目前只見一例。

再考「𡥸」、「𢆶」二形卜辭之義：

（12）辛丑卜，爭貞：小臣娩，妢（𢆶）？	《合集》14037
（13）庚戌卜，我貞：婦鼓妢（𡥸）？	《合集》21787
（14）辛丑卜：□貞：婦豕妢（𡥸）？	《合集》21789

從字義上來看，從子之「𡥸」形、從卩之「𢆶」形，其意義與「𡥸」形完全一致，未能分辨出其不同之處，故女與子、女與卩於此字上可相通。

妢字為生男之義，而女性才有生育的能力，何以能與子、卩相通？張桂光以為：

> 婦人分娩，生得男為**妢**，生得女為**不妢**，強調男嬰為母親所生，可

〔註135〕許進雄先生：《簡明中國文字學（修訂版）》，頁384。

以從女作「婦」（《甲》3000，「𠂔」即力，亦即犁，因為男子所專用，故成為男子之象徵），若強調所生嬰孩為男性，則可從子作「㛰」（《林》1.23.18）。〔註136〕

張氏以為「㛰」、「婦」二形，皆為「生男」之義，然二形的創意概念不同；即「㛰」形中「𡰣」表示嬰兒，「𠂔」仍象徵其性別。筆者以為，如依張氏所言，「㛰」形創意已無「生產」概念，與「婦」形創意不若，雖「㛰」、「婦」二形字義相同，卻不能將「𡰣」、「𠨕」二旁視為相通。

又「㛰」形只出現於王族卜辭中，姚孝遂即云：「『㛰』為『㛰』字之異構，此種形體唯見於子組卜辭。」〔註137〕若只分析王族卜辭的情況，「㛰」形佔王族卜辭中的 29.41%，將近三成，但因不見於其他卜辭中，或可視為王族卜辭的特殊用字；從卪之「𠂤」形僅一例，或有刻工誤刻之可能，然不論是否為誤刻，以跪坐的卪形替代跪坐的女形並不會與其他文字混淆，亦不會認為生產者為男性。

3. 艱

甲骨文艱字有「𩭖」、「𩯀」、「𩯎」三形，皆象鼓旁有人之狀。〔註138〕透過郭沫若及唐蘭的考證，知「𩭖」、「𩯀」、「𩯎」三形用法相通，郭沫若曰：

> 卜辭用此字（筆者按：「𩭖」字）有一定之義例，大抵於癸日卜旬之吉凶，而繫之以「王固占曰屮有希^祟，其屮^有來𩭖」之文，下紀其應，則云「若干日某干某支允屮^有來𩭖自□」^{東西南北等字}，而繫知以事變，以關於疆理之事為多。是此𩭖字必與希字相貫而含凶咎之意。〔註139〕

唐蘭則云「婤、卽通用」，並對照辭例，認為「『亡來婤』即『亡來艱』」〔註140〕。實考卜辭用法，舉例如下：

〔註136〕張桂光：〈甲骨文形符系統特徵的探討〉，《古文字論集》（北京：中華書局，2004年10月），頁81。

〔註137〕于省吾主編、姚孝遂按語：《甲骨文字詁林》，頁541。

〔註138〕學者對於各形隸定不一，或以字形隸為婤、卽、艱，或以《說文》籀文隸作艱；為行文方便，除引各家說法外皆寫作艱。

〔註139〕郭沫若：《卜辭通纂》，頁390。

〔註140〕唐蘭：《殷虛文字記》，頁77、78。唐文中婤、艱二字分別作「𩭖」、「𩯎」形。

第一期	（1）癸巳卜，㱿貞：旬亡禍？王占曰：坣崇，其坣來艱（𦴳）。乞至五日丁酉，允坣來艱（𦴳）自西。沚馘告曰：土方征于我東鄙，戈二邑。舌方亦侵我西鄙田。	《合集》6057 正
	王占曰：坣崇，其坣來艱（𦴳）。乞至七日己巳，允坣來艱（𦴳）自西。 友角告曰：舌方出侵我示爨田七十人五。	
	癸卯卜，㱿貞：旬亡禍？王占曰：坣崇，其坣來艱（𦴳）。五日丁未，允坣來艱（𦴳），飲御☐自弓圍六人。	
	王占曰：坣崇，其坣來艱（𦴳）。乞至九日辛卯，允坣來艱（𦴳）自北。蚊妻姦告曰：土方侵我田十人。	《合集》6057 反
	（2）☐其坣來艱（𦴳）。 ☐艱（𦴳） ☐	《英藏》637 正
第二期	（3）癸丑卜，出貞：旬有崇？其自西坣來艱（𦴳）。	《合集》24146
	（4）☐貞：其自南坣艱（𦴳）。	《合集》24147
	（5）壬午卜，出貞：今日亡來艱（𦴳）自方？	《合集》24149
	（6）戊寅卜貞：今日亡來艱（𦴳）？	《合集》24165

第（1）版為例行性的卜旬辭，占卜的結果皆「有崇」，果然五日、七日後就有方國來侵；第（2）版雖殘，仍可看出為第一期熟語「其坣（有）來艱」，且由此版可知，「𦴳」、「𦴳」相通。第（3）、（4）版亦為卜旬辭，占驗結果是凶咎自西、自南來。第（5）（6）版皆云「亡來艱」，然所用字形分別作「𦴳」、「𦴳」二形。綜上，知「𦴳」、「𦴳」、「𦴳」三形通用無別，郭、唐二說至確。

或以為「𦴳」與「𦴳」、「𦴳」二形相通，[註141]不確。「𦴳」字在目前卜辭中僅《合補》10935、《合集》14006 正兩見，《合補》10935 一版為殘辭，《合集》14006 正一版上則刻：「☐㐭（𦴳）死？」大抵能夠判斷為人名，[註142]知「𦴳」字字義與其他三形不同。

「𦴳」、「𦴳」、「𦴳」三形於卜辭各期使用情況如下：

[註141] 詳見王襄：《簠室殷契徵文附考釋》（天津：河北第一博物院，1925 年 9 月），葉10 下。

[註142] 姚孝遂、張桂光亦釋「𦴳」字為人名。詳見于省吾主編、姚孝遂按語：《甲骨文字詁林》，頁 2797；張桂光：〈古文字中的形體訛變〉，《古文字論集》（北京：中華書局，2004 年 10 月），頁 29。

	第一期	第二期	第三期	第四期	第五期	王族卜辭	總計	比例
𡂡	231	3	0	0	0	6	240	73.62%
𡄙	0	83	0	0	0	0	83	25.46%
𡂡	1	2	0	0	0	0	3	0.92%
總計	232	88	0	0	0	6	326	100%
比例	71.17%	26.99%	0%	0%	0%	1.84%	100%	

艱字大量出現於殷代早期，晚期的王族卜辭僅見六例。就字形而言，「𡂡」形出現次數為最多，「𡄙」形居次，「𡂡」形則零星幾例。若分期觀之。「𡂡」、「𡄙」二形各為第一期及第二期之主要字形，「𡂡」字佔第一期的 98.72%、「𡄙」字則佔第二期的 94.92%，亦高達近九成五，「𡂡」形則分佔兩期的 0.43% 與 2.27%，比例甚低。如上所論，已知「𡂡」、「𡄙」二形相通，然二形之間的演變關係為何？以下試分述之。

「𡂡」字，孫詒讓疑為「嬉」之省，羅振玉則隸作「𡉚」，謂即後世僕豎之豎字，[註143]皆不合卜辭用法；郭沫若隸為「敂」，認為即《說文》蠱字：

> 諦案其字形，象於壴^{即鼓字}旁有人踞而戍守之，乃象形之文，非形聲之字，蓋古蠱字也。《說文》：「蠱，夜戒守鼓也。從壴蚤聲。」……字在卜辭當讀為戚，「其有來戚」、「允有來戚」，上與言「有祟」同條，下與言異變共貫，決為蠱字無疑。又蚤與咎聲同在幽部，敂讀為咎，義亦暢通。[註144]

殷康、溫少峰、袁庭棟亦同樣以「守鼓」之說釋「𡂡」字；[註145]對於郭沫若之說，唐蘭則有不同意見，其云：

> 研究文字學，必當有字形或歷史之根據，嬉蠱二字，在字形上既無線索可尋，在歷史上又無踪跡之遺留，但憑一己理想以決定古代之文字，實最危險之方法也。蓋解釋文字者，必在字形確定為某字之後，釋其何以有此現象而已。不可在未識其字之先，漫然加以解釋，

[註143] 孫詒讓：《契文舉例》，《叢書集成續編》第 18 冊（臺北：新文豐出版公司，1989 年 6 月），頁 161～162；羅振玉：《增訂殷虛書契考釋》卷中，葉 24。

[註144] 郭沫若：《卜辭通纂》，頁 390～392。

[註145] 殷康：〈古鼓和古文鼓字〉，《社會科學戰線》1979 年第 3 期（長春：社會科學戰線雜誌社，1979 年 6 月），頁 197；溫少峰、袁庭棟：《殷墟卜辭研究——科學技術篇》，頁 289～290。

即憑一己之解釋而斷其必為某字也。娶字郭釋為蠱，象壴旁有跽而戍守之。然何以從女，豈「夜戒守鼓」，乃需女子耶？〔註146〕

唐蘭認為郭說娶字即《說文》蠱字恐無憑據，並提出「何以從女」的質疑。陳劍則以為唐蘭說法為非，其云：

> 唐說娶、卲、蘁諸字都從「壴」聲，「『蘁』從壴聲，壴讀如鼓，故『囍』字音轉為『艱』，後來就改從艮聲」，則恐不確。一般認為，古文以鼓聲傳訊報警。《史記・周本紀》「幽王為烽燧大鼓，有寇至則舉烽火」，「大鼓」與報警之「烽燧」並行，可證。故娶和卲字畫出人跪坐守鼓之形作為「艱」的表意字。其中「壴」是會意部件，並非聲符。〔註147〕

陳劍舉《史記》中以鼓示警之例以駁唐說，卻也不脫前說，且對於唐蘭提出的問題仍避而不談。事實上，同意「守鼓說」的學者與唐蘭說法最大的歧異在於「𩫖」字三書歸屬的差別，郭沫若等人認為「𩫖」為象意字，唐蘭則視為形聲字。筆者認為「𩫖」字應屬象意字，然而對於唐蘭所提出「何以從女」的質疑，亦尚無合理的解釋。而另一個問題是，若第一期的「𩫖」形為象意字，何以第二期變為「𩫖」形，兩者之間的連結為何？

羅振玉釋「𩫖」字曰：

> 《說文解字》：「艱，土難治也。從堇艮聲。籀文從喜作囍。」此從喜省，或又省喜。又古金文囍字從𧶙，𧶙從黃從火，此又省火或借用𦱪。〔註148〕

羅振玉連結艱字籀文「囍」，將「𩫖」釋為「囍」，諸家大抵同意其說。〔註149〕惟羅振玉云「此從喜省，或又省喜」知其認為「囍、𦱪同義」，唐蘭則以為「卜辭𦱪字自與蘁殊」，〔註150〕唐說為確。卜辭中「𦱪」字與「𩫖」用法上有別，許

〔註146〕唐蘭：《殷虛文字記》，頁76。

〔註147〕陳劍：〈殷墟卜辭的分期分類對甲骨文字考釋的重要性〉，《甲骨金文考釋論集》（北京：線裝書局，2007年4月），頁333。

〔註148〕羅振玉：《增訂殷虛書契考釋》卷中，葉74下。

〔註149〕孫海波、唐蘭意見大致與羅振玉同。見孫海波：〈卜辭文字小記續〉，《考古社刊》第5期（北京：考古學社，1936年），頁56；唐蘭：《殷虛文字記》，頁83。

〔註150〕唐蘭：《殷虛文字記》，頁83。

進雄先生將「豐」隸為「嘆」，並考其創意云：

> 甲骨文「嘆」字作一人兩手相交按著肚子而張口呼叫之狀，有時此
> 人還有火在下頭燒焚著。天若乾旱無雨就難有農作的收穫，此字大
> 概表示荒年肚子餓，用手壓擠肚子向上天叫嚷，要求賞賜食物的意
> 思。所以商代此字有饑饉及乾旱兩種意義。〔註151〕

饑饉、乾旱亦為災禍之一，故筆者推測，艱字第二期作「豐」字偏旁，由跪坐之女形變成張口大叫之人形，是以「豐」旁強調其凶咎的意義。

綜上所論，艱字用於殷代卜辭的早期，第一、二期的主要字形分別作「艱」、「艱」形，應是不同時期用字習慣所造成的差異；由「艱」形變而為「艱」形，或有可能是以「豐」形強調其災難凶咎之概念。兩期中皆偶爾出現「艱」形，經辭例的對比，知「艱」、「艱」二形相通，推測是強調其跪坐的形象，故女、口偏旁可通用。

又有「艱」形，卜辭中作為人名使用，與「艱」、「艱」二形字義不同，知人旁與女旁、口旁於此字不可通。推測或因「艱」、「艱」二形所強調是「跪坐」的姿態，故以從人「艱」形作為人名，前述「即」、「鬼」字亦有此現象，如即字，為即就義時作合於創意的「即」形，作為貞人名則作「即」形；又如鬼字，為鬼神義時，因祝禱多為跪姿而作「鬼」形，作為方國名時則作「鬼」形。

二、人體構造偏旁

本文欲討論之「人體構造」偏旁包括「目」、「面」、「眉」、「又」、「爪」等形。「目」、「面」、「眉」三形皆為五官，「目」為目，象眼睛之形，「眉」為眉，象生於眼上之眉形，「面」為面，象眼睛所在的面部輪廓。〔註152〕「又」、「爪」皆為上肢，「又」為又，象側面之右手形，「爪」為爪，則象自上而下之手形。以下分成「目與面」、「目與眉」、「又與爪」三組，觀察各組字例於卜辭中是否相通。

（一）目與面

1. 曼

甲骨文有「曼」字，又有異體「曼」形，其創意為「用兩手張開或揉眼睛，

〔註151〕許進雄先生：《中國古代社會》，頁 676。
〔註152〕許進雄先生：《簡明中國文字學（修訂版）》，頁 407。

欲令視覺更明晰」。〔註153〕舊釋「身」字為「擘」，葉玉森云：

> 森桉：《說文》「擘，固也。从手，臤聲。」《史記・楚世家》「肉袒
> 擘羊。」擘與牽同。卜辭从臣，臣俘虜也。从二又，象兩手引臣，
> 即牽之本誼，擘牽古今文《說契》。本辭曰擘田，不詳其誼。〔註154〕

葉玉森釋「身」為「擘」，為俘虜義。孫海波同意葉說，僅稍修正其說：

> 按葉釋身為擘，說頗精塙，云兩手引臣，仍有未明。此字當从目从
> 又，以手引首，釋為俘虜之人。〔註155〕

後更詳細說明云：

> 《說文》擘，固也。从手臤聲。按《史記・楚世家》「肉袒擘羊。」
> 是擘與牽同。契文从目从兩手，知許訓臤聲，殆為後起字，然云兩
> 手引目與牽義亦未安。竊考古臣目本一字（說詳〈卜辭文字小記・
> 釋目篇〉），皆示頁首，惟目為最顯，故古文頁首等字皆繪目，以象
> 其形，此兩手所引者，蓋人之面部，殆俘虜以手牽之，使行之象也。
>
> 〔註156〕

又於《甲骨文編》中，將「身」、「睾」二形分別置於「擘」字條下及「附錄」。
〔註157〕綜上，孫氏意見有二：其一，以為「身」、「睾」二形非一字；其二，「身」
从二手从目，因眼睛為臉部最明顯的部分，故以目代頁、首，所指之人為俘
虜。許進雄先生以為「如果一字的意義與頭的器官沒有直接的關聯，但字形
卻以繁雜的人形去表達，就往往含有強調身份的用意」，〔註158〕孫氏以「頁
首表示俘虜」的說法不確；至於「身」、「睾」二形是否相通則詳後。

郭沫若則隸「身」為「夐」，並與曼字連結：

> 夐，人名。金文〈曼龔公盨〉字作𢼨，若𢼨，从此冃聲；則夐蓋曼之
> 初文也，象以兩手張目，《楚辭・哀郢》「曼余目以流觀」即其義。

〔註153〕許進雄先生：《簡明中國文字學（修訂版）》，頁412。

〔註154〕葉玉森：《殷虛書契前編集釋》卷2，葉51～52。

〔註155〕孫海波：〈卜辭文字小記〉，《考古社刊》第3期（北京：考古學社，1935年），頁
57～58。

〔註156〕孫海波：《甲骨文錄》（臺北：藝文印書館，1958年5月），葉9。

〔註157〕孫海波：《甲骨文編》（京都：中文出版社，1982年9月），頁468、733。

〔註158〕許進雄先生：〈古文字中特殊身份者的形象〉，《許進雄古文字論集》，頁549。

引申為引、為長、為美。〔註159〕

丁山同意郭說，更進一步將 叟 解釋為氏族：

> 叟 與王朝關係甚密，蓋亦武丁懿親。《路史後紀》九下：「初武丁封
> 季父于河北叟，曰蔓侯。有曼氏，蔓鄧氏；優，鄧，其出也。」此
> 說不知所本。叟侯故國，果如羅泌傳說在河北者，宜在綿蔓水流域。
> 《水經·濁漳水注》：「桃水又東南流，經綿蔓縣故城北，自下通謂
> 之綿蔓水。」縣蔓，漢屬真定國，今河北獲鹿縣北有其故城。縣蔓
> 故城，殆即戰國時代之蔓葭。《史記·趙世家》：「武靈王二十年，王
> 略中山地，至寧葭。」《索隱》：「一作蔓葭，縣名，在中山。」此蔓
> 葭縣，不見《國策》。意者，綿蔓、蔓葭，即商 叟 氏故地矣。〔註160〕

筆者以為地名判斷本屬不易，多有異地同名的情形；又加文中已云「羅泌之說
不知所本」，卻仍以羅泌所載加以延伸、說解，是以未知釋未知，故丁氏之說未
可全信。

李孝定意見與郭沫若大致相同：

> 《說文》：「曼，引也。从又冒聲。」契文上出諸形均从目，不从臣。
> 孫云目臣同意，然契文目臣各有專字，固非無別。葉釋摯，非是。
> 郭釋曼，引金文〈曼龏公盨〉曼字从 冒 為證，其說可從。〔註161〕

又云：

> 金文〈曼龏公盨〉作 曼，復增 冂 為聲，冂 者冒之本字也，小篆又省
> 一手，故許君以為「冒」聲矣。〔註162〕

李氏指出孫海波之誤甚確，至於「叟」字演變則詳後。學者大多從郭沫若之說，
朱德熙則有不同的看法：

> 郭沫若先生指出曼字从 導，是很對的。但 導 與曼並非一字。按 叟 字
> 隸定當作叟或導。《顏氏家訓·書證》：「《禮·王制》云贏股肱。鄭

〔註159〕郭沫若：《卜辭通纂》，頁524。
〔註160〕丁山：《殷商氏族方國志》，《甲骨文所見氏族及其制度》（北京：中華書局，1999
　　　　年8月），頁145～146。
〔註161〕李孝定：《甲骨文字集釋》，頁904。
〔註162〕李孝定：《讀《說文》記》，頁83。

注云，謂撋衣出其臂脛。今書皆作撋甲之撋。國子博士蕭該云，撋
當作撋，音宣。撋是穿著之名，非出臂之義。案字林，蕭讀是，徐
爰音患，非也。」鄭注下《釋文》云：撋舊音患，今讀宜音宣。依
字作撋。《字林》云，撋，撋臂也。先全反。《儀禮·士虞禮》注「鉤
袒如今撋衣」，《釋文》「手發衣曰撋」。《廣雅·釋詁四》「尋，循也」，
又《釋詁二》「撋，貪也」。《汗簡·頁部》引碧落碑宣字作顥。此字
所從的叟和撋字所從的尋正是甲骨的 字，叟和尋只是隸定的不同。
上引《汗簡》顥字，《廣韻·仙韻》須緣切下作顥，從尋，注云：「頭
圓也。」此字又見《龍龕手鑑》，訛為頢，注云：「徒亂反，面圓也」。
此外《廣韻·仙韻》須緣切下還有一個圌字，注云「面圓也」。尋字
在卜辭中用作人名或地名，無義可尋。〔註163〕

筆者亦同意朱氏將「曼」、「叟」作更細緻的爬梳，但朱文所引典籍書證，其中
僅《廣雅》一條討論叟字，〔註164〕餘者皆以叟為偏旁，未言明諸字的關係，其
結論亦因卜辭「叟」字為私名而「無義可尋」，甲骨文「 」字是否即後世之「叟」
字也未可知。

分別將「曼」、「叟」字形演變表列如下：

	殷商（甲骨）	西周（銅器銘文）	東周（銘文、簡帛）	東漢（小篆）
曼		（〈曼龏父盨〉西周晚）	（〈齊陳曼簠〉戰國早）	
叟	（《合集》5476）（《合集》27755）	（〈叟鼎〉商晚）	（《郭·老乙》12）（《上1·性》28）（《上1·性》37）	

上表「曼」、「叟」二形在殷商甲骨、西周銘文皆為私名，其字義及構形較難
討論，戰國時期的〈齊陳曼簠〉亦作私名用，然其字形已產生訛變，與曼字
稍異，或非曼字；竹簡上「 」諸字，學者多隸為「曼」〔註165〕，然考其字

〔註163〕朱德熙：〈古文字考釋四篇〉，《古文字研究》第8輯（北京：中華書局，1983年2月），頁15～16。
〔註164〕《廣雅疏證》：「尋、緣、遵、邅、逡、撋，循也。」王念孫疏證云：「此釋遵循之義也。……尋者，《玉篇》：『尋，循也。』又《玉篇》尋字條下云：『尋，須全切，修也。』不知王氏據何而引；見魏·張揖撰、清·王念孫疏證：《廣雅疏證》（北京：中華書局，1983年5月），頁113；梁·顧野王：《大廣益會玉篇》（北京：中華書局，2008年8月，張氏澤存堂本），頁133。
〔註165〕見湯餘惠主編：《戰國文字編》，頁179；張守中、張小滄、郝建文撰集：《郭店楚

形，皆从尹、从目、从又，與「夒」字近。夒字《說文》未見，筆者以為，「夒」即「曼」字，《說文》「鳳」字之「冃」部件，即「尹」之訛。

考「夒」、「夒」二形於卜辭使用情況如下：

	第一期	第二期	第三期	第四期	第五期	王族卜辭	總計	比例
夒	28	1	0	7	0	0	36	78.26%
夒	3	0	0	2	0	0	5	10.87%
夒	2	0	3	0	0	0	5	10.87%
總計	33	1	3	9	0	0	46	100%
比例	71.74%	2.17%	6.52%	19.57%	0%	0%	100%	

各期中以第一期出現比例最高，佔 71.74%，第四期居次，佔 19.57%，兩期已佔全體九成。第二、三期僅數例，第五期及王族卜辭則未見。就字形而言，从又从目之「夒」形出現比例最高，其餘「夒」形與「夒」形則皆僅有 5 例。又《花東》286 有「夒」形，此字从臣，與「夒」異，故《花東》將「夒」、「夒」二形分置為兩字頭，以示二者不為同一字。[註166] 惟目前僅一例，資訊太少，無法判斷其字義。

關於「夒」字諸形是否通用，施順生、彭慧賢皆以為相通，施順生云：

> 甲骨文曼字字形從受從目，或從受從囧（皆），正象以手張目之形。
> [註167]

彭慧賢則以字義為證，以為「夒」、「夒」皆作人或地名，卜辭用法相同。[註168]
考察諸形辭例：

第一期	（1）己酉卜，爭貞：收眾人呼从夒（夒），古王事？五月。 甲子卜，㕚貞：令夒（夒）㠪田于□，古王事？	《拼續》22 [註169]
	（2）乙未爭貞：呼麂罘夒（夒）？八月。	《合集》4531
	（3）壬申卜，爭貞：乞令夒（夒）田于羊侯？十月。	《合集》10923
	（4）丁丑卜：求于夒（夒）雨？	《合集》12859

簡文字編》（北京：文物出版社，2000 年 5 月），頁 49。

〔註166〕中國社會科學院考古研究所：《殷墟花園莊東地甲骨》第 6 分冊（昆明：雲南人民出版社，2003 年 12 月），頁 1863～1864。

〔註167〕施順生：《甲骨文異體字研究》，頁 150。

〔註168〕彭慧賢：《甲骨文从人偏旁通用研究》，頁 237。

〔註169〕為《合集》22、《合集》1050 兩版之綴合，見黃天樹：《甲骨拼合續集》（北京：學苑出版社，2011 年 12 月），頁 1。

第二期	（5）庚午卜，大貞：受（🜊）來？叀今日呼延。	《合集》23685
第三期	（6）叀受（🜊）☒亡災？	《合集》27754
	（7）☒受（🜊）各☒ ☒叀受（🜊）各☒	《合集》27755
第四期	（8）戊辰卜：焚受（🜊）𤴓雨？	《合集》32289
	（9）己亥卜：歆婦井于受（🜊）？	《合集》32765
	（10）乙丑卜：王于受（🜊）告？	《合集》33102
	（11）乙巳卜：叀受（🜊）令？	《屯南》740
花東 （晚期）	（12）戊卜：子其往受（🜊）？曰：又求☒𤲹。	《花東》249
	（13）辛亥卜，子曰：余☒龔：丁命子曰：往罘婦 好于受（🜊）麥，子龔。	《花東》475

「🜊」形作人名用，如第一期，第（2）卜卜問是否呼「麂」與「受」，卜辭呼字後為人名，且此卜一次卜問兩人，「受」確為人名無疑；又如第四期，第（11）卜「叀某令」為卜辭熟語，「某」則為人名。

從爪从目之「🜊」形僅三例，第（1）卜與第（8）卜皆與求雨相關，如第（8）卜問是否要焚燒「受」這位巫師來求雨，焚是一種常見的焚巫求雨儀式，且此儀式須精確的卜問由誰來執行，[註170] 知「受」為巫師名字。第（10）卜亦為私名，且似與「🜊」形使用無別；惜例證太少，暫以「🜊」、「🜊」二形相通視之。

「🜊」形於第一期出現兩例，惟皆殘辭，無法判斷其字義；第三期皆作此形，然卜辭亦不完整，其中出現「各」字，疑為地名；又第（12）、（13）卜皆花東卜辭，（12）卜作「往受」、（13）卜可理解為「罘婦好往于受麥」，兩卜皆為地名義。卜辭中是否「🜊」為人名、「🜊」為地名之別，「🜊」、「🜊」二形能某相通仍待更多例證。

綜上，「🜊」、「🜊」皆作人名，應可相通，二形一从又、一从爪，知「又」、「爪」偏旁通用；而目前所見「🜊」形皆作地名，「🜊」形為人名，「🜊」、「🜊」二形字義不同，惟「🜊」形出現次數不多；而受字象二手撐開眼睛之形，目在面中，從創意來看或可相通，且後世有曼字而無受字，暫定二形為相通之字。

[註170] 參拙著：《殷卜辭中牢字及其相關問題研究》，頁19。

（二）目與眉

1. 夢

甲骨文夢字有「𦣻」、「𦣻」、「𦣻」、「𦣻」等形，「𦣻」、「𦣻」二形形似，可看出其創意為「一大人物睡臥床上，強迫作夢之狀」。〔註171〕「𦣻」、「𦣻」二形區別在於一形從眉、一形從目，劉釗、彭慧賢以為「目」、「眉」二旁義近，故可相通；〔註172〕「𦣻」為卜辭中出現次數最多之形，張秉權原認為此字為「疾」，而非「夢」字，後透過辭例的考察，得出「夢（𦣻）、疾（𦣻）有別」的結論：

> 疾字（𦣻，𦣻）的受詞往往是人身的某一部分器官之名，如曰：疾首，疾舌，疾耳，疾齒，疾目，疾鼻，疾口，疾𦣻（肘），疾𦣻（脛），疾𦣻（踵），疾止，疾身等等，……而夢字（𦣻，𦣻）的受詞往往是一人一物之名，或是一件事情的敘述。〔註173〕

筆者認為張說可從，因夢（𦣻）、疾（𦣻）二字除辭例不同外，卜辭中亦有同見夢、疾二字之例，如《合集》17385 正載「王夢（𦣻）疾（𦣻）齒，隹□？」《合集》17448 亦載「貞：亞多鬼夢（𦣻），無疾（𦣻）？四月。」皆可證明「𦣻」字為夢不為疾。戴蕃豫、朱歧祥皆云此形象人頭髮散亂之狀，〔註174〕許進雄先生則認為此形是將「𦣻」形「簡省了眼睛，成為一個有眉毛的人躺在牀上之狀。」〔註175〕筆者以為，「𦣻」、「𦣻」二形所強調部位在於眉目，如將「𦣻」形視為亂髮之人，則與夢字創意不符，此形應是省目，許先生之說為確。

又有「𦣻」形，此形將人頭刻成虎首，或以為亦是夢之異體，〔註176〕如謝

〔註171〕許進雄先生：《簡明中國文字學（修訂版）》，頁 134～135。

〔註172〕劉釗：《古文字構形學（修訂本）》，頁 42；彭慧賢：《甲骨文从人偏旁通用研究》，頁 233～235。

〔註173〕張秉權：《殷虛文字丙編》上輯（二）（臺北：中央研究院歷史語言研究所，1959 年 10 月），頁 132～133。

〔註174〕戴蕃豫：〈殷栔亡囚說〉，《考古社刊》第 5 期（北京：考古學社，1936 年），葉 35；朱歧祥：《殷墟甲骨文字通釋稿》，頁 416。

〔註175〕許進雄先生：〈古文字中特殊身份者的形象〉，《許進雄古文字論集》，頁 542。

〔註176〕如《殷墟甲骨刻辭類纂》、《甲骨文字詁林》、《甲骨文字形表》、《甲骨文字編》皆將「𦣻」形置於夢字條下，或隸作夢。見姚孝遂主編：《殷墟甲骨刻辭類纂》，頁 1185；于省吾主編、姚孝遂按語：《甲骨文字詁林》，頁 3105；沈建華、曹錦炎編著：《甲骨文字形表（增訂版）》（上海：上海辭書出版社，2017 年 10 月），頁 144；李宗焜編著：《甲骨文字編》（北京：中華書局，2012 年 3 月），頁 1204；劉釗：〈釋

明文即認為「𠬸」形很容易演變為「𠬸」形，且二字用法幾乎無別；[註177]意見不同者，如陳邦懷、徐錫臺皆隸作「痥」，以為即後世之瘧（虐）字，[註178]李孝定隸作「虎」，並將此字列入待考，[註179]張亞初隸為「處」，然未解釋字義。[註180]王子楊則釋此字為「寐」，並據古籍以為「寐」有「人處於半夢半醒狀態，兼有囈語」之義，[註181]但王文並未明確解釋卜辭中此字用法為何。筆者以為謝明文之說較為正確，「𠬸」、「𠬸」二形形似，惟用「𠬸」形時貞辭最後皆云「亡匄」（如《合集》17467、《合補》452），而「𠬸」形的卜辭後則用「隹禍」或「有它」，「𠬸」形或有可能是某一個刻工的特殊刻法。

夢字諸形各期使用情況如下表：

	第一期	第二期	第三期	第四期	第五期	王族卜辭	總計	比例
𦓐	3	0	0	2	0	2	7	3.08%
𦓐	4	0	1	0	0	3	8	3.52%
𦓐	190	1	0	0	0	4	195	85.90%
𦓐	12	0	1	0	0	0	13	5.73%
𦓐	0	0	0	0	0	4	4	1.76%
總計	209	1	2	2	0	13	227	100%
比例	92.07%	0.44%	0.88%	0.88%	0%	5.73%	100%	

夢字多用於第一期，其次則為王族卜辭，計13例，佔將近6%，二、三期僅零星數例，至第五期則不見夢字；就字形而言，以僅刻出眉毛的「𦓐」形為最多，佔整體的八成五，而「𦓐」形僅出現於王族卜辭中，與「𦓐」形似，或可併入「𦓐」形。

再考夢字於卜辭的用法：

甲骨文中的「秉棘」〉，《書馨集——出土文獻與古文字論叢》（上海：上海古籍出版社，2013年12月），頁42～43。

[註177] 謝明文：〈說瘳與蔑〉，《出土文獻》第8輯（上海：中西書局，2016年4月），頁19～21。

[註178] 陳邦懷：《殷契拾遺》（出版地不詳，略識字齋石印本，1927年），葉7，轉引自李孝定：《甲骨文字集釋》，頁4527；徐錫臺：〈殷墟出土疾病卜辭的考釋〉，《中國語文研究》第7期（香港：香港中文大學吳多泰中國語文研究中心，1985年3月），頁18。

[註179] 李孝定：《甲骨文字集釋》，頁4528。

[註180] 張亞初：〈古文字分類考釋論稿〉，《古文字研究》第17輯，頁236。

[註181] 王子楊：《甲骨文字形類組差異現象研究》（上海：中西書局，2013年10月），頁262～263。

第一期	（1）貞：王夢（𩂣）啟隹禍？ 王夢（𩂣）啟不隹禍？	《合集》122
	（2）己丑卜，㱿貞：王夢（𩂣）隹祖乙？ 貞：王夢（𩂣）不隹祖乙？ 己丑卜，㱿貞：王夢（𩂣）隹祖乙？ 貞：王夢（𩂣）不隹祖乙？	《合集》776 正
	（3）貞：王夢（𩂣）玉隹禍？ 貞：王夢（𩂣）玉不隹禍？	《合集》6033 反
	（4）貞：王夢（𩂣）疾齒隹□	《合集》17385 正
	（5）庚子卜，賓貞：王夢（𩂣）白牛隹禍？	《合集》17393 正
	（6）丙辰卜，賓貞：乙卯🜚丙辰王夢自西？ 王占曰：吉，勿隹禍。	《合集》17396
	（7）丙辰卜，王貞：余有夢（𩂣），隹循永余☒	《合集》17440
	（8）貞：亞多鬼夢（𩂣）亡疾？	《合集》17448
	（9）貞：多鬼夢（𩂣）叀□見？ 貞：多鬼夢（𩂣）叀言見？	《合集》17450
第四期	（10）丙子☒有夢（𩂣）丁人于河？其用。	《合集》32212
	（11）余又夢（𩂣），隹皂又蔑？	《懷特》1633
王族卜辭	（12）□申卜：王夢（𩂣）？允大甲降。	《合集》19829
	（13）癸酉卜：王夢（𩂣）豕隹示祟？	《合集》21380
	（14）乙未卜：夢（𩂣）姄丁尢？	《合集》21666

由卜辭可知，殷人夢到物品或生物（如第（3）、（5）、（13）三卜），甚至是天氣的狀況，（如第（1）卜），並將這些夢與疾病、災禍連結，再從這些災禍連結到先王妣，認為是先王妣所導致，而後進行祭祀。除卜問災禍外，宋鎮豪認為卜辭中亦有吉兆之夢，其云：

> 《周禮·占夢》有把夢大別為正、噩、思、寤、喜、懼等六種類型而占之吉凶，不全視夢為惡夢、凶夢。……甲骨文中反映的夢兆迷信，同樣也不全視為不吉不祥之夢，有視為吉夢的，如：……丙辰卜，賓，貞乙卯🜚丙辰王夢自西。王占曰：吉，勿隹囚（懼）。（《合集》17396）……可見，夢分吉夢與凶夢的觀念，在殷商時期已經產生。〔註182〕

〔註182〕宋鎮豪：〈甲骨文中的夢與占夢〉，《文物》第6期（北京：文物出版社，2006年6月），頁67～68。

可備一說。綜上，僅刻出眉毛之「[字形]」形為較常使用的形體，而繁複的「[字形]」、「[字形]」二形，並非主要使用的字形，然分析辭例後可知夢字諸形皆使用無別，可證「目」、「眉」偏旁形近相通。

（三）又與爪

1. 得

甲骨文中有「[字形]」字，並有異體「[字形]」、「[字形]」、「[字形]」三形，其創意為「拾得行道上他人遺失之海貝，大有所得」之義。〔註183〕「[字形]」、「[字形]」二形皆從貝從又、「[字形]」形則有部件「彳」，「[字形]」形則從貝從爪。孫詒讓依其字形隸作「尋」，並云：

> 《說文》見部：「取也。从見寸。寸，度之，亦手也。」又彳部得，
> 古文作𢔶，省彳，二字同。此文似从貝，又金文〈虢叔鐘〉作[字形]，
> 即从手，與彼略同。〔註184〕

孫氏認為「[字形]」字應即《說文》「得」字，孫說已概略提及許慎說法爭議之處。

許慎《說文解字》釋得云：「[字形]，行有所得也，从彳尋聲。[字形]，古文省彳。」〔註185〕又釋尋云：「[字形]，取也。从見寸。寸，度之，亦手也。」〔註186〕許慎之說值得討論之處有二：一是對得字的說解與古文字字形不合，二是重複收字。對於得字字形說解，歷來學者們陸續提出看法修正許說，如宋代字書《六書故》，戴侗即云：

> 尋　[字形]，當則切。貝在手，尋之義也。〔註187〕

戴氏認為得字應從「貝」，故將此字置於卷二十〈動物四〉，知其釋字接近得字創意；除《六書故》，元代《六書正譌》收得字作「尋」、明代《正字通》云「尋」為「得本字」〔註188〕，與甲骨文字之創意相符。又近人之說如羅振

〔註183〕許進雄先生：《簡明中國文字學（修訂版）》，頁136。

〔註184〕孫詒讓：《契文舉例》，《叢書集成續編》第18冊，頁159。

〔註185〕東漢・許慎撰、清・段玉裁注：《說文解字注》，頁77。大徐本作「从彳尋聲」，與段注本稍異。見東漢・許慎撰、宋・徐鉉校定：《說文解字》，頁43。

〔註186〕東漢・許慎撰、清・段玉裁注：《說文解字注》，頁412。

〔註187〕宋・戴侗：《六書故》下冊（北京：中華書局，2016年6月，李鼎元刊本），頁463。

〔註188〕見元・周伯琦：《六書正譌》，《景印文淵閣四庫全書》冊228（臺北：商務印書館，1983～1986年，國立故宮博院藏本），頁179；明・張自烈、清・廖文英補：《正字通》（北京：國際文化出版公司，1996年1月，秀水吳氏清晨堂序刊本），頁205。

玉，其云：

> 《說文解字》：得，行有所得也，从彳䙷。古文省彳作🖐。此从又持
> 貝，得之意也，或增彳。許書古文从見，殆从貝之譌。〔註189〕

下注「許書又有䙷字，注：『取也，从見从寸』複出當刪」〔註190〕。羅氏以為許
書中「得」字古文从見，是貝之譌，而〈卷八〉下收「䙷」字重複當刪。李孝
定亦云：

> 《說文》：「䙷，取也，从見从寸，寸，度之，亦手也。」又二卷彳
> 部：「得，行有所得也，从彳䙷聲。🖐，古文省彳。」彼卷以䙷為得之
> 古文，而此又重出䙷字，訓取。當係刊落未盡者，二者實一字也，
> 篆从見乃从貝之譌。古者貨貝而寶龜，字从手持貝，正取之義。貝、
> 見隸體形似，此字篆體之譌當在隸變之後，蓋後世傳鈔致誤，許君
> 原文當不如此。蓋从見於義無取，且漢世尚小篆與隸體並行，當不
> 致譌貝為見也。〔註191〕

羅、李二說同。此外，李氏提出「隸變時間」、「漢世篆隸並行」及「从見於
義無取」等三個原因，認為許慎原書當不如此，應是傳抄錯誤所導致。筆者
以為，若於書寫時，見、貝或有訛誤之虞，然《說文解字》已將「得」、「🖐」
二字分別收於〈卷二〉下、〈卷八〉下，即表示許慎認為「🖐」形从見，故收
於卷八，為見部之屬，故李說仍有可商之處。或可從文字演變來看，張學城
即整理歷代得字之演變：

> 䙷、得殆本一字，《說文》析而為二。在文字發展過程中，上從之貝
> 或訛作目，如🖐（上博二民之父母 6）、🖐（《陶彙》3·891）；或加
> 飾筆作🖐，如🖐（上博三周易 16）；或演變為貝，如🖐（《故宮》439）、
> 🖐（《陶錄》6·128·5），許慎誤以為从見。《說文》古文🖐殆是🖐之
> 省體。〔註192〕

許慎誤釋之因，應是囿於所見材料有限，張說可從。

〔註189〕羅振玉：《增訂殷虛書契考釋》卷中，葉 60 上。
〔註190〕羅振玉：《增訂殷虛書契考釋》卷中，葉 60 上。
〔註191〕李孝定：《甲骨文字集釋》，頁 2817。
〔註192〕張學城：《《說文》古文研究》（上海：上海古籍出版社，2017 年 12 月），頁 72～
73。

綜上，得字甲骨文作「𢔅」形，從貝從又，然於文字發展過程產生譌變，許慎收其所見之字，此即《說文》小篆從見不從貝之因。

至於《說文》重複收錄「得」、「𠭡」二形，徐鉉以為「重出」，[註193] 上述諸說亦皆云二形相同，羅振玉、李孝定甚至主張可刪。事實上段玉裁早已提出相反意見，段玉裁於得字古文注云：

> （𠭡）按此字已見於見部，與得並為小篆，義亦少異。

又尋字注云：

> 說從寸兼此二解。按彳部㝵為古文得，此為小篆，義不同者，古今字之說也。在古文則同得，在小篆則訓取也。說詳女部之嫡。

又於嫡字籀文注云：

> （孌，籀文嫡）宋本如此，趙本、毛本刪之。因下文有變慕也，不應複出。不知小篆之變為今戀字，訓慕。籀文之變為小篆之嫡，訓順。形同義異，不嫌複見也。[註194]

段玉裁認為「得」之古文與「𠭡」之小篆同形，且意義稍異，二形為古今字，故「形同義異，不嫌複見」。嚴一萍亦有相同說法：

> 案許說所謂古文，皆六國時書體，與甲骨金文每多不同。……許書分隸兩部，正當時識見如此，與彳部之著一古文㝵，皆非重出，此點不可不辨。[註195]

許進雄先生考得字演變，認為：

> （得字）從第一期起，絕大多數作手持一海貝之形（《合》508），偶見作多一行道之形（《合》12534）。兩周時代也是兩形並行，小篆才選擇有行道的為正體，沒有行道的為古文。……如果從創意的觀點看，於行道拾得海貝而得利的創意要較沒有行道的要清楚些，商代銅器銘文也有於行道拾得海貝的得字，其貝的部分較之甲骨文上的要寫實很多，所以可能是較早的字形。[註196]

〔註193〕東漢·許慎撰、宋·徐鉉校定：《說文解字》，頁177。
〔註194〕東漢·許慎撰、清·段玉裁注：《說文解字注》，頁77、412、624。
〔註195〕嚴一萍：〈釋得〉，《甲骨古文字研究》第1輯（臺北：藝文印書館，1976年6月），頁6。
〔註196〕許進雄先生：〈判定字形演變方向的原則〉，《許進雄古文字論集》（北京：中華書

得字二形並行的情況亦見於殷周時期，而許慎所見之文字材料即為如此，故分隸兩部。

考得字諸形各期使用情形，統計如下：

	第一期	第二期	第三期	第四期	第五期	王族卜辭	總計	比例
𦥑	162	0	0	6	0	0	168	84.85%
𢭹	7	1	2	0	0	1	11	5.56%
𠭥	7	0	0	0	0	4	11	5.56%
𢳊	5	0	0	1	0	2	8	4.04%
總計	181	1	2	7	0	7	198	100%
比例	91.41%	0.51%	1.01%	3.54%	0%	3.54%	100%	

得字於第一期使用比例最高，佔全體九成一，第四期與王族卜辭皆七例，佔3.54%，其他各期僅零星數例；從字形來看，「𦥑」形出現最多，將近八成五。分別觀察各期：第二、三期及王族卜辭，皆未見「𦥑」形，值得注意的是二、三期，皆為「𢭹」形，第三期的又部件甚至移於貝下作「𢇛」形；第一、四期的用字情況較一致，「𦥑」形皆為該期最高，第一期佔89.5%、[註197]第四期佔85.71%，皆高於八成五，反之王族卜辭亦為七例，但「𢭹」、「𠭥」、「𢳊」三形皆有，最為紛亂。又「𢭹」形雖所見辭例不多，然如前述可知「𢭹」為早期字形，後省「彳」而成「𦥑」形。

關於「𦥑」、「𠭥」，李孝定以為二形相通：

> 貢，从爪从貝，《說文》所無。按：辭云「戊申貞：羌不其貢？十二月」《拾》十四·三，疑與尋同。从又从爪在偏旁中應可通。[註198]

朱歧祥亦作此論：

> 𠭥、𠭥，从手獲貝，亦得字。與𦥑同；捕獲也。[註199]

局，2010 年 2 月），頁 577。

〔註197〕第一期中有七例作从爪之「𠭥」形，分別為《合集》7134、《合集》8929、《合集》8930、《合集》8931、《合集》18210、《合集》18211，除《合集》8931 一版外，其他諸版崎川隆將之歸為「師賓間組」，諸版斷代或有可商之處，若將其他六例斷為王組卜辭，第一期「𦥑」形比例則佔該期的 92.57%。見崎川隆：《賓組甲骨文分類研究》，頁 405、457、724。

〔註198〕李孝定：《甲骨文字集釋》，頁 865。

〔註199〕朱歧祥：《殷墟甲骨文字通釋稿》，頁 249。

又、爪皆像手形，二字在偏旁中通用。〔註200〕

劉釗、施順生、彭慧賢之說亦同。〔註201〕實際檢視卜辭：

（1）己巳卜，賓貞：龜得（級）母壬？王占曰：得。庚午夕 中辛未允得（級）。 貞：𠂤弗其得（級）？	《合集》926 正
（2）☐小臣牆不其得（級）？	《合集》5601 正
（3）丁丑卜，賓貞：束得（級）？王占曰：其得（級）隹庚， 其惟丙其齒。四日庚辰束允得。十二月。	《合集》8884
（4）☐得（𠬝）☐允得（𠬝）？	《合集》7134
（5）☐不其得（𠬝）？	《合集》8929

「𠬝」形卜辭甚少，且多為殘辭，然對比「級」形卜辭，可知其用法大致相同，如第（1）、（3）、（4）卜皆作「允得」，第（1）、（2）、（5）卜，皆問「某不（弗）其得」，據此可知「級」、「𠬝」二形相通，諸位學者說法甚確。

至於「𢖭」形用法，卜辭列舉如下：

（6）貞：弗其得（𢖭）？	《合集》8928
（7）貞：不其得（𢖭）？	《合集》12534
（8）貞：叀得（𢖭）令𦱱？	《合集》21486
（9）叀得（𢖭）令☐	《合集》28094
（10）貞：叀得（𢖭）令？ 貞：叀般令？	《合補》1205

第（6）、（7）兩版卜辭為「不（弗）其得」，與「級」形用法同。至於（8）、（9）、（10）三版詞例頗為特殊，姚孝遂認為是人名：

> 卜辭均用作得失之得。惟《前》五二九四（《合集》四七一九）「叀𢖭令」，當作人名。〔註202〕

姚氏所說《合集》4719，與《合集》4254綴合即第（10）版《合補》1205。上列（8）、（9）、（10）三版即目前所見「叀得令」的卜辭，均作「𢖭」形，「叀某令」為卜辭熟語，某字為人名，故姚說得（𢖭）字為人名可從。總結「𢖭」之用法，有人名及獲取兩義；又因卜辭中未見「級」形作為人名使用，筆者

〔註200〕朱歧祥：〈甲骨文一字異形研究〉，《甲骨學論叢》，頁65。
〔註201〕劉釗：《古文字構形學（修訂本）》，頁43；施順生：《甲骨文異體字研究》，頁201；
　　　　彭慧賢：《甲骨文从人偏旁通用研究》，頁128～129。
〔註202〕于省吾主編、姚孝遂按語：《甲骨文字詁林》，頁1882。

推測「𤔔」形用於人名時，不與「𣪊」形相混，即「𤔔」為人名專字；而作「獲取義」時，「𤔔」形則與「𣪊」相通。〔註203〕

據上，「𣪊」、「𤔔」二形在甲骨卜辭中用法無別，皆獲取義，知「又」、「爪」二偏旁相通。

2. 采

甲骨文「𤓰」字，從爪從枼，其創意為「象手採樹上果實，借為光彩」，〔註204〕隸作「采」。《詩經・桑柔》中有「捋采其劉」之語，李孝定以為句中采字即用其本義。〔註205〕

卜辭所見為「大采」、「小采」等辭例，陳邦懷以為當是朝日、夕月之禮：

> 按《國語・魯語》云：「是故天子大采朝日。」又云：「少采夕月。」
> 韋注云：「禮，天子以春分朝日，示有尊也。虞說曰：『大采，袞職也。』昭謂：《禮・玉藻》「天子玄冕以朝日」，冕服之下，則大采，非袞職也。《周禮》：『王者搢大圭執鎮圭，藻五采五就以朝日。』則大采謂此也。夕月以秋分，或云：「少采，黼衣也。」昭謂：朝日以五采，則夕月其三采也。」韋說極是，……卜辭所言大采，當為朝日之禮，且知周之大采，因於殷也。卜辭采雨之采當同少采夕月之禮，夕月三采韋說得之。采雨之采，其亦三采也歟？〔註206〕

商承祚同意陳說，更延伸以為「大采雨」、「小采雨」是「祭雨之禮」：

> 卜辭有云「大采雨 前編卷五第三十六頁一版又藏龜第二百四十二頁一版大采□同版皆卜雨之辭知采下所闕必是雨字，陳保之邦懷先生《殷虛書契考釋小箋》曰：「《國語・魯語》：『是故天子大采朝日。』又『少采夕月。』韋注云：「禮，天子以春分朝日，示有尊也。」卜辭所言大采當為朝日之禮第二十八頁。案魯語之少采即卜辭之小采。……卜辭之「大采雨」、「小采雨」當為祭雨之禮，至周則

〔註203〕現代漢語中亦有此現象，如「沈」、「沉」二字皆為正字，作「淹沒義」時互為異體；然作為姓氏「沈」時，則不與「沉」字混用。參《教育部異體字字典》沈字條：https://dict.variants.moe.edu.tw/variants/rbt/word_attribute.rbt?quote_code=QTAyMTQw

〔註204〕許進雄先生：《簡明中國文字學（修訂版）》，頁100。

〔註205〕李孝定：《甲骨文字集釋》，頁2012。

〔註206〕陳邦懷：《殷虛書契考釋小箋》（出版地不詳，略識字齋石印本，1925年2月），葉28下～29上。

有所更變矣。〔註207〕

此說非也，卜辭中「大采」、「小采」並不為祭名，僅為一日之中的某個時間段。對此，董作賓有詳細的考證：

> 區分一日之時間，舊派較為完備，茲以武丁，及文武丁兩世之卜辭為例，其紀時之法：曰明，曰大采，曰大食，曰中日，曰昃，曰小食，曰小采，一日之間分七段，夜則總稱之曰夕也。……大采小采，亦稱大采日、小采日。其時間，一在大食之前，一在小食之後，大采略當于朝，小采略當于暮也。〔註208〕

董氏看法已成通說。然何以將朝稱大采、暮稱小采？許進雄先生以為：

> 「采」假借為光彩，大采就是太陽大放光彩的時候，是太陽已升到高空，光線已經清楚的時候。……吃完飯，整理一些用具，太陽此時也已西下，光彩大減，只剩微光浮於天際，故叫「小采」。〔註209〕

說法甚確。詳考卜辭采字使用情況：

	第一期	第二期	第三期	第四期	第五期	王族卜辭	總計	比例
採	12	0	0	0	1	10	23	82.14%
採	0	0	0	0	0	5	5	17.86%
總計	12	0	0	0	1	15	28	100%
比例	42.86%	0%	0%	0%	3.57%	53.57%	100%	

采字多出現於第一期及王族卜辭中，應與上引董文所說新、舊派使用習慣不同有關係。就字形而言，采字有從爪、從又二形，從爪之「採」形為采字的主要用法，第一期采字即皆作此形，王族卜辭中從爪之「採」形佔當期的三分之二，從又之「採」形則佔三分之一。

出現采字的卜辭為數不多，且殘辭情況嚴重，內容相對完整者如下列數版：

第一期	（1）乙卯卜，㱿貞：今日王往臺，之日大采（採）雨？王不步。	《合集》12814正
	（8）☐大采（採）狢雲自北，西單雷☐采（採）日☐☐星？三月。	《合補》2813

〔註207〕商承祚：《殷契佚存》下，葉42下。
〔註208〕董作賓：《殷曆譜》，《董作賓先生全集》乙編，頁30～31。
〔註209〕許進雄先生：《中國古代社會》，頁654。

| 王族卜辭 | （3）丁未卜，翌日昃雨，小采（采）雨東？ | 《合集》21013 |
| | （4）癸亥卜貞：旬？三月乙丑夕雨，丁卯明雨，戊小采（采）日雨，烈風，己明啟。

癸亥卜貞：旬？一月昃雨自東，九日辛未大采（采）各雲自北，雷，延大風自西，刜雲率雨⊠毌菑日⊠

⊠大采（采）日各雲自北，雷。隹茲雨不延，隹毌⊠ | 《彙編》776
〔註210〕 |

卜辭皆為一天時間點與該時段的天氣現象描述，如第（1）版，王今天要前往「臺」，大采時下雨了，故卜問王是否步行前去，第（2）至（4）中甚至清楚描述「烙（各）雲自北」、「雨自東」、「風自西」等細節。第（4）版卜問一旬的天氣，如第一卜之記錄為「三月的乙丑日晚上下雨、丁卯天明時下雨、戊辰小采下雨且有風、己巳天明時天晴」。

第（4）版第二、三卜采字作「采」形，非爪，較接近偏旁「又」，同期的第（3）版及同版第一卜，采字皆作从爪之「采」形，其字義不論與同期或他期皆相同，故「采」形與「采」形同義，在某物之上作「爪」與「又」，本只是筆劃的習慣不同，後《說文》將字形析分為二，「采」、「采」本為一字，由此知二形相通，「爪」、「又」偏旁通用。

3. 再

甲骨文中有「再」字，學者多隸為再，如羅振玉：

> 《說文解字》：「再，并舉也。从爪，冓省。」與卜辭同，卜辭又或省爪。〔註211〕

陳邦懷不同意此說，隸「再」為「舉」，箋注云：

> 古彝文有作 与、林 者，薛尚功謂李公麟得古爵於壽陽紫金山，腹有二字曰已舉、王玠獲古爵於洛，亦有二字曰丁舉，字體與此正同^{見歷代鐘}鼎彝器款識卷二。知卜辭再字所從之林、舁皆古舉字，舁象下而上舉，林

〔註210〕為《合集》21021、《合集》21316、《合集》21321、《合集》21016 之綴合，由宋雅萍、蔣玉斌所綴，見蔡哲茂：《甲骨綴合彙編（圖版篇）》（新北：花木蘭文化出版社，2011 年 3 月），頁 629。第一卜「三月」依董作賓之說、「烈風」則暫從蔣玉斌之說。見董作賓：《殷曆譜》，《董作賓先生全集》，頁 716、蔣玉斌：〈釋甲骨文「烈風」——兼說「屮」形來源〉，《出土文獻與古文字研究》第 6 輯（上海：上海古籍出版社，2015 年 2 月），頁 89。

〔註211〕羅振玉：《增訂殷虛書契考釋》卷中，葉 61 上。

象上而下舉，承并舉之誼昭然，然小篆冓字從冉，蓋由𠬝形近而譌，
許君不得其解，乃曰冓省，曲為之說耳。然許君并舉之說，則必有所
受之也，卜辭第二文即古舉字，羅參事以為省爪，恐不然矣。〔註212〕

陳氏之說有誤，詳後，筆者以為隸「冓」為佳。

卜辭中多見「冓冊」之語，于省吾認為「冓冊」為「述說冊命」，其曰：

冓、稱古今字，冊經典通用策，冓冊之義舊無釋，按：稱謂述說也，
冊謂冊命也。……按振旅出征，必有冊命，沚馘為武丁時主冊命之
臣，故征伐方國，沚馘必先冓述冊命也。〔註213〕

董作賓意見則否，以為「『冓冊』猶言奉冊，蓋奉冊以往土、呂二方。」〔註214〕
林政華看法與董作賓相近，並因「卜辭別有『冓冊，曲……』之語」，認為于說
為非。〔註215〕白川靜認為「冓」為紡錘之形，〔註216〕對於「冓冊」一詞之意見，
與于省吾、董作賓皆不同：

我以為冓冊是舉冊告之辭而行祝祓之意，……冓冊的意義，既非于
氏所說的稱述冊命，亦非董氏所倡的封君封冊，而是有軍旅之事時，
祝祓敵方的一種呪術式的儀禮。〔註217〕

白川氏以為「冓冊」是「舉冊告之辭而行祝祓之意」，且是「祝祓敵方的一種
呪術式的儀禮」；「冓」則為「舉（あげる）」義，雖對於「冓冊」的解釋不同
於董、于二氏，然對於冓字的看法則近於董作賓之說。

〔註212〕陳邦懷：《殷虛書契考釋小箋》，葉19。

〔註213〕于省吾：〈釋冓冊〉，《雙劍誃殷契駢枝續編》（北京：中華書局，2009年4月），
頁167～168。

〔註214〕董作賓：《殷曆譜》，《董作賓先生全集》乙編，頁705。

〔註215〕林政華：〈甲骨文成語集釋（上）〉，《中國書目季刊》第17卷第4期（臺北：中國
書目季刊社，1984年3月），頁72～73。

〔註216〕白川靜：《漢字百話》（東京：中央公論新社，2009年5月），頁66；中譯本見白
川靜著、鄭威譯：《漢字百話》（新北：大家出版社，2012年4月），頁99。

〔註217〕白川靜著、鄭清茂譯：〈作冊考〉，《中國文字》40（臺北：國立臺灣大學中國文學
系，1971年6月），葉19。其原文為：「思うに冓冊とは、冊告の辭をあげてこれ
を修祓する儀禮であり、……冓冊が于氏のいうように冊命を稱述することでも
なく、また董氏のように封君封冊の義でもなく、軍旅のことに臨んで敵方に呪
祝を加え、その蠱氣を祓う呪的儀禮であることは、すでに述べたところで明ら
かであろう。」見白川靜：〈作冊考〉，《白川靜著作集別卷・甲骨金文學論叢上》
（東京：平凡社，2008年6月），頁157。

李孝定整理諸說云：

> 《說文》：「舁，并舉也。从爪，冓省。」栔文同。陳邦懷氏引薛尚
> 功說釋舁、舁為舉，謂「舁象下而上舉，舁象上而下承」，語意曖昧，
> 薛說尤不足徵。許書舉从手與聲，實為後起，疑舁、舉為古今字。舁
> 字何緣而有「象下而上舉」之誼，更何緣而得為舉字乎？栔文舁字
> 象以手挈物之形，自有舉義，但不能確言所挈何物耳。……段氏謂
> 「凡手舉字當作舁，凡偁揚當作偁，凡銓衡當作稱。」是分別言之，
> 各有專字也。〔註218〕

筆者以為李氏評論陳邦懷意見甚確，惟「舁」字爪形於上，釋為「舉」似乎不
夠精確。許進雄先生則更進一步說明舁字創意云：

> （舁字）作一手提物以估量物的輕重之狀。所提之物，從「冓」字
> 看，應是建築的材料。構築房屋需要慎選木材的質量，而重量是木
> 材好壞的重要條件。〔註219〕

雖舉、提皆有「將物品又下往上升」之概念，然「提物」顯然更符合舁字字形，
許先生之說為確。

「舁」字有从又之異體「舁」形，朱歧祥、施順生、彭慧賢皆以為二形可
以相通。〔註220〕實際考察舁字於各期使用情況如下：

	第一期	第二期	第三期	第四期	第五期	王族卜辭	總計	比例
舁	114	2	4	0	3	2	125	81.70%
舁	16	0	0	2	0	0	18	11.76%
舁	0	0	0	9	0	0	9	5.88%
舁	1	0	0	0	0	0	1	0.65%
總計	131	2	4	11	3	2	153	100%
比例	85.62%	1.31%	2.61%	7.19%	1.96%	1.31%	100%	

在各期中，以第一期出現次數最多，佔整體的八成五；其次是第四期，但比例
僅不到一成，其餘各期皆僅數例；就字形論之，从爪之「舁」形最多，佔81.7%，
第四期的「舁」字，「爪」形不若第一期清楚、明確，筆者以為可能是第四期

〔註218〕李孝定：《甲骨文字集釋》，頁1407～1408。

〔註219〕許進雄先生：《中國古代社會》，頁527。

〔註220〕詳見朱歧祥：〈殷墟甲骨文字的藝術〉，《甲骨學論叢》，頁 28；施順生：《甲骨文
異體字研究》，頁205；彭慧賢：《甲骨文从人偏旁通用研究》，頁126。

特色，或可併入「」形，若此，則「」形所佔比例將達九成之多；又《花東》卜辭再字作「」形，與第四期形近；而上從又之「」形，則僅佔一成左右，「」形僅《合集》7434 一例，圖版如下：

【《合集》7434】

其辭例亦為熟語「再（）冊」，不宜視為冄字，作「」形或有可能是刻工缺刻。

再考諸形於卜辭中的意義：

第一期	（1）乙卯卜，爭貞：沚𧖠再（）冊，王从伐土方受有祐？ 王勿从沚𧖠？	《合集》6087 正
	（2）乙未卜，㱿貞：其屮再（）婦好𤔲？	《合集》6653 正
	（3）乙巳卜，爭貞：侯告再（）冊，王勿衣歲？	《合集》7408
	（4）甲子卜貞：沚𧖠再（）冊，余▢	《合補》2109 〔註221〕
第三期	（5）王其从望再（）冊，光及伐望，王弗悔有𢦏？ 大吉。	《合集》28089 正
第四期	（6）▢王再（）珏于祖乙燎三宰卯三大▢？茲用。 庚午貞：自王其再（）珏于祖乙燎三宰▢乙亥酒？	《合集》32535
	（7）貞：▢再（）▢示？ 弜再（）大示？	《合集》32849

〔註221〕此版可與《合補》2080 綴合，見何會：〈龜腹甲新綴第十七則〉，先秦史研究室 2010.08.02（http://www.xianqin.org/blog/archives/2006.html）

第五期	（8）豐其再（𠬞）☑有祐？ 弜再（𠬞）丁即于宗？吉。	《合集》38232

再字創意為「提物」，其卜辭義則引申為「提供」之義。第（1）、（3）、（4）、（5）卜皆是「某再冊」，第一期最常見的是「沚䘣」，其次是「侯告」，尚有「商」（《合集》557、《合集》7417）、「牧」（《合集》7343）、「舟」（《合集》7415 正）、「興」（《合集》7426 正）、「申」（《合集》7427 正）等，上列（1）、（4）卜辭例相同，再字形分別為「𠬞」、「𠂔」，足證從爪之「𠬞」形或從又之「𠂔」形相通。又第（6）卜有辭例曰「再珏」，又見於《合集》32420、《合集》32721、《合集》34657，皆第四期。吳俊德先生以為「再祭可能是提舉牲品以祭的一種祭祀」，〔註222〕第（7）、（8）卜雖不見祭品，僅有受祭者，亦屬「再祭」之例證。

第（2）卜云「业再婦好」，嚴一萍云：

再，《說文》曰：「并舉也。」徐灝《說文段注箋》曰「再，稱，古今字。《書·牧誓》曰：『稱爾戈。』〈士相見禮〉曰：『聞吾子稱贄。』左氏襄八年《傳》：『汝何故稱兵。』哀二十三年《傳》：『其可以稱旌繁乎？』皆舉之義也，因之為權衡之稱，又引申為稱揚之義。別作偁。再，偁，亦古今字。」案：甲骨文僅作再，曰：「业再帚好」，當係稱揚婦好也。𢼸字不識。〔註223〕

嚴氏以再為稱，再之原義為稱，引申為稱揚之義可，惜「𢼸」不知為何義，嚴一萍意見可備一說。

總上所論，「𠬞」、「𠂔」二形於卜辭中通用無別，可證「爪」、「又」偏旁於再字可相通。

三、人體動作偏旁

以下討論之「人體動作」偏旁包括「攴」、「殳」、「止」、「辵」等四形。「攴」、「殳」為手部動作，「攴」為攴，象手持棒杖之形，「殳」為殳，象手持鈍器之形。「止」為止，象人之腳趾形、「辵」為足部之動作，象足部行於道路之形。以下則分成「攴與殳」及「止與辵」兩組，觀察各組字例於卜辭中是否相通。

〔註222〕吳俊德先生：《殷墟第四期祭祀卜辭研究》，頁94。
〔註223〕嚴一萍：〈婦好列傳〉，《殷商史記》（臺北：藝文印書館，1991年1月），頁1642。

（一）攴與殳

1. 鼓

甲骨文「𣪊」字，又有異體「𰁻」形，創意象「手持樂槌擊鼓之狀」，[註224]隸為「鼓」。鼓字偏旁之「壴（𧯌）」，其形即為鼓之象形，郭沫若即舉銅鼓為證，認為甲骨文中「壴」、「鼓」同義：

> 第二五七片《餘》十‧二「辛亥卜，出，貞其鼓彡，告于唐，牛一。」

> 第二八五片《後》下三九‧四「丁酉卜，大，貞告，其壴于唐衣，亡□。九月。」壴字羅釋為侸，謂即「後世僕豎之豎字。」案乃鼓之初文也，象形。《泉屋清賞》有古銅鼓一具，上有飾而下有腳，與此字酷肖，今揭於次。

> 又此片與上片之內容文例均相同，而一作鼓，一作壴，尤鼓壴為一之明證。[註225]

郭沫若以古器物為證，「壴」為鼓之象形確然可從。

鼓字見於《說文解字》卷三「攴部」及卷五「壴部」。攴部釋鼓云：「𪔐，擊鼓也，从攴壴，壴亦聲，讀若屬。」[註226]又卷五釋鼓云「𧯌，郭也。春分

[註224] 許進雄先生：《簡明中國文字學（修訂版）》，頁140。按：卜辭「殳」旁有刻為曲柄、直柄之別，刻為直柄之字有撲打、擊殺之義，刻為曲柄之字則作取食器、樂槌、醫病工具，然這些工具的實物並非曲柄，顯是刻意刻為曲柄，以資區別。後世不明二形之區別，或與攴相通，如許進雄先生所舉「𰁻」字、本文所釋鼓字皆是，後文會有更詳細說明。見許進雄先生：〈工字是何形象〉，《許進雄古文字論集》（北京：中華書局，2010年2月），頁553～556。

[註225] 郭沫若：《卜辭通纂》，頁321～322。

[註226] 東漢‧許慎撰、清‧段玉裁注：《說文解字注》，頁126。

之音，萬物郭甲而出，故曰鼓，从中又，中象尜飾，又象其手擊之也，周禮六鼓：靁鼓八面，靈鼓六面，路鼓四面，鼖鼓、皋鼓、晉鼓皆兩面。凡鼓之屬皆从鼓。」〔註227〕又大徐本《說文》卷五所收篆字為「鼓」形，又云：「从壴支，象其手擊之也。」〔註228〕與段注本異，段玉裁認為各本作「鼓」形為非。〔註229〕

主張《說文》重複收字者如宋代戴侗：

> 按：鼓不應有二字，《說文》於鼓字又曰「屮，尜飾。與鼓同意。」蓋不能自壹其說，从支為是。擊鼓為鼓，猶著衣為衣，非有二字，屮乃支之譌。〔註230〕

戴侗以「衣」字為例，以為不論動詞、名詞皆應為同一字，因為偏旁訛變而產生「鼓」字。清人黃以周亦云：

> 《說文》鼓部之鼓為鍾鼓正字，云：「廓也，春分之音。」此本義也。又云：「萬物郭皮甲而出，故曰鼓。」此明引申義，凡出其音，皆可謂之鼓，又曰：「从壴从屮，屮象其手擊之也。」[段校未是] 此兼明本義、引申義。凡擊其鼓，亦可謂之鼓也。支部又有鼓字，云：「擊也。从支壴。」與鼓字下所言同，以明鼓即鼓之重文。〔註231〕

王獻唐則於文中引黃以周之意見，以為黃說為確。〔註232〕唐蘭之說似有些模稜兩可，其云：

> 《說文》以鼓為鍾鼓字，而以鼓為擊鼓，讀若屬。戴侗《六書故》謂鼓不應有二字，擊鼓為鼓，猶以箸衣為衣，非分為二。又云當從支為是，屮乃支之譌。徐灝《說文段注箋》謂：「鼓從壴，從又，持半竹擊之，其始蓋專為考擊之稱，後為鼓鼙之名，故又改支為支，為鼓擊之鼓，實一字耳。」較戴說為勝。金文鼓字，或從屮，或從与，殊無別。卜辭有從支從殳二體，又篡字偏旁從支。蓋古文字凡象以

〔註227〕東漢・許慎撰、清・段玉裁注：《說文解字注》，頁208。
〔註228〕東漢・許慎撰、宋・徐鉉校定：《說文解字》，頁102。
〔註229〕東漢・許慎撰、清・段玉裁注：《說文解字注》，頁208。
〔註230〕宋・戴侗：《六書故》下冊，頁680。
〔註231〕清・黃以周：〈釋鼓鼓〉，轉載自丁福保編纂：《說文解字詁林及補遺》（臺北：商務印書館，1966年12月），葉2073上。
〔註232〕王獻唐：《古文字中所見之火燭》（濟南：齊魯書社，1979年7月），頁24。

> 手執物擊之者，從攴，殳或支，固可任意也。壴為鼓之正字，為名
> 詞；鼓、皷、鼓，為擊鼓之正字，為動詞。《說文》既以鼓為名詞之
> 鼓，遂以皷專動詞，而所謂「讀若屬」者，乃後世之變音，與壴轉
> 音為中句切同科矣。〔註233〕

唐蘭文中所引戴侗、徐灝皆以為《說文》不應分鼓字為二，惟解釋方法不同，戴侗以為是攴訛變成皮，徐灝則以為是詞義的擴大，唐蘭以為徐灝說解較佳，但文後又說明許慎分鼓字為二的原因在於詞性不同，故不知唐蘭對此問題的實際看法。

《說文》中以詞性將鼓字分為二，實不知許慎所本為何。實際考察銘文，如西周晚期〈師㝨簋〉有二器，《集成》器號分別為4324、4325，其蓋銘中有「鼓鐘」一詞，分作從攴之「𪔐」形（《集成》4324）與從攴之「𪔐」形（《集成》4325），此例的詞性相同，其字形卻不同，知二形同義；又簡牘中亦常見「鼓」字，列舉如下：〔註234〕

出　處	篇　名	簡號	辭　例	字形	詞性
《上博》一	〈孔子詩論〉	14	以鐘鼓之樂	𪔐	名詞
《上博》二	〈容成氏〉	2	鼓瑟（瑟）	𪔐	名詞
《上博》二	〈容成氏〉	22	𥺌（禹）乃聿（建）鼓於廷	𪔐	名詞
《上博》二	〈容成氏〉	22	㠯為民之又詁（訟）告者鼓焉	𪔐	動詞
《上博》二	〈容成氏〉	22	敦（撞）鼓	𪔐	名詞
《上博》二	〈容成氏〉	48	三鼓而進之	𪔐	動詞
《上博》二	〈容成氏〉	48	三鼓而退之	𪔐	動詞

表中字形皆從攴，而名詞、動詞俱見。從上述例證可知，並無法以鼓字字形區別其詞性，許慎之說有誤。

再考卜辭中鼓字使用情況：

	第一期	第二期	第三期	第四期	第五期	王族卜辭	總計	比例
𪔐	19	4	0	0	0	1	24	51.06%
𪔐	2	3	4	2	1	10	22	46.81%

〔註233〕唐蘭：《殷虛文字記》，頁66～67。

〔註234〕見馬承源主編：《上海博物館藏戰國楚竹書（一）》（上海：上海古籍出版社，2001年11月），頁26、143～144；馬承源主編：《上海博物館藏戰國楚竹書（二）》（上海：上海古籍出版社，2002年12月），頁94、114、140、251、267、288。

𣪊	0	0	1	0	0	0	1	2.13%
總計	21	7	5	2	1	11	47	100%
比例	44.68%	14.89%	10.64%	4.26%	2.13%	23.40%	100%	

卜辭常見鼓字有殳之「𣪊」形及从攴之「𣂪」形，偶見从支之「𣪊」形。從字形分析，「𣪊」形所佔比例最多，為整體的五成一，而「𣂪」形亦佔四成六；詳細分析各期使用比例，第一期以「𣪊」為主要字形，佔該期90.48%，有兩例作「𣂪」形，分別為《合集》15496、《合集》16490，雖《合集》將這兩版置於第一期，崎川隆則將之歸於「師賓間類」，[註235] 換言之，這兩版斷代或有討論空間，亦表示若將這兩版置於王族卜辭，則第一期鼓字皆作「𣪊」形。至第二期「𣪊」形所佔比例則降至57.14%，第三期以「𣂪」形為主，佔66.67%，此時已不見从殳之「𣪊」形，第四期、王族卜辭及第五期皆以「𣂪」為主要字形，王族卜辭偶有出現「𣪊」形，从支之「𣂪」形仍佔90.91%。

鼓字於卜辭中有多義，一為祭名：

第一期	（1）貞：其酒彡勿鼓（𣪊）？十月。	《合集》15710
第二期	（2）辛亥卜，出貞：其鼓（𣪊）彡告于唐九牛？一月。	《東大》1182a
	（3）☒乙亥☒彡鼓（𣂪）☒	《合集》25088
	（4）☒大貞：王賓鼓（𣪊），亡禍？	《合集》25238
	（5）貞：勿鼓（𣂪）？	《合集》25243

第（2）卜記載最為詳細，該卜問「是否要對唐獻上九牛舉行鼓彡之祭」，第（3）卜雖為殘辭，但亦有「彡鼓」之辭，亦應為祭名；（4）、（5）兩卜則卜問是否舉行鼓祭。又（2）、（3）兩卜皆為祭名，而字形卻分別作「𣪊」、「𣂪」形，知兩形於卜辭可通用。

鼓字又當地名、方國名使用：

第一期	（6）貞：翌□卯王步于鼓（𣪊）？十二月。	《合集》8291
第三期	（7）甲辰卜，王其省鼓（𣂪），弗悔？吉。 乙巳王其省鼓（𣂪）？吉。 其先燎，乃省鼓（𣂪）？	《屯南》658
王族卜辭	（8）庚戌卜，我貞：婦鼓（𣂪）妫？	《合集》21787
第五期	（9）☒卜，在鼓（𣂪）貞：☒八月敦☒受祐？不☒ 王占曰：大吉☒夕☒	《合集》36527

[註235] 崎川隆：《賓組甲骨文分類研究》，頁646、675。

第（6）、（7）、（9）三版中，鼓字皆作地名用。第（6）版卜問王是否要步行至鼓這個地方，第（7）版中「王省某地」為第三期田獵刻辭熟語，鼓為田獵地；第（9）版在鼓地貞問，惟後面句子僅剩殘辭。而第（8）版卜問婦鼓是否生男，「鼓」則為婦名。如（6）、（7）、（9）三版所指稱之地為同一個地方，亦可證明「𪔄」、「𪓨」二形相通。

綜上，若不將甲骨卜辭分期，刻辭「鼓」字从殳之「𪔄」形與从攴之「𪓨」形通用無別。黃榮順整理鼓字演變，認為：

> 「鼓」字甲文一、二期皆為曲柄造形，三期後才出現直柄的形體，
> 且不再使用曲柄；雖然目前出土的材料並不能完全代表當時用字的
> 全貌，但如此的分野是非常明確的，只依「年代」即可斷定曲柄先
> 於直柄。〔註236〕

換言之，鼓字早期从曲柄的殳，演變至第三期後从直柄的攴，是因為文字演變而造成所使用的偏旁不同。然而鼓字第三期後所作直柄之攴，應有撲擊之義，〔註237〕實不符其最原始之創意。

2. 攷

甲骨文「𪓀」字，其創意象「手持杖打蛇之狀」，〔註238〕其偏旁為直柄之「𠂤」，有擊殺義。此字或隸作「攷」、或隸作「攺」，對於不同的隸定，屈萬里有云：

> 攺，陳夢家釋攷（《考古》六期，〈釋攷〉）。古也它同字，故攷亦作
> 攺（見《集韻》）。〔註239〕

屈說甚確，本文則統一隸作「攷」。學者釋攷字，皆言及其異體字頗多，如吳其昌即將字分為甲（𪓀）、乙（𪓀）、丙（𪓀）、丁（𪓀）、戊（𪓀）五體：

> 此五體中，甲、乙二體與丙、丁二體之別異，為字形首尾之顛倒變
> 象。甲、丙二體與乙、丁二體之別異，為「攴」字作𠂤，與作𠂤之

〔註236〕黃榮順：《古文字字形演變之實證——以《說文解字》第五卷（上卷）為例》（臺北：國立臺灣大學中國文學研究所碩士論文，2007年1月），頁373。

〔註237〕許進雄先生：〈工字是何形象〉，《許進雄古文字論集》，頁556。

〔註238〕許進雄先生：《簡明中國文字學（修訂版）》，頁382。

〔註239〕屈萬里：《殷虛文字甲編考釋》上（臺北：中央研究院歷史語言研究所，1961年6月），頁6。

繁簡變象。甲、乙、丙、丁四體與戊體之別義，為蛇蟲形之作 〿 與

作 〿 之或體變象。〔註240〕

孫海波、于省吾意見皆類吳說，〔註241〕認為以其「它也一字」、「攴殳相通」，

故諸形皆為「敆」字。各期出現情況統計如下表：

	第一期	第二期	第三期	第四期	第五期	王族卜辭	總計	比例
〿	44	8	0	0	0	0	52	31.9%
〿	53	6	0	2	0	0	61	37.42%
〿	0	8	0	0	0	0	8	4.91%
〿	6	5	21	1	0	9	42	25.77%
總計	103	27	21	3	0	9	163	100%
比例	63.16%	16.56%	12.88%	1.84%	0%	5.52%	100%	

筆者以從「〿」或「〿」、從「〿」或「〿」分為四形，「〿」（或「〿」）的位置暫不另

作區別；事實上，除上述形體外，尚見蛇首朝下者，皆見於第三期及王族卜辭，

如《合集》29713「敆」字即作「〿」形，統計時則併入「〿」中。

各期中，以第一期所見「敆」字最多，第二、三期出現次數差距不大，至

第四期、王族卜辭，則僅剩個位數。就其使用的頻次來看，早期到晚期有明顯

減少使用「敆」字的趨勢；從字形使用比例來看，以「〿」為最多，「〿」居次，

再次者為「〿」形。若僅分為從「〿」或「〿」，則從「〿」之形佔 69.33%，將近

七成；如以從「〿」或「〿」分，則從「〿」之形則佔 63.19%。

再從各期用字情況分析：第一期使用「〿」形比例極高，佔 94.17%，而從

攴與從殳之比例約六比四。第二期「〿」訛作「〿」形比例提高，「〿」形佔比

降至 51.85%，從攴與從殳則轉變為約四比六，至晚期則多刻為從「〿」從「〿」

之形。白玉崢曾分析「敆」字字形，其云：

（按：敆字）大較均見用於舊派之卜辭中，其間，前期較為工整，

後期較為草率，且將它頭向下，簡作 〿 矣。然此風則為二期時之貞

人大及旅所開先，惟皆它頭向上，簡作 〿 。〔註242〕

〔註240〕吳其昌：《殷虛書契解詁》（臺北：藝文印書館，1959 年 6 月），頁 342～343。

〔註241〕見孫海波：《甲骨文編》，頁 139；于省吾：〈釋敆〉，《甲骨文字釋林》（北京：中華
書局，1979 年 6 月），頁 161。

〔註242〕白玉崢：〈契文舉例校讀（十四）〉，《中國文字》46（臺北：國立臺灣大學中國文
學系，1972 年 3 月），葉 9。

首先，白文後舉數版為例，其中是氏將《甲》628、《甲》550（即《合集》27393、《合集》31119）歸於第四期，故云「均見用於舊派」，此說非也；其二，白氏認為書體風格與貞人有關，此說亦有誤。

陳夢家即考察貞人與刻工非同一人，其云：

> 董氏以貞人斷代本是很重要的發明。但是他以為「貞人」不但是命龜者的卜人，又是史官；不但是刻卜辭的人，且是書寫卜辭的人。這樣的引申，就過分了。我們既已分別書與刻為二事，而卜事是分工的，並非由一人包攬。……我們看到許多同版的卜辭，同屬於一個卜人的卜辭，其字形的結構與風格不同處，正證明了卜人不一定是刻者。〔註243〕

以《合集》1108正、《合集》11497正為例：

【《合集》1108正】　　　　　　　【《合集》11497正】

1108 正

11497 正

兩版皆有貞人㱿，但其書體風格、乃至於筆劃粗細，有非常明顯的不同；又兩版「攸」字分別作「」、「」兩形，一從攴、一從攴，知貞人與書體無涉，陳說為確。雖白說不確之處者有二，然其所云攸字書體「前期工整，後期草率」之語，與本文統計後結論一致，白氏對於書體的觀察仍具參考性。

再考卜辭攸字用法，舉例如下：

〔註243〕陳夢家：《殷虛卜辭綜述》，頁15～16。

第一期	（1）戊辰卜，爭貞：攸（🖐）羌自妣庚？ 攸（🖐）羌自高妣己？ 攸（🖐）☐晋	《合集》438 正
	（2）貞：至于庚寅攸（🖐），酒既若？ 勿至于庚攸（🖐），不若？	《合集》5775 正
	（3）今☐攸（🖐）牛于祖辛？ 于翌辛攸（🖐）牛于祖辛？	《合集》6949 正
第二期	（4）辛亥卜，☐貞：先☐歲攸（🖐）？ ☐貞：先祖辛歲攸（🖐）？	《合集》22992
	（5）庚申卜，旅貞：往妣庚宗歲攸（🖐）？在十二月。	《合集》23372
第三期	（6）戊辰卜：其示于妣己先攸（🖐）？ 隹父己示先攸（🖐）？	《合集》27412
第四期	（7）大丁延攸（🖐）？	《合集》33986
	（8）叀父丁攸（🖐）禋歲？	《合集》34606
王族卜辭	（9）甲子卜：亡豕攸（🖐）二犾二狂？ 甲子卜：攸（🖐）二犾二狂于入乙？ 于兄己攸（🖐）犬？	《合集》22276

卜辭攸字皆為用牲之法，如第（1）、（3）、（9）版，明確記載其用牲，分別為羌、牛及犬豬。第（4）、（6）、（7）、（8）版則有祖辛、妣己、父己、大丁、父丁等祭祀對象，第（5）版則是問是否在「妣庚宗」舉行歲攸之祭。許慎釋攸字：「敷也，从攴也聲，讀與施同。」〔註244〕因《說文》中攸字已無擊殺義，與甲骨形義不符。于省吾考其字義云：

> 攸字象以朴擊蛇，其或从數點，象血滴外濺形。我舊有〈釋攸〉（詳《駢枝》）一文，曾謂：「卜辭言攸猶言伐言卯，與萇弘胒之胒詁訓不殊。」這一解說不盡可據。陳夢家也有〈釋攸〉（《考古社刊》第六冊）一文，他以攸與殺混為一談，也不可據。〔註245〕

後于氏修改己說，並以為陳夢家之說不可信，其新說為：

> 按典籍中每借施為攸。《莊子·胠篋》：「昔者龍逢斬，比干剖，萇弘胒，子胥靡。」《釋文》：「胒本又作胣。崔云：讀若拖，或作施字，胒，裂也。《淮南子》曰，萇弘鈹裂而死。司馬云，胒，剔也。一云

〔註244〕東漢・許慎撰、清・段玉裁注：《說文解字注》，頁124。
〔註245〕于省吾：〈釋攸〉，《甲骨文字釋林》，頁161。

剖腸曰脄。」按脄乃攺的後起字，以其割裂腹腸故從肉。以朴擊它

為攺之本義，異文作脄，訓為割乃引申義。〔註246〕

學者意見皆近於于說，〔註247〕攺祭或有可能即為將祭牲剖開的祭祀方法。

　　綜上所述，於第一、二期，使用從「殳」或從「攴」之形的比例大致相當，或有可能是因為攺字所從之「殳」為「直柄殳」，故與「攴」旁可通。到了第三期後，則使用從「攴」之形比例大幅提高，此現象應與各期習慣不同有關；值得注意的是（1）、（2）兩版，同一版出現的字形分別為從殳之「 」形與從攴之「 」形，知兩形可以相通，則「殳」、「攴」偏旁通用。

（二）止與辵

1. 逆

　　甲骨文有「 」字，象倒人之形，葉玉森因形似隸為「牛（ ）」〔註248〕，非也，宜隸為「屰」；又有增辵偏旁之「 」字，創意象「一足迎接逆向前來之人」，〔註249〕即「逆」字。《說文解字》二字皆收，《說文》釋逆云：「 ，迎也。從辵屰聲。關東曰逆、關西曰迎。」釋屰云：「 ，不順也。從干下屮，屰之也。」段玉裁於二字下皆注「逆行而屰廢矣」，〔註250〕知後世屰併入逆。又羅運環認為「屰屬整體象形字，《說文》將屰字分解成『從干下屮』，顯然是錯誤的」。〔註251〕羅運環所言為確，可參。

　　羅振玉認為甲骨文中逆、屰二字同，其云：

　　（逆）案：從辵從 者說見下，象人自外入而辵以迎之，或省彳、或省止。

　　（屰）案： 為倒人形，示人自外入之狀，與逆同字同意，故卜辭

〔註246〕于省吾：〈釋攺〉，《甲骨文字釋林》，頁 164～165。

〔註247〕見張秉權：《殷虛文字丙編》上輯（一）（臺北：中央研究院歷史語言研究所，1957年 8 月），頁 24；李孝定：《甲骨文字集釋》，頁 1050；連劭名：〈甲骨刻辭中的血祭〉，《古文字研究》第 16 輯（北京：中華書局，1989 年 9 月），頁 57～58。

〔註248〕葉玉森：《殷虛書契前編》卷 6，葉 38 上。

〔註249〕許進雄先生：《簡明中國文字學（修訂版）》，頁 83。

〔註250〕東漢・許慎撰、清・段玉裁注：《說文解字注》，頁 72、87。大徐本釋屰云：「不順也。從干下屮，屰之也。」與段注本異。見東漢・許慎撰、宋・徐鉉校定：《說文解字》，頁 50。

〔註251〕羅運環：〈甲骨文金文「鄂」字考辨〉，《古文字研究》28（北京：中華書局，2010年 10 月），頁 94。

逆字亦如此作。〔註252〕

李孝定以為羅振玉說法部分有誤，故修正其說：

> 羅釋此字為𡴎，謂為倒人形是也，不順之義即由倒人形所引申。惟
> 羅謂「示人自外入之狀，與逆同字同意」則非。逆訓迎，其字必從
> 辵從𡴎會意𡴎亦聲，從𡴎，象人自外至，從止辵字偏旁，則象迎之者，故
> 必待辵𡴎相合，其義乃顯。至𡴎字則祇象倒人耳。倒大為𡴎與倒人
> 為匕意同，單一𡴎字固無由示人自外入之狀也。〔註253〕

就文字創意角度而言，「𡴎」字僅表現出倒人之形，無法看出「人自外入」的動
作，李說甚確。然從字義論之，羅振玉之說未必為非，亦有主張「𢓊」、「𡴎」、
「𢓊」、「𡴎」諸形同義，如嚴一萍即持此論：

> 甲骨文中之𡴎作人名，亦作方國名。……第一期卜辭𡴎有加道路形
> 作𢓊者，仍為人名。……貞人𡴎，亦作𢓊，若𤕱，……亦作𤕱，……
> 方國之名或作𤕱，……又《乙》八八九六版兩見人名，一作𡴎，一作
> 𡴎。辭稱「勾𡴎」。蓋為𡴎求福佑，當為一人，故知甲骨文之𡴎，加
> 彳與不加，省彳與不省，或作倒𠕀，雖形體有殊，皆為一字。不順
> 與迎逆之訓，殷商固未嘗分也。〔註254〕

嚴氏對比辭例以證諸形相通，方法可從，然逆字義多作人名，是否為同一人實
未可知；又將倒「彳」之「𢓊」形也隸為逆，細看卜辭，「𢓊」字從牛從辵，而非
從倒人，宜隸為「徦」，陳夢家亦認為二形所指非同一貞人，〔註255〕陳說為確。
除「𢓊」之外，所舉諸形中，惟《乙》8896一例可信，餘則待商，詳後。

高明則僅舉「𡴎」、「𢓊」二形為例：

> 辵字形旁，甲骨文寫作「𢓊」（甲2011）。《說文》云：「乍行乍止也，
> 從彳從止。」但在甲骨、金文中有時將其省作止，故形成在古文形
> 體中辵與止二形偏旁通用。〔註256〕

〔註252〕羅振玉：《增訂殷虛書契考釋》卷中，葉66下。

〔註253〕李孝定：《甲骨文字集釋》，頁687～688。

〔註254〕嚴一萍：〈釋𡴎〉，《中國文字》4（臺北：國立臺灣大學中國文學系，1961年6月），
葉2～4。

〔註255〕陳夢家：《殷虛卜辭綜述》，頁205～206。

〔註256〕高明：《中國古文字學通論》，頁139。

高明認為因「止」、「辵」形旁通用，故二形相通；施順生、彭慧賢說法亦同。
〔註257〕實際考察逆字卜辭使用情況及辭例：

	第一期	第二期	第三期	第四期	第五期	王族卜辭	總計	比例
𢓐	10	2	5	5	0	11	33	28.7%
𢓐	12	0	0	5	0	3	20	17.39%
𢓐	5	0	1	0	0	1	7	6.09%
𢓐	33	0	5	7	1	2	48	41.74%
𢓐	0	0	0	0	0	7	7	6.09%
總計	60	2	11	17	1	24	115	100%
比例	52.17%	1.74%	9.57%	14.78%	0.87%	20.87%	100%	

逆字在第一期出現最多，佔整體的五成，其次是王族卜辭與第四期，分別為兩成及近一成五，再次為第三期，佔 9.57%，將近一成，第二、五期皆僅數例。

各形中以從辵之「𢓐」形出現最多，佔整體四成，其次為倒人形之「𢓐」，佔將近三成，再次為從止之「𢓐」形，佔一成七，從彳之「𢓐」僅七例，佔 6.09%；又王族卜辭中有「𢓐」形，各期皆未見，佔 6.09%；孫海波將此形安排於「屰」字條下，云「此字為屰字初文，倒大為屰與倒子為𠫓同例」〔註258〕，可備一說。

逆字在卜辭中有多義，一為「迎」：

第一期	（1）貞：舌方其來，王逆（𢓐）伐？ 王勿逆（𢓐）伐？ 舌方其來，王逆（𢓐）伐？	《英藏》555
	（2）辛丑卜，貞：舌方其來，王勿逆（𢓐）伐？	《合集》6197
	（3）癸酉卜，爭貞：王勿逆（𢓐）伐舌方，下上弗若，我其受囗？	《合集》6201
第四期	（4）壬戌貞：王逆（𢓐）畢以羌？ 于滴王逆（𢓐）以羌？ 王其逆（𢓐）☑ 于宗門逆（𢓐）羌？	《合集》32035

〔註257〕劉釗：《古文字構形學（修訂本）》，頁 46；施順生：《甲骨文異體字研究》，頁 181～182；彭慧賢：《甲骨文從人偏旁通用研究》，頁 182～183。

〔註258〕孫海波：《甲骨文編》，頁 92。

	（5）己巳卜：王其逆（𚹁）執侑？ 己巳貞：王逆（𚹁）執侑，若？ 己巳貞：王來逆（𚹁）侑，若？ 貞：王弜逆（𚹁）執？ 弜逆（𚹁）執，亡若？	《合集》32185
第五期	（6）庚辰王卜，在𣓀貞：今日其逆（𢗓）旅，以□ 于東單，亡災？	《合集》36475

（1）至（3）版皆有「逆伐」一詞，學者多釋為「迎擊」，〔註259〕考察卜辭內容，（1）、（2）版為兩段式的卜問法，在貞辭「舌方其來，王逆伐」中，已知「舌方來犯」為既定事實，才卜問王「是否迎擊舌方」，故將逆伐釋為「迎擊」可從。第（4）、（5）有辭例曰「逆羌」、「逆執」，亦被理解為「迎」義，于省吾以為：「逆羗謂以羗為牲而迎之以致祭。」〔註260〕屈萬里云：「羌人可為祭祀之牲，故王迎之。」〔註261〕二氏說法相同。蔡哲茂同意屈說，並補充書證云：

> 諸侯所獲之羌人獻於王室，王則出都城於王畿迎之，《周禮‧小行人》：「小行人掌邦國賓客之禮籍以待四方之使者。令諸侯春入貢，秋獻功，王親受之，各以其國之籍禮之，凡諸侯入，王則逆勞于畿」，即其證。……卜辭又有數見「來執」（鄴三‧三六‧一〇）（乙四〇三〇）及用執（存一‧一七九五）（存二‧二六八），以及諸侯挈執而來，王出謝之辭，如「癸卯卜，貞：翌辛亥，王謝𢆶𢆶執。」（甲一一六六），可知「逆執」之義當與逆羌同。〔註262〕

蔡哲茂認為「逆執」與「逆羌」義同，羌與執於卜辭中皆可作為祭牲，其說可從。第（6）版亦與軍事作戰相關，金祥恆將「逆旅」釋為「迎軍」。〔註263〕

逆字又作私名，包括貞人、人名、族名及地名，舉例如下：

〔註259〕李孝定《甲骨文字集釋》，頁521；饒宗頤：《殷代貞卜人物通考》（香港：香港大學出版社，1959年11月），頁169；趙誠：《甲骨文簡明詞典──卜辭分類讀本》，頁290。

〔註260〕于省吾：〈釋「逆羌」〉，《甲骨文字釋林》（北京：中華書局，1979年6月），頁47。

〔註261〕屈萬里：《殷虛文字甲編考釋》上，頁139。

〔註262〕蔡哲茂：〈逆羌考〉，《大陸雜誌》第52卷第6期（臺北：大陸雜誌社，1976年6月），頁21。

〔註263〕金祥恆：〈從甲骨卜辭研究殷商軍旅制度中的三族三行三師〉，《金祥恆先生全集》第2冊（臺北：藝文印書館，1990年12月），頁487。

	（7）逆（ 𧘇 ）入十。	《合集》270 反
第一期	（8）乙酉卜，荷（ 𧘇 ）貞：今夕☐	《合集》3933
	（9）庚子卜，逆（ 𧗪 ）貞：翌辛丑雨？	《合集》12341
第二期	（10）丁酉卜，出貞：于荷（ 𧘇 ）京品☐	《合集》24400
第三期	（11）癸未卜，逆（ 𧗧 ）貞：旬亡禍？ ☐徉（ 𧗧 ）☐禍？	《合集》31487

第（10）版，「于」後接「荷」字，荷疑為地名。又卜辭（7）內容與祭祀無涉，屬記事刻辭；記事刻辭並不罕見，常契於龜甲反面甲橋處或骨臼上，〔註264〕如卜辭（7）即刻於甲橋上。刻辭上的名字被學者視為史官，方稚松整理記事刻辭云：

> 目前學界對記事刻辭中的「史官」多沿用董作賓的「史官簽名」等類似稱謂，⋯⋯記事刻辭的「史官」名絕大多數是和貞人名是一樣的。⋯⋯這些人名多既作貞人，又作「史官」，身兼兩職。〔註265〕

其說可從。

（8）、（9）、（11）三版皆為貞人，（8）、（9）屬第一期，（11）則為第三期；第一期中，三例作「 𧘇 」形、一例為「 𧗪 」形，第三期有四例，皆作「 𧗧 」形；〔註266〕許進雄先生曾考證過貞人荷的在職年代，跨第一至三期，〔註267〕一、三期的貞人逆，或有可能只是同名，亦有可能是任職數期的貞人，惟例證不多，無法直接斷言。又有其他作為人名之卜辭：

	（12）丙寅卜貞：令逆（ 𧗧 ）从盡于 𡎚 ？六月。	《合集》4915
第一期	（13）丙寅卜貞：勿餔令逆（ 𧗧 ）从盡于 𡎚 ？六月。	《合集》4918
	（14）貞：呼逆（ 𧗧 ）？ 貞：勿呼逆（ 𧗧 ）？	《合集》4919＋《合集》15528＋《合集》39987〔註268〕

〔註264〕據方稚松統計，刻於甲橋共 1052 例、甲尾 104 例、背甲 164 例、骨臼 413 例、骨面（包括歷組、無名組）237 例，見氏著：《殷墟甲骨文五種記事刻辭研究》（北京：線裝書局，2009 年 12 月），頁 228～332

〔註265〕方稚松：《殷墟甲骨文五種記事刻辭研究》，頁 219～220。

〔註266〕分別為：貞人「 𧘇 」，《合集》3933、《合集》3934、《合集》16600；貞人「 𧗪 」，《合集》12341；貞人「 𧗧 」，《合集》31485、《合集》31486、《合集》31487、《懷特》1333。

〔註267〕許進雄先生：〈談貞人荷的年代〉，《許進雄古文字論集》（北京：中華書局，2010 年 2 月），頁 154～159。

〔註268〕由林宏明綴合，見林宏明：〈甲骨新綴第八五~八六例〉，先秦史研究室 2010.06.03

	（15）呼逆（徉）執？	《合集》185
	（16）貞：勿呼逆（𢓊）執瞽？不悟蛛。	《合集》5951 正
	（17）貞：勿呼商取逆（徉）？	《合集》7058
	（18）呼逆（𢓊）取？	《合集》8851
	（19）貞：呼取屰（𢓊）？	《合集》2960 正
	（20）貞：勿令旨从屰（𢓊）？	《合集》3521 正
	（21）貞：逆（徉）其死？	《合集》17099
第三期	（22）□丑卜，五族戍弗雉王□？大吉。 戍屰（𢓊）弗雉王眾？ 戍嵆弗雉王眾？ 戍凸弗雉王眾？ 戍逐弗雉王眾？ 戍何弗雉王眾？ 五族其雉王眾？ 戍屰（𢓊）其雉王眾？ 戍嵆其雉王眾？	《合補》8982
王族卜辭	（23）癸亥卜：勾逆（𢓊）女？ 勾娥？ 勾屰（𢓊）𡥈？ 勾屰（𢓊）孃？ 勾何娍？ 勾何娍？ 勾屰（𢓊）娍？ 先曰屰（𢓊）娥？ 先曰何？ 屰（𢓊）以往子⊿？	《合集》22246

第（12）至（20）版，刻辭中有「令逆」、「呼逆」、「取逆」、「从逆」等語，「逆」釋為人名，字形則有「徉」、「𢓊」、「屰」三形；第（21）版亦為人名，作「徉」形，或即第（8）（8）版之貞人。

第（22）版中有五族一辭，陳夢家以為五族是戍邊的五族；[註269] 由此版卜問內容推測，五族或即為屰、嵆、凸、逐、何，屰為族名。

林澐與宋鎮豪皆認為第（23）版是王室娶女擇婚的卜辭，惟二人對逆字解釋不同，因而對於此版詮釋有異。林澐以為：

（http://www.xianqin.org/blog/archives/1935.html）

[註269] 陳夢家：《殷虛卜辭綜述》，頁497。

其中逆和何是武丁王室卜辭中常見的族名，亦見於銅器銘文。第（1）小段是遣使向逆、何兩族分別「納采」以前所卜。第（2）（3）段是在「問名」（參看《左傳·襄公十二年》）之後，再進行選擇，以便決定娶哪個族的哪一名女子，好進而「納吉」。〔註270〕

林澐認為逆應當族名，而宋鎮豪則釋為「迎」：

> 《合集》22246刻了一組有關武丁時王室娶女逆迎婚禮的卜辭，反映內容難能可貴。逆、屰一字。《說文》云：「逆，迎也。」勾有乞求義。《倉頡篇》：「勾，乞行請求也。」大意是癸亥日占卜，問子於晚上往迎致何聥、姻、孅、娍、娥等幾位新婦，又反復卜問親迎哪位，是否派使者先迎一位名娥的新婦，還是先迎何的新婦。〔註271〕

蔣玉斌、趙鵬皆以為林說為確。〔註272〕筆者以為，如依宋說，將無法說明「姻、孅、娍、娥」前皆有「逆」字，而「何娵」前卻無，故筆者亦從林澐之說，宜釋逆為族名。此版逆字有「屰」、「屰」二形，知二形相通。

逆亦作祭名或祭儀使用，舉例如下：

第三期	（24）庚寅卜：屰（屰）自毓求年王囗？ 自上甲求年？	《屯南》37
	（25）屰（屰）自父甲酒？ 先祖丁酒，于囗又正？大囷吉囹。	《屯南》2557
	（26）貞：其自帝甲又逆（屰）？	《合集》27437
康丁—武乙	（27）囗歲，叀高祖乙歲，逆（屰）三牢？	《屯南》3210
第四期	（28）壬子貞：屰（屰）米帝秋？ 弜屰（屰）米帝秋？	《合集》33230

吳俊德先生舉（27）、（28）兩版為例，以為「疑屰用作祭儀」。〔註273〕第（27）版卜問「歲祭高祖乙」，並「逆三牢」；三牢為祭牲，逆應為祭儀；第（28）版或卜問「帝」農收之事，米可作為祭品或祭儀，屰則可為祭名。

〔註270〕林澐：〈從子卜辭試論商代家族形態〉，《林澐學術文集》（北京：中國大百科全書出版社，1998年12月），頁55。

〔註271〕宋鎮豪：《夏商社會生活史》上（北京：中國社會科學出版社，2005年10月），頁246～247。

〔註272〕蔣玉斌：《殷墟子卜辭的整理與研究》，頁56～57；趙鵬：〈殷墟甲骨文女名結構分析〉，《甲骨文與殷商史》新1輯（北京：線裝書局，2008年12月），頁197。

〔註273〕吳俊德先生：《殷墟第四期祭祀卜辭研究》，頁137。

《小屯南地甲骨》釋（24）版之屰字：

> 屰：在卜辭中有時可作人名，如《鄴》3‧38‧2：「戉屰弗雉王眾」
> 之屰；有時可作祭名，如南明467：「壬子貞：屰米帝秋」，「弜屰米
> 帝秋」之屰。在此片卜辭中應為祭名。〔註274〕

釋文僅曰屰為祭名，並無其他說明。然裘錫圭以為此版屰字表示「逆祀」之義，其云：

> 《屯南》37的「自上甲鼎年」與「鼎年自上甲」同意，「逆自毓鼎年」
> 應該就是「逆自毓至于上甲鼎年」的意思。自毓至上甲是逆序的，
> 所以卜辭在「自」上加「逆」字。〔註275〕

並認為（26）、（26）版，皆為逆祀之證。第（24）版問「自上甲」或「屰自毓」、第（25）版問「先祖丁」或「屰自父甲」，筆者以為，從同版的辭例來看，釋屰為「逆祀」頗為合理，且「屰（屰）」象倒人之形，引申為不順之義，與《說文》同；至於第（26）版，就目前可見內容而言，「逆」疑為祭儀之名。

綜合上述字義、字形及分期，整理如下表：

字義＼分期	迎	私名					祭名	逆祀
		貞人	史官	人名	族名	地名		
第一期	〔从辵屰〕	〔屰〕、〔从辵屰〕	〔屰〕	〔从辵屰〕、〔屰〕、〔从辵屰〕、〔屰〕				
第二期						〔屰〕		
第三期		〔从辵屰〕			〔屰〕		〔从辵屰〕	〔屰〕
第四期	〔从辵屰〕、〔屰〕						〔屰〕	
第五期	〔从辵屰〕							
王族卜辭					〔屰〕、〔屰〕			

由上表可知，釋迎之卜辭皆作从辵之「从辵屰」，釋為逆祀義之卜辭則作「屰」，皆與《說文》同。其他私名、祭名，使用情況較為複雜，如祭名於第三、四期分別作「从辵屰」、「屰」形；又如第一期「呼逆」、「取逆」可作「从辵屰」或「屰」形；王族卜辭亦中有同版而異形的現象，皆顯示諸形應能相通。筆者推測，「屰」、「从辵屰」二字創造之初字義應有別，「屰」字象倒人之形，故有倒逆義，「从辵屰」字有行道（彳）及止（止）旁，故有迎逆義。

〔註274〕中國社會科學院考古研究所編：《小屯南地甲骨》下冊第一分冊，頁838。
〔註275〕裘錫圭：〈甲骨卜辭中所見的逆祀〉，《裘錫圭學術文集‧甲骨文卷》，頁271～272。

戴君仁整理「同形異字」之故有三：

> 一曰，有異語言而同字者，如《說文》兩讀之類是也；二曰，有異
> 書體而偶合者，如小篆之與古籀或體及甲骨金文是也；三曰，有異
> 書法者而偶合者，如甲骨文之未木同形均作❋，小篆之蟲虺同形均
> 作是也。〔註276〕

吳俊德先生又析之云：

> 本文以為所謂「同形異字」可分二類，一為「分別為不同詞語所造，
> 而字形偶然相同」之字，一為「同一字形含引申、假借義」之字。
> 前者屬造字之偶然，必於用字時分化，雖有「同形異字」之名，卻
> 無「同形異字」之實；後者據「表不同語者即不同字」立說，而用
> 字時形同竟又不混，則具探索價值，因此對於「同形異字」的討論，
> 實應自此入手。〔註277〕

「彳」形或因偏旁偶有省略而造成與「屰」混同，僅止於私名或祭名，用於迎迎
義與不順義時則無此現象；故《說文》中仍逆、屰二字皆收，至後世屰字則併
入逆字。

綜上所論，卜辭中屰（屰）、逆（彳）二字有別，屰作不順義、逆則為迎迎
義，若作私名時，無法證明不同字形所指涉者是否為同一人，不能直接言其
相通；又作迎迎義時，或作「彳」形、或作「屰」形，可知二形用法無別，「辵」、
「止」偏旁於逆字可相通。

2. 遘

甲骨文有「冓」字，隸為「冓」，《說文解字》釋冓云：「冓，交積材也，象
對交之形。」〔註278〕羅振玉則認為「冓，卜辭借為遘遇字」〔註279〕，又王襄
云「冓為遘之媿，許說遇也」〔註280〕，意見與羅振玉同。然「冓」字創意象「雨

〔註276〕戴君仁：〈同形異字〉，《臺大文史哲學報》（臺北：國立臺灣大學文學院，1963年
11月），頁35。

〔註277〕吳俊德先生：〈「同形異字」說簡議〉，《儒學研究論叢》第4輯（臺北：臺北市立
大學人文藝術學院儒學中心，2011年12月），頁159。

〔註278〕東漢・許慎撰、清・段玉裁注：《說文解字注》，頁160。

〔註279〕羅振玉：《增訂殷虛書契考釋》卷中，葉12。

〔註280〕王襄：《簠室殷契徵文附考釋》，葉2。

木構件以繩捆縛的相互交接之狀」〔註281〕，由創意可引申為「遇」之意，實不必為省形。「茻」字另有異體「𢔭」、「𢕿」、「𢓊」等形，或可依形體分別隸為遘、𧾷、𢓊。〔註282〕學者多認為「茻」、「𢔭」二形同義，如張秉權考釋冓字云：

> 冓字在卜辭中，有的從辵作遘，有的不從辵作冓，它們的意義是一
> 樣的，都當「遇」講。〔註283〕

高明因「辵、彳形旁通用」，認為「𢔭」、「𢓊」二形相通；施順生、彭慧賢則以為四形皆通用。〔註284〕

考察卜辭冓字諸期比例，表格如下：

	第一期	第二期	第三期	第四期	第五期	王族卜辭	總計	比例
茻	145	47	334	129	0	13	668	72.85%
𢔭	0	1	140	2	68	0	211	23.01%
𢕿	0	0	14	0	0	0	14	1.53%
𢓊	0	1	22	0	1	0	24	2.62%
總計	145	49	510	131	69	13	917	100%
比例	15.81%	5.34%	55.62%	14.29%	7.52%	1.41%	100%	

冓字各期皆有，以第三期所出現的次數為最多，有 510 例，其次為第一、四期；從字形來看，諸形以「茻」形所佔之七成為最高，而從辵之「𢔭」形亦佔兩成，而從彳之「𢓊」形及從止之「𢕿」形則各佔 2.62%、1.53%。

值得觀察的是各期使用的狀況，在第一期、王族卜辭中，冓字皆作「茻」形，無使用任何異體字，第二期、第四期用字形況近於第一期，皆僅有兩例例外，「茻」形分別佔該期的 95.92%、98.47%。第三期用字較為紛雜，雖仍以「茻」為主要字形，卻僅佔當期的 65.49%，不若他期主要字形所佔比例皆在九成五以上；第五期字形亦頗為一致，皆作從辵之「𢔭」形，佔 98.55%，雖有《合集》36630 一例作從彳之「𢓊」形，然該版遘字泐損，實際字形未知。

對於冓、遘二形的演變，董作賓認為：

〔註281〕許進雄先生：《簡明中國文字學（修訂版）》，頁98。

〔註282〕為行文方便，下文「茻」形寫作冓，「𢔭」、「𢕿」、「𢓊」三形皆寫作遘，並附原字形於後。

〔註283〕張秉權：《殷虛文字丙編》上輯（一），頁120。

〔註284〕見高明：《中國古文字學通論》，頁139～140；施順生：《甲骨文異體字研究》，頁186；彭慧賢：《甲骨文从人偏旁通用研究》，頁194～195。

殷代文字變易，實由簡單趨於繁複。附形，附聲，皆不外文字孳乳
公例。……冓字早期在武丁時作𫝀，象構木為棟樑之形，本義為木
相結構。引申之為相遇，為遇。如「其冓雨」（前 3.18.3 雨作𫝀，武
丁時）。至祖甲以後，乃加止為𫝀（後上 14.7），因冓為動，加止形
以示走而相冓。以後又加入𫝀形為遘（前 2.30.6），以示相冓必於行
道。自此以後，冓皆作遘了。〔註285〕

董氏之說基本可從，惟其演變順序是否為「𫝀」至「𫝀」，最後變為「𫝀」形，
或有可商之處。「𫝀」形最早出現於第二期，然例證不多，後於第三期大量的
出現，使用的比例為當期的 27.13%，已是四分之一強，故筆者以為，演變順
序是由「𫝀」形增彳而成「𫝀」形。第三期諸形皆有，「𫝀」形為主、「𫝀」形為
次，至於「𫝀」、「𫝀」二形，雖缺少偏旁彳或止，然並不影響意義的傳達。第
四期及王族卜辭又作「𫝀」形，或與「文武丁復古」有關，至第五期則以「𫝀」
為主要字形。

卜辭中冓字有多義，最常用為「相遇」之意，舉例如下：

第一期	（1）☑酒匸于丁，不冓（𫝀）雨？	《合集》1972
	（2）貞：甫弗其冓（𫝀）舌方？	《合集》6196
	（3）丙申卜，爭貞：王其逐麋，冓（𫝀）？	《合集》10345 正
第二期	（4）貞：其冓（𫝀）雨？五月。	《懷特》1094
第三期	（5）貞：王燕叀吉？不遘（𫝀）雨。	《合集》27840
	（6）遘（𫝀）又虎	《合集》28300
	（7）其遘（𫝀）雨？	《合集》28532
	（8）王其田，遘（𫝀）大風？大吉。 其遘（𫝀）大風？	《合集》28554
	（9）叀盂田省，不冓（𫝀）雨？ 弜省盂田，其冓（𫝀）雨？ 叀宮田省，不冓（𫝀）雨？ □省宮□，□冓（𫝀）雨？	《屯南》2192
第四期	（10）不冓（𫝀）雨？ 不冓（𫝀）雨？	《合集》32488

〔註285〕董作賓：〈甲骨文斷代研究例〉，《慶祝蔡元培先生六十五歲論文集》上冊，頁411。

第五期	（11）壬寅卜貞：今日王其田曹，不遘（🖼）大風？ 　　　　其遘（🖼）大風？ 　　乙卯卜貞：今日王其田疐，不遘（🖼）大風？ 　　　　其遘（🖼）大風？	《合集》38186
王族卜辭	（12）其冓（🖼）雨？	《合集》21006 正

各期中皆有「冓雨」、「冓風」，皆是卜問祭祀、田獵乃至爭戰會不會遇到下雨或大風，又有冓某方、冓田獵物等辭例，如第（2）、（3）、（6）版即是。

　　冓字又可作私名用，如：

第一期	（13）貞：冓（🖼）眾永獲鹿？允獲十。	《合集》1076 甲正
	貞：冓（🖼）眾永不其獲鹿？	《合集》1076 乙正
	（14）癸丑卜，㱿貞：冓（🖼）受年？二月。 　　貞：冓（🖼）不其受年？	《合集》9774 正
	（15）☑呼冓（🖼）逐鹿于喪，獲？允獲鹿一。	《合集》10927
第四期	（16）丙申卜：王令冓（🖼）以多馬？	《合集》32994

第（13）版卜問冓與永二人田獵是否能捕獲鹿，後有驗辭記錄，果然成功捕獲十頭鹿；第（15）版亦問呼冓在喪這個地方逐鹿是否能捕獲，驗辭亦載捕獲一頭鹿。第（14）版卜問冓是否受年，第（16）版卜問是否要讓冓提供多馬。上述四版，冓皆作私名使用無疑。

　　或以為「冓」亦可作祭名，葉玉森云：

> 遘，祭名。殷人于上甲、大乙、小乙、小甲致遘祭。如他辭云「遘上甲☑隹十祀」[卷三第二十七葉]、「☑東遘上甲☑」[後上第十一葉]、「☑遘上甲豕五牛☑」[又第十八葉之二]、「☑月遘大乙肜☑」[徵文帝系第廿四版]、「☑不奴在正月遘小甲肜日隹九祀」[殷虛卜辭第六十一版]是也，金文戊辰彝亦有「遘于妣戊武乙爽」之文。[註286]

吳其昌、白玉崢意見與葉氏同，吳其昌認為：

> 至更後，則「遘」字之義，又轉變而為祀典之名。如此片云：「遘上甲，祭。」[註287]

白玉崢則曰：

> 冓字於卜辭中，除遘遇之誼外，於他辭，尚有祭名之誼者，如：1. 癸

〔註286〕葉玉森：《殷虛書契前編集釋》卷1，葉29。
〔註287〕吳其昌：《殷虛書契解詁》，頁44。

巳卜，王貞：旬亡囚？在四月。菁示癸，彡；乙未彡大乙。……菁
之祭義，經典無傳焉；然可徵之於卜辭者，斯殷世有「菁祭」之禮
也。〔註288〕

上述三位皆舉「周祭卜辭」為例；李孝定亦持此論，可惜並未舉卜辭說明。〔註
289〕于省吾、嚴一萍以為非，于省吾云：

甲骨文關於祭祀之言遘，或以為祭名，殊誤。今將甲骨文祭祀之言
遘者畧加選錄如下，然後加以說明。

……

六、丙申卜，又氐于大丁，不菁（粹一七四）。

……

十、……才九月，遘上甲，贊，隹十祀（綴合編一八六）。

甲骨文于祭祀每言某即宗，如「頌即宗」「河即宗」（粹四），是其例。
這是說被祭者的神靈就饗于宗廟。又甲骨文的「隹大乙眔且乙即鄉」
（甲二六〇），是說被祭者大乙和祖乙的神靈降臨就饗。因為鬼神降
臨就饗，所以主祭者才能夠與之相遇。這就是甲骨文於祭祀言遘而
遘訓遇的由來。〔註290〕

筆者以為，于氏言「菁」非祭名為確，但對於其中內容的理解有誤，如文中所
舉第 10 例（按：即《合集》36482），所遘者實為「酘上甲」之儀式，而非上甲
之神靈；又嚴一萍稱「凡祭祀稱『遘』者，皆屬定期例行性質，必有祀譜為之
記載」，〔註291〕其說或合於周祭卜辭，然又有非周祭卜辭者：

第三期	（17）叀上甲史遘（🦌）酒？	《合集》27051
	（18）其遘（🦌）上甲史酒？	《合集》27052
第四期	（19）癸亥卜：菁（🦌）酒宜伐于大乙？	《合集》32216

〔註288〕白玉崢：〈契文舉例校讀（四）〉，《中國文字》32（臺北：國立臺灣大學中國文學
系，1969 年 6 月），葉 18 下。

〔註289〕李孝定：《甲骨文字集釋》，頁 524。

〔註290〕于省吾：〈釋遘〉，《甲骨文字釋林》（北京：中華書局，1979 年 6 月），頁 177～179。

〔註291〕嚴一萍：〈龠祭祀譜〉，《甲骨古文字研究》第 1 輯（臺北：藝文印書館，1976 年 6
月），頁 223。

第（17）、（18）卜內容相似，意為「遇到酒祭上甲史之儀式」；第（19）卜的酒宜伐為連祭，故應理解成「遇到祭祀大乙酒宜伐的連祭儀式」，故「𦫼」應非祭名。

　　總上所述，卜辭「𦫼」字有「相遇」及「私名」二義，又從上列卜辭字形可以發現，各期相同之辭例，其用字卻不一，如第一、二、四期及王族卜辭之「𦫼雨」作「𦫼」形，第五期作「𦫼」形，第三期則諸形俱有；又有同期同辭例，字形卻不同者，如《屯南》2442、《合集》29712 兩版中皆有辭例「遘瑰日」，然遘字分別作「𦫼」、「𦫼」二形；甚至於《合集》30980 一版中，其「𦫼」字形卻分作「𦫼」、「𦫼」二形。由此，可推論「𦫼」、「𦫼」、「𦫼」、「𦫼」四形辭義相同，「𦫼」為本形，「𦫼」、「𦫼」、「𦫼」乃加與行動有關的「辵」、「止」、「彳」偏旁，「辵」、「止」、「彳」偏旁相通。

　　總結上述考釋，將各組字例相通與否以簡表表示如下：

不相通		人與卩：即（𣪠、𣪠）、鬼（𣪠、𣪠）、兄（𣪠、𣪠）、見（𣪠、𣪠）。 女與卩：妥、印（𣪠、𣪠）。
相通	暫定相通	人與大：競（𣪠、𣪠）。 目與面：曼（𣪠、𣪠）。
	確定相通	人與女：毓（𣪠、𣪠）、蔑（𣪠、𣪠、𣪠、𣪠）。 女與卩：妘（𣪠、𣪠）、艱（𣪠、𣪠）。 目與眉：夢（𣪠、𣪠）。 又與爪：得（𣪠、𣪠）、采（𣪠、𣪠）、再（𣪠、𣪠）。 攴與殳：鼓（𣪠、𣪠）、妝（𣪠、𣪠）。 止與辵：逆（𣪠、𣪠）、遘（𣪠、𣪠）。

不相通之字組包括即、鬼、兄、見、妥印五例，皆屬純粹人形偏旁一類；相通之字可分為暫定相通與確定相通，暫定相通者有競、曼二例，而確定相通者則有毓、蔑、妘、艱、夢、得、采、再、鼓、妝、逆、遘等十二例。至於相通與否之因則於後文詳述。

叁、義近人旁相通條件綜論

　　漢字發展源遠流長，雖甲骨文、金文演變至小篆、隸書一脈相承，學者們可以藉由小篆上溯古文字，但因殷周文字字形尚未固定，又兼以龜甲、獸骨、青銅器等載體的特殊性，古文字中的未識字仍屬不少，考釋古文字則成為解讀文獻的首要之務。

　　考釋古文字的方法中有「偏旁分析法」，[註1] 即將未識之古文字析為若干可理解的偏旁，將之隸定後再連結《說文解字》等後世字書，若有後世字書未識之字而有意義相近之偏旁可替換者，則或云「某與某偏旁相通」之語，此即「義近形旁相通」。此法確實能使研究者快速考釋出未識之古文字，但亦有可能簡化了其字形與字義之間的關係。許進雄先生曾提出漢字的複雜性，其中之一是「意符事類相近的可能同義，但也經常異義。或在某個時代通用而其他時代不通用」的情況，並舉防、坊二字為例：

> 土為土塊形（⟁○△），阜【𨸏，大陸也。山無石者，象形。凡阜之屬皆从阜。𨸏，古文】為梯子（𨸏）或山（⟍）的側寫象形，分別細微，混淆後都被借以表達山地形勢。土與阜都與土地有關。
> 在很多時候，一個意義可以兼有兩種特徵，故取前者，或取後者造

〔註1〕 考釋古文字常見方法有四：因襲比較、辭例推勘、偏旁分析、據習俗釋字。見唐蘭：《古文字學導論》，頁 162～202；許進雄先生：《簡明中國文字學（修訂版）》，頁 213～219；高明：《中國古文字學通論》，頁 167～172。

字。……現在的防【阞，堤也。從阜，方聲】與坊【《廣韻》防，防
禦也，隄防也。坊，上同】【《廣韻》坊，坊巷，亦州名，本上郡地。
坊亦省名。又音房。】……，或是意義有所偏重，或因習慣，其意
義就不同。〔註2〕

《廣韻》中有符方切、府良切二音，分別讀若房、方，坊讀為防時則同防，《禮
記‧坊記》：「子言之：君子之道，辟則坊與？坊民之所不足者也。大為之坊，
民猶踰之。故君子禮以坊德，刑以坊淫，命以坊欲。」鄭玄注：「坊，音防。」
〔註3〕然坊字於現在已無防義。文字之字義會隨著時代演變、社會禮俗、使用者
習慣而有擴大、縮小或轉移之現象，如筆者曾研究卜辭中牢、宰二字，殷代牢、
宰二字有別，至周代宰字已併入牢字，則牢字詞義擴大，〔註4〕如以典籍中的大
牢、少牢釋卜辭中之牢、宰字，實不適合。文字所處的時代亦影響字形、字義
甚鉅，故知考察文字時代的重要性。

對於此種文字考釋法的使用，張桂光認為義近形旁應有一定的條件，如濫
用此原理，將會造成古文字考釋的混亂，其定義為：

> 由於某些形旁的意義相近，它們在一些字中可以互易，而互易之後，
> 不僅字音與字義不會發生任何改變，而且於字形結構上亦能按同樣
> 的角度作出合理的解釋。〔註5〕

所謂「義近形旁通用」即指字形不同的兩字，其偏旁意義相近，其字義卻能於
文獻上相通，張氏定義為確，亦即本文前者所強調之「形、音、義」三者的聚
合，而學者往往忽略了字義的比對。張文中還提出「各類形旁的義近關係亦非
一成不變的」、「形旁的訛變不屬於通用的範疇」兩個條件。張氏所謂「形旁義
近關係非一成不變」者即如牛、羊，相同者在於皆為牲畜，相異者則於二牲是
否能用於耕田，〔註6〕可惜皆僅一筆帶過，未能深入討論。筆者以為，上述條件
皆為討論「義近形旁相通」時必須考慮到的。

〔註2〕許進雄先生：《簡明中國文字學（修訂版）》，頁222。
〔註3〕東漢‧鄭玄注：《禮記》，《漢魏古注十三經（附四書章句集注）》上冊（北京：中華
書局，1988年11月，據相臺岳氏家塾本校刊），頁187。
〔註4〕參拙著：《殷卜辭中牢字及其相關問題研究》，頁106。
〔註5〕張桂光：〈古文字義近形旁通用條件的探討〉，《古文字論集》，頁37。
〔註6〕張桂光：〈古文字義近形旁通用條件的探討〉，《古文字論集》，頁36～37。

本文已於上一章整理二十字例，除就字形、字義兩部分考察文字外，更加上殷代五期各期的使用頻次，以便觀察諸字於卜辭中的使用情況，二十字例中僅「人與卩」一組及妥、印二字，共五例不能通用，餘者皆能相通，以下就相通與否，分別其討論其原因。

一、義近人旁不相通之例

本文所考二十字例中，有即、鬼、兄、見、妥印五例不相通。諸例中的前四例，皆屬「人（？）與卩（？）」一組。如上引張桂光所言：「各類形旁的義近關係亦非一成不變的。」由此思考，「人（？）」、「卩（？）」二旁相同之處在於皆為「側面之人形」；反之，二旁相異之處則是「人（？）」為站立人形、「卩（？）」則象跪坐之形。如許慎《說文解字・敘》所云，漢字創造之始，概念皆是由先民「近取諸身，遠取諸物」而來，二旁不能通用必定與其相異之處有關。

考殷代出土的器物，或可窺見殷人生活的樣態：

【玉人 371】　　　　　【孔雀石人 377】　　　　　【玉人 372】〔註7〕

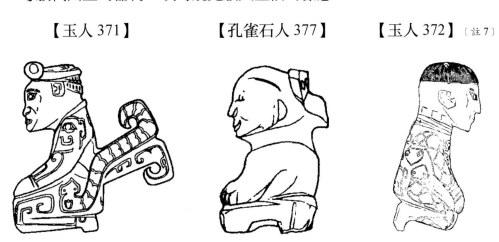

上圖皆為人形跪坐姿，其呈現「雙手撫膝，兩膝著地，小腿與地面齊平，臀部墊坐腳跟上」〔註8〕，與文字中的卩（？）形如出一轍。李濟從人類學的觀點說明跪坐的姿勢：

> 跪坐顯然是有文化的人類所發明，猴子與猩猩都沒有（除了神話故事外）跪或跪坐的習慣。就是原始的人類，最自然的休息狀態，以

〔註7〕上引三圖皆出自中國社會科學院考古研究所編著：《殷墟婦好墓》（北京：文物出版社，1980年12月），頁152～153，後所標記之數字為書中之標本編號。
〔註8〕宋鎮豪：《夏商社會生活史》下（北京：中國社會科學出版社，2005年10月），頁574。

　　蹲居及坐地最為普遍，不是以跪為主的任何體相。〔註9〕

跪坐比起蹲踞或坐地，並非最舒服的姿態，顯然是一種刻意為之的姿勢。李濟以為跪坐姿勢對殷人而言是習以為常的，並由文化及文明發展的角度解釋道：

> 英國的民族學家泰勒氏認為跪的姿態是由野蠻到文明一個中間階段的發展，由俯伏演變而來。俯伏自然是衷心的恐懼與絕對的服從的表示，這是戰敗的俘虜最佳的命運，……但是人的恐懼對象，在戰敗的人群固是他們的征服者，在一般的人類還是大自然。……故一般地來說，以俯伏跪拜表現屈服，最初是俘虜對於戰勝者，以後才演為普通人或巫人、僧侶、牧師對於於鬼神及上帝。到了以跪坐為日常生活的習慣，顯然是第三個階段，已失了原始的屈服意義了。
>
> 照反映在甲骨文字的殷商的社會說，囚犯是跪著的。接受命令的人是跪著的；同時，為母的是跪坐形，祭祀也跪坐，宴饗賓客也跪坐；故跪與跪坐的姿態不但象徵屈服、敬神，也表示一種日常生活的狀態。……跪坐卻是尚鬼的商朝統治階級的起居法，並演習成了一種供奉祖先、祭祀神天，以及招待賓客的禮貌。周朝人商化，加以光大，發揚成了「禮」的系統，而奠定三千年來中國「禮」教文化的基礎。〔註10〕

李濟之說可從甲骨文字中得到印證，如印字（𝌆），象一手壓制俘虜一類之人，於卜辭已作為句末的語助詞；即字（𝌆）象人靠近食器而準備用餐，祝字（𝌆）則象人跪坐張口祈禱之狀，後加示旁作「祝」形，以強化其字義。許進雄先生亦舉饗、即、既三字為例：

> 甲骨文的「卿」字，作兩個貴族相對跪坐進食之狀（𝌆𝌆𝌆𝌆𝌆），表明主人與客人相對面坐的正規禮儀。……甲骨文的「即」字，作一人跪坐於食物之前，或靠近食物即將進食之狀（𝌆𝌆𝌆𝌆𝌆）。既字則作一人已經進食完畢，轉頭以示不再進食，可撤去食

〔註9〕李濟：〈跪坐蹲居與箕踞——殷墟石刻研究之一〉，《李濟文集》卷 4（上海：上海人民出版社，2006 年 8 月），頁 484。

〔註10〕李濟：〈跪坐蹲居與箕踞——殷墟石刻研究之一〉，《李濟文集》卷 4，頁 492、495～496。

物的意思（𦜕𦣻𦣻𦣻𦣻𦣻）。故此字用以表示已完成的時態。在古代，站立或蹲坐進食被認為不雅觀，是貴族所不為的。〔註11〕

上述諸字跪坐的原因包括被俘虜、祭祀及日常生活行動，與李濟文中所述契合。這些文字的字形、創意，皆反映跪坐確已成為殷人日常之姿，這種姿勢也成為進食或祭祀等某些行為的特定動作，與站姿迥然有別。

即（𦣻）字創意如上述，其卜辭義作為祭名使用。又第二期有「𦣻」形，作人「站立」於食器前，不合於商代的習慣。此形皆作貞人之名，而非祭名，無一例外。從字義來說，知殷人是有意識的區別「𦣻」、「𦣻」二形，如「𦣻」字為第二期貞人名，脫離第二期的語境後，則「𦣻」字消失；再從統計數字來看，這樣的情況並非寥寥數例，第二期中兩百餘例的「貞人即」皆不作「𦣻」形，同樣的概念，百餘例的「即就義」皆不作「𦣻」形，亦可強化上述說法。鬼字「𦣻」、「𦣻」二形亦不相混，「𦣻」形為鬼神之鬼義，其創意為「巫師戴面具扮鬼形之象」〔註12〕，亦有加示旁作「𦣻」形者，巫師戴面具跪坐於神主前的形象則越顯清晰；「𦣻」形則為方國之名，再細究之，「𦣻」、「𦣻」、「𦣻」諸字作為方國、貞人、人名等專有名詞，其「𦣻」旁應僅為區別之功能，不若從「𦣻」諸字能反映其文字創意，推測是「𦣻」、「𦣻」、「𦣻」諸字讀音與「𦣻」、「𦣻」、「𦣻」同，假借諸字之形，將「𦣻」旁替換成「𦣻」旁而成為專有名詞。

祝（𦣻）字亦與祭祀相關，除「𦣻」形外，或添示作「𦣻」形、或手前舉作「𦣻」、「𦣻」形，皆跪坐呈張口禱告之狀；「𦣻」則為兄字，韓偉引《說文解字》等說法釋兄云：

> 《說文·兄部》：「長也。從儿，從口」徐鍇闡釋說：「兄者，況也。能以言況其弟也。事有隱避不可正言，則譬況之而已矣。故於文『口儿』為兄，儿者，人在下者也；從口，教其下也。下，弟也。」……甲骨文和金文字形，皆像口上儿下之形。聯繫上述研究可知，「儿」乃模仿人形無庸置疑，「口」則為「教其下」之具，乃為突出之核心構件，此字則在模仿之基礎上兼有會意之功用。〔註13〕

〔註11〕許進雄先生：《中國古代社會》，頁276。
〔註12〕許進雄先生：《簡明中國文字學（修訂版）》，頁440。
〔註13〕韓偉：《漢字字形文化論稿》（北京：世界圖書出版公司，2010年12月），頁49。

韓偉雖引《說文》與《繫傳》之說，但對於二說之別並無詳細說明。將「兄」釋為「況」已見於《白虎通》中，其云：「兄者，況也。況父法也。」陳立則疏證曰：「況本訓大，……但此取況父法為說，故不取大義。」〔註14〕而徐鍇則言為「譬況」之義，此說實與許慎「長也」之說法迥異。然韓氏由甲金文字形解釋兄字，或可備一說，韓氏所云「口則為教其下之具」，與徐鍇言「譬況」概念一致。又透過字義及統計數字可知，三百餘例的「�」形大多不作祝義，僅有《合補》6591 一版誤刻，而三百餘例的「�」形，亦僅兩例用為兄義，二形有別，由此亦可明祝（�）字呈跪坐形有其特殊的文化意義。

見字有「�」、「�」二形，二形亦不相通，二字人形一跪一站，其姿勢影響所見範圍，「�」字有看見、出現、進獻、覲見等義，最常用的是介於兩天干的時間詞，除時間詞外，其所見的範圍較近；而「�」字卜辭後皆有「呼」、「往」等字，為「評召某人前往某地見某人、某事」之義，多與軍事相關，其所見範圍較遠，或可理解為視察之義。

又甲骨文中有駕車義之御字，字形作「�」〔註15〕，从跪坐之人形。許進雄先生認為：

> 中國古代馬車的轅較直，它架在比車輪半徑高的馬頸上，使得車輿的重心高而不穩。駕馭時要盡量壓低身子的重心，才可以減少顛覆的不安。因此理想的駕馭方式是採取跪坐的姿勢。商代駕車時御者到底採行跪坐還是站立，意見尚有分歧。……商代的輿箱底部有時使用編綴的皮條，它具有彈性，不利穩定站立，但卻能令跪坐者減輕很多的顛簸。……甲骨文「御」字有兩個字形，其中一形使用為駕車的意思，雖然難猜測其創意，但明顯與跪坐的姿勢有關（����）。〔註16〕

又殷代車馬復原如下：

〔註14〕東漢・班固著、清・陳立撰：《白虎通疏證》（北京：中華書局，1994 年 8 月，淮南書局刊本），頁380。

〔註15〕御字有「�」、「�」二形，其義不同。「�」形為駕車之義，「�」形則作祭名、官名、方國名。見許進雄先生：〈釋御〉，《許進雄古文字論集》（北京：中華書局，2010 年 2 月），頁5～17。

〔註16〕許進雄：《中國古代社會》，頁415。

【小屯車馬坑 M20 乙種車復原圖】〔註17〕

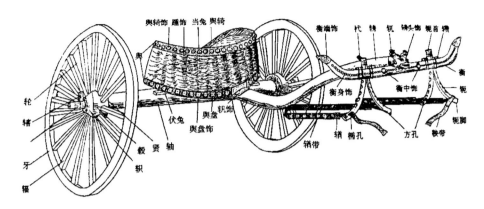

宋鎮豪亦認為殷人駕車採跪姿：

> 楊寶成先生曾對殷墟出土 14 輛車的構造尺寸作了分析統計，其軌距
> 約在 2.17～2.4 米之間，軸長在 2.7～3.1 米上下，輪徑約在 1.2～1.5
> 米之間，輪幅 16～26 根，輈（轅）長 2.5～2.9 米。作為荷載部分的
> 箱輿，有大小之分，大型者廣 1.2～1.7 米，進深最大的達 1.5 米；
> 小型箱輿一般廣 1 米左右，進深 0.7 米上下。有學者指出，大型箱
> 輿能容乘員三人，小型箱輿只能容二人，因箱輿周圍有欄杆，車後
> 留缺口，故乘員是從車後上下，……從考古發現看，馬車的箱輿欄
> 杆僅高 0.45 米以下，立乘不足以憑欄，推想當時採用的是跪坐姿勢，
> 屈膝跪式，對於進深為 0.7×1 米的橫長方形箱輿容積是富富有餘
> 的，乘員可手倚欄杆，以獲得舒適效果。〔註18〕

除此之外，殷車「輪、輿間的距離相當大」，〔註19〕從輪高、軸長、軸輿間距來

〔註17〕宋鎮豪：《夏商社會生活史》上，頁 308。筆者按：石璋如於〈小屯第四十墓的整
理與殷代第一類甲種車的初部復原〉一文中所復原之殷車（即 M40），其輿輈開口
朝前，與本文所引 M20 乙種車不同。後石璋如又於〈殷車復原說明〉中表示：「若
以 M40 為中心，以面南為準則，它的左後方（東北）為 M45，右後方為 M20，正
前方以次為 M202、M204，即 M204 為最前方。由這種情況觀察，很有可能的由於
它（M40）的位置居中，地位特殊，不但車門向前，而且車輿也用銅龍作裝飾了。
由於它們是一隊車，地位與職責可能也有差別，從北、中兩組墓葬的排列研究所
得，知道殷代的軍事組織，是重中、尚右，至於 M40 的車門向前，可能是它的地
位使然。」詳見石璋如：〈小屯第四十墓的整理與殷代第一類甲種車的初部復原〉，
《中央研究院歷史語言研究所集刊》第 40 本下冊（臺北：中央研究院歷史語言研
究所，1969 年 5 月），頁 663、石璋如：〈殷車復原說明〉，《商文化論集》（北京：
文物出版社，2003 年 9 月），頁 383。

〔註18〕宋鎮豪：《夏商社會生活史》上，頁 316。

〔註19〕張長壽、張孝光：〈殷周車制略說〉，《商周考古論集》（北京：文物出版社，2007

看，殷代的車馬似不利以站姿駕車，再輔以甲骨「御」字之形，筆者認為殷人駕車採用跪坐之形較為合理。

又妥（𡚦）、印（𡖊）二字，妥為私名，印為句末助詞，其字義不相通，「女與卩」偏旁中，惟此形不相通；女（𡚦）旁與卩（𡖊）旁相同之處在於其姿勢皆跪坐之形，其相異之處則是女旁強調其性別，卩旁則兩種性別兼具。〔註20〕女性與男性在生理上有諸多先天性的差異，如男性無法懷孕而產下後嗣，又一般情況下，女性的身高、力氣皆遜於男性。此一認知亦反映於文字創意上，從二字的創意來看，印（𡖊）字象手按一跪坐之人形，妥（𡚦）字則象手按一跪坐女性之形，更強調其女性的特質。因制伏女性俘虜所需之力量，必小於制伏男性俘虜之力，印字強調制伏的動作，故後世所引申的「按」或「印信」，皆有「向下按壓」之義；而妥字於卜辭作私名，於其創意無涉，但後世訓為「安」，即因女性俘虜力量小，取其「被迫安於無奈之境」義。

綜上所述，人（𠆢）、卩（𡖊）偏旁有別，其因在於從卩旁之文字，其創意皆說明其為室內之活動或必須跪坐的動作；而女（𡚦）、卩（𡖊）偏旁之別，則是在強調女性之特點。

二、義近人旁相通之例

前文所考二十字例中，共十五例能通用，包括：競、毓、蔑、�、艱、曼、夢、得、采、冉、鼓、敁、逆、遘。筆者將此十五字分作「暫定相通之字」、「確定相通之字」兩節分別討論之。

（一）暫定相通之字

諸字中有部分字例，因其數量太少，或有殘辭之情形，且多為私名，如競、曼二字即是，故以「暫定相通」別之。

競字甲骨文有「𦫫」、「𦫫」二形，一形從人（𠆢）、一形從大（𡗕），二旁相同處在於皆為人形，相異處則是人之站姿，「𠆢」旁象人之側面站立形，「𡗕」旁則象正面站立之形。從字義來看，「𦫫」形有祭名、人名二義，而「𦫫」形則為地名，人名、地名皆為專有名詞，實難以與創意作連結，更兼「𦫫」形於目前可

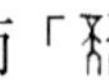

年5月），頁247。

〔註20〕卩形象人跪坐之形，並無強調其性別，關於此論題將於後詳述。

見卜辭中僅一版、兩例，例子太少，無法對此地名作更多之考察；又單純從文字創意討論，「㺵」字創意為「二人競賽頭飾之美」，此字所強調之部分並非在人之動作，而是在於「丫」之頭飾，故此字下從大作「㺵」形，並不會影響其文字創意，故筆者暫定其相通。

曼字甲骨文有「曼」、「曼」形，一形從目（目）、一形從面（面）形，目、面二旁是否相通，端賴從何種角度觀察。其相同處在於甲骨文字多以五官或首，指涉人物之特殊身分，相異處當是「部分（目）」與「整體（面）」之別。「曼」形於卜辭作人名、「曼」則作地名。又「曼」形例證偏少，僅出現於第一期、第三期卜辭中，多為殘辭，實無法連結創意與字義，亦無法更進一步比對人名與該地名之間的關係。若單就文字創意論之，「曼」字象「兩手撐開眼睛使視線更加清楚」，其重點在於手部的動作，而面（面）旁包括了「目」，甚至以目形替代了其他五官，故此字從面作「曼」形，並不會影響其文字創意，亦暫定其相通。

（二）確定相通之字

除上述二字外，其他十三字皆已透過字義的對比，確認其義近形旁的異體字能夠相通。包括：「人與女」、「女與卩」、「目與眉」、「又與爪」、「攴與殳」、「止與辵」六組。

「人與女」一組之字例有毓、蔑二字，人（亻）旁與女（女）旁皆指「人類」，相異處則有二：一為姿勢，人旁為站姿、女旁為跪坐姿。二為性別，人旁或兩者兼有之，女旁則專指女性。卜辭毓字以「毓」、「毓」二形所出現的頻次最多，「毓」形為第一，「毓」形則居次，其創意象「婦女產下帶有血水的嬰兒狀」。如上所言，妊娠後產下子嗣為女性才能做到的事，卜辭中亦理所當然以從女之「毓」形為主要字形，然「毓」形也並非偶爾一見，出現比例佔將近一成，毓字重點在於「產子」，「毓」形亦能此概念，惟其表達之文字創意未若「毓」形精準。又蔑字有「蔑」、「蔑」、「蔑」、「蔑」四形，卜辭多作人名，四形使用大致無別。考其創意，象「貴族受刖刑而致心情沮喪」，故蔑字之重點應在於能表達其貴族身分之眉形，並非強調其性別，故能相通。

「女與卩」一組中，「妥、印」二字不能通用，說明已見上節，而通用者有妍、艱二字。妍字有「妍」、「妍」、「妍」三形，從女（或從卩、或從子）旁

有力，力（⼒）象耒耜之形，以力象徵男性，與卜辭「產下男嬰」之義契合。「𡥫」形僅出現於王族卜辭中，應為其特殊用字，且非本節所述主軸，暫不討論。而「𡥩」形則僅出現一例，或有因二旁皆呈跪坐姿而誤刻之可能；又因�與毓皆與生產相關，�字表達重點在於力（⼒）部件所象徵的男性，即使「𡥩」形非誤刻，且未能精確表達其創意，然大致不影響字義的表達。至於艱字有「𧰼」、「𧰼」、「𧰼」三形，透過其字形演變的考察，知「𧰼」形為第二期主要使用之字形，由「𧰼」形演變成「𧰼」形，或是以「𣏾」形強調其災難之概念。而「𧰼」形則為第一期主要字形，其形象鼓旁跪坐一女之形，筆者以為「𧰼」、「𧰼」二形可通，應是取卩（⺈）、女（⼥）二旁皆為跪坐之形。

「目與眉」一組字例為夢，甲骨文夢字有「𠭟」、「𠭟」、「𠭟」、「𠭟」等形，其創意為「一大人物睡臥床上，強迫作夢之狀」。「𠭟」形為主要使用之字形，但其形已省目，僅刻出眉毛。而「𠭟」、「𠭟」二形，一从眉（𥄉）、一从目（𠃓），目與眉有其不同的分工，目用以視物，眉則可防止汗水流進眼中，亦有美觀、傳遞表情之功能；然目與眉皆為五官之一，且畫出目或眉的甲骨文字，其創意多與貴族、巫師一類的特殊人物相關，此其相同之處。筆者以為夢字「𠭟」、「𠭟」二形，著眼於其相似之處，用以表達躺於牀上之人的特殊身分。

「又與爪」一組之字例有得、采、再三字，甲骨文又（⼜）、爪（⽖）皆為手形，或因強調的動作不同而造成字形有所差異。將得、采、再、印、妥等五字字形表列如下：

	得	采	再	印	妥
从又	𠭟	𣏾	𣏾	𣏾	𣏾
从爪	𠭟	𣏾	𣏾	𣏾	𣏾

上述五字从又或从爪之字形，於卜辭的使用上並無區別。得字以从又之「𠭟」為主要字形，采、再、妥則以从爪之「𣏾」、「𣏾」、「𣏾」為主要字形，印字兩形出現比例相當。值得注意的是，即使从爪之得字，其部件結構仍是爪形在上，其他四字部件位置則無更移。由此，筆者以為爪旁（⽖）所強調的動作在於從上往下的動作，不論是印、妥二字表達的按壓，再字表達的提舉，得字表達的拾取，或是采字強調自樹上摘取皆是，而又（⼜）旁則是含括大部分手部的動作，[註21]

〔註21〕甲骨文中有「丑」字，其創意為「手指彎曲，用力扭抓之情狀」，後借為干支使用。

故諸字之異體字能相通。

「攴與殳」一組之字例有鼓、攼二字，攴（丮）象手持棒杖之形、殳（殳）象手持鈍器之形，所持物不同，而二形皆有擊、打之義。鼓字作「鼓」、「鼓」二形，第一期以「鼓」形為主，其中「鼓」形兩例或屬王族卜辭，若此則第一期全作「鼓」形，至三、四期則演變成「鼓」形為多。攼字作「攼」、「攼」二形〔註22〕，第一、二期從攴、從殳比例大致相當，至三、四期則以從攴之「攼」形為多。雖鼓、攼二字演變方向一致，其字形皆是由從殳變而為從攴，然考偏旁之創意，仍有些微不同之處，將鼓、攼二字各形出現次數及比例表列於下：

		第一期	第二期	第三期	第四期	第五期	王族卜辭
鼓	鼓	19（90.48%）	4（57.14%）	0（0%）	0（0%）	0（0%）	1（9.09%）
	鼓	2（9.52%）	3（42.86%）	4（100%）	2（100%）	1（100%）	10（90.91%）
攼	攼	44（42.72%）	16（59.26%）	0（0%）	0（0%）	0（0%）	0（0%）
	攼	59（57.28%）	11（70.74%）	21（100%）	3（100%）	0（0%）	9（100%）

許進雄先生認為「殳」形有直柄與曲柄之別，並仔細區分云：

> 作直柄的是以攻堅、撲殺等造成傷害為目的的器物。作曲柄的，一
> 是匙匕一類取食器，一是樂棰，另一類可能是醫病工具。〔註23〕

攼字創意為「手持杖打蛇之狀」，不論攴或直柄之殳，皆有造成傷害之目的，持杖或持直柄殳有相通之處，〔註24〕故卜辭中第一、二期從攴或從殳之比例相當，至第三期後則皆作從攴之形；鼓字是樂器，為從曲柄之殳，故於第一期從攴之形僅佔一成，能相通之因，或取攴、殳二旁皆具敲擊義，至第三期後則逐漸訛變為從攴之形。

「止與辵」一組，「止」象人之腳趾形，有行走之義、「辵」則象足部行於

見許進雄先生：《簡明中國文字學（修訂版）》，頁82～83。

〔註22〕攼字尚有「攼」、「攼」、「攼」等其他字形，其差異在於從「殳」或從「攴」以及「止」形之方向，詳見上一章；本章重點在討論偏旁「殳」、「攴」之不同，故僅列二形為代表。

〔註23〕許進雄先生：〈工字是何形象〉，《許進雄古文字論集》，頁556。

〔註24〕許進雄先生：〈工字是何形象〉，《許進雄古文字論集》，頁554。

道路之形，此組字例有逆、遘二字。甲骨文中「屰（屰）」、「逆（逆）」字二字有別，屰（屰）字創意象倒人之形，故為倒逆義；逆（逆）字有辵旁，象人於行道旁迎接，故為迎迓義。[註25]迎迓義之逆字有「逆」、「屰」二形，於第四期才出現異體字「屰」形，第一、五期皆作「逆」形，透過字義的分析知二形相通。而遘字則有「遘」、「遘」、「遘」、「遘」四形，四形所表達字義並無不同，據統計可知，第一、二、四期皆以「遘」為主要字形，第五期則變為了「遘」形。第三期則四形俱見，「遘」形所佔該期比例 65.75%、「遘」形佔 27.13%、「遘」形佔 2.77%、「遘」形則佔 4.36%。由此觀之，筆者以為「止與辵」一組的關係或與上述諸組不同，透過甲骨文字各期的演變，止、辵二旁的關係較近於部件之省略。如逆字，「逆」形已見於第一期，而第四期作「屰」形，顯然簡省了表示行道的「彳」；至於遘字，早期僅有「遘」形，後以形符辵加於冓字之上，以別各種引申義[註26]，才出現第三期的「遘」形，而「遘」、「遘」二形，亦為「遘」形之省。

三、小　結

　　本章透過前文所考察的二十字例，討論義近形旁相通的原因及其成立條件。總體來說，形旁是否相通，需考察該組形旁所含括之意義，以「人」、「女」二形為例，張桂光即認為：

> 人本身是是男、女共用的符號，所以有通用的可能性……女旁是為與人旁區別而產生的，一般都有比較強的性別觀念，所以還是不通用的情形為多。[註27]

同樣的概念亦能從語言學的角度說明，如葉蜚聲、徐通鏘曾舉「人」字來討論詞義的概括性，其云：

> 例如「人」這個詞義就捨掉了許多東西，捨掉了男人、女人的區別，大人、小孩的區別，古人、今人的區別，中國人、外國人的區別，無產階級、資產階級的區別……只剩下了區別於其他動物的特點。

〔註25〕部分人名、地名、祭名或因「逆」形省略偏旁而與「屰」形混同，因私名難考其創意，且亦不合於本節重點，故暫不討論，詳見第二章逆字考釋。
〔註26〕許進雄先生：《簡明中國文字學（修訂版）》，頁 98。
〔註27〕張桂光：〈古文字義近形旁通用條件的探討〉，《古文字論集》，頁 44～45。

誰見過「人」？只能見到張三李四。可見「人」這個詞概括反映的
僅僅是不同於其他動物的人，而不是指張三、李四等一個個具體的、
分屬於不同階級的人。〔註28〕

卜辭中的人（?）形，其詞義所指涉的範圍應包括了所有關於「人」的全部屬
性，就性別而言，亦將女（𡥀）形的詞義概念含括於其中，而女（𡥀）形的使
用，則如張桂光所言，有較強的性別觀念。試以簡圖示之：

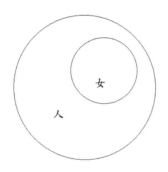

大圓內表示「人」之詞義所含括之範圍，圓外則指人以外的動物，而「女」之
詞義含括範圍較小，亦在「人」義之範圍內。除考察偏旁詞義含括的範圍外，
還需並配合偏旁所屬文字之創意，才能確認形旁是否相通。如妙字三形中，有
一特殊的「𨾊」形，僅出現於王族卜辭中。「𨾊」形从子从力，與常見「妙」形从
女从力不若，雖卜辭義相同，然「子」旁無生產義，創意亦與「妙」形不同，
故不言「子」、「女」形旁相通。再以「女與卩」一組為例分析：

形　旁	詞義含括範圍	通　用	不通用
卩（𝑙）	人形、跪坐、男女兼具	妙、艱	印
女（𡥀）	人形、跪坐、女性		妥

其中印與妥，因妥字創意強調被俘虜者為女性，才有「被迫安於現狀」之義，
與印字不通用；艱字創意強調人跪坐於鼓旁，从女或从卩皆可通用；而妙創意
為生男，重點在於「力」旁，故从卩亦不至於與他字混淆。「又與爪」一組概念
亦同，「爪」旁強調自上而下的手部動作，「又」旁詞義範圍則包含大部分的手
部動作，故二形於諸字大致可以相通。

此外，時代性及頻次亦為觀察義近形旁是否相通的輔助因素，如貞人即作
从人之「𣅀」形，透過時代的考察，知此形皆出現於第二期，其他期皆不見；

〔註28〕葉蜚聲、徐通鏘：《語言學綱要》（臺北：書林出版公司，1994 年 12 月），頁 149。

又他期「䖵」形，出現次數多為零星數例，最多者為第四期，但也不超過五十例，然第二期「䖵」形則有將近兩百例，若將「䖵」、「䖵」二形視為一字，亦難以說明原因。由此，知文字所出現之時代以及頻次，也可作為考察義近形旁是否相通的切入點之一。

綜上所述，筆者定義「義近形旁」之成立條件為「兩形旁之詞義含括範圍必須有交集之處，由兩形旁組成之異體字皆要合於其創意，且文獻意義相同，並考慮其時代性」；即需兼顧文字「形、音、義」三者的聚合及時空環境。

肆、甲骨文字字樣觀念探論

　　字樣學為唐代所興起的一門學科，主要在討論正體字與異體字之間的問題。唐蘭即論及唐代字樣之學：

> 唐人因六朝文字混亂，又有一種整齊畫一的運動，這是字樣之學。
> 顏師古作《字樣》，杜延業作《群書新定字樣》，顏元孫作《干祿字
> 書》，歐陽融作《經典分毫正字》，唐玄宗開元二十三年（西元七三
> 五）作《開元文字音義》，自序說：「古文字唯《說文》、《字林》最
> 有品式，因被所遺缺，首定隸書，次存篆書，凡三百二十部，合為
> 三十卷。」林罕說「隸體自此始定」。中國文字史上第一次同文字是
> 秦時的小篆，結果失敗了。這第二次定隸書（即現在所謂楷書），卻
> 成功了。楷書體到現在還行用，已經經過一千兩百年了。〔註1〕

由上文可知，字樣學是為了解決文字混亂的問題所興起的正字運動，而在此之後楷書則通行千餘年。文字承載著語言之涵義，惟有使用正確的文字才能表達正確的語意；然而研究文字學之學者皆知，自秦始皇統一文字，頒定官方字體小篆後，〔註2〕漢字之結構、筆畫才有固定的位置與寫法，在此之前的甲骨、金

〔註1〕唐蘭：《中國文字學》（上海：上海古籍出版社，2007 年 4 月），頁 14～15。
〔註2〕《說文解字・敘》即載：「秦始皇帝初兼天下，丞相李斯乃奏同之，罷其不與秦文
　　　合者。斯作《倉頡篇》，中車府令趙高作《爰歷篇》，太史令胡毋敬作《博學篇》，
　　　皆取史籀大篆，或頗省改。所謂小篆者也。」見東漢・許慎撰、清・段玉裁注：《說

文則未有統一的標準，許進雄先生即說明甲骨文的特色云：

> 此期字形的結構重於意念的表達，不拘泥於圖畫的繁簡、筆劃的多
> 寡或部位的安置等細節，故字形的異體很多。〔註3〕

如前所述，字樣討論的是正、異體字間的問題，而殷周時期既無文字整理之記錄，甲、金文亦無所謂的「正體字」，該如何探討？於此，曾榮汾先生即云：

> 字樣學之興於楷書通行之後，所指即如師古「字樣」、杜延業「新定
> 字樣」、元孫「干祿字書」諸書而言，故字樣學發展仍當主於唐後脈
> 絡之析述，唯中古之前，凡屬對紛歧字體有整理之功者，自當意及，
> 可得前人之鑑。〔註4〕

並舉《漢書·藝文志》及《說文解字·敘》所載，認為首次字樣整理應為「宣王太史籀十五篇」〔註5〕。裘錫圭看法亦持相同意見，裘氏討論漢字的整理與簡化時，即認為：

> 《周禮·春官》說「外官」之官「掌書外令，掌三皇五帝之書，掌
> 達書名於四方」。「書名」指文字，「掌達書名於四方」應該就是統一
> 全國文字的一種措施（參看孫詒讓《周禮正義》）。周宣王太史作《史
> 籀篇》可能與此有關。〔註6〕

《史籀篇》作為最初之文字整理記錄應可信，惜現在所見《說文解字》所收之籀文僅約兩百二十餘字，〔註7〕不知當時整理文字的實際規模。高明討論漢字規範化的問題時即指出：

> 以先秦的古漢字而論，據現有資料統計，大約有七千餘字，比較
> 常用的只有五千多。當時的漢字沒有定形，一個字同時有繁簡不

文解字注》，頁 765。
〔註3〕許進雄先生：《簡明中國文字學（修訂版）》，頁 29。
〔註4〕曾榮汾先生：《字樣學研究》，頁 21。
〔註5〕《漢書·藝文志》小學家首列「史籀十五篇」，班固自注云：「周宣王太史作大篆十五篇，建武時亡六篇矣。」又《說文解字·敘》：「倉頡之初作書，蓋依類象形，故謂之文。其後形聲相益即謂之字……以迄五帝三王之世，改易殊體。封於泰山者七十有二代，靡有同焉。……及宣王太史籀著大篆十五篇，與古文或異。」詳見曾榮汾先生：《字樣學研究》，頁 21～22。
〔註6〕裘錫圭：《文字學概要（修訂版）》，頁 265。
〔註7〕王國維：〈《史籀篇證》序〉，《觀堂集林》上（石家莊：河北教育出版社，2001 年 11 月），頁 153～154。

同的好多種形體。在數量多、形體繁、寫法又不統一的情況下，如果沒有一定的規律從中起主導作用，漢字早已不知要亂到何種程度。〔註 8〕

當然，現今未見殷商時期有整理文字的書面記錄，故僅能由目前可見的文字材料，尋找一些蛛絲馬跡。筆者以為，或可由兩方面觀察之：其一為甲骨的特殊性，卜辭上所載皆為王室的祭祀、戰爭等「國之大事」；且作為文字之載體，相較於簡牘、帛書，乃至後世紙張，甲骨的刻寫難度相當高，此即甲骨之特殊性。再者，甲骨上屢見習刻字，筆者以為，既有習刻，必有一定的規範，否則何以需要習刻？且一人一形，亦無法達到文字用以溝通意見、傳遞訊息的功能。由此或可推論殷代亦有其文字之使用標準。

本文已於第二章討論義近人形偏旁字例共二十例，並統計諸期各字形的使用狀況，以出現次數最多者為該期之代表字，〔註 9〕餘者則為異體字。希望藉此討論各期代表字與異體字之間的相關問題，期能從中梳理出甲骨文字中所蘊含的字樣觀念。

一、各期用字情況分析

（一）第一期，武丁

此期的用字情況是五期中最為整齊一致的，如冓字第一期皆作「」形，145 例無一異體字、兄字皆作「」形，105 例無一例外；妫字「」形出現 188 次（99.47%）、艱字「」形出現 231 次（99.57%）、得字从又之「」形出現 167 次（92.27%）、鼓字从殳之「」形出現 19 次（90.48%）、〔註 10〕夢字之「」形出現 190 次（90.91%）、爯字从爪之「」形出現 114 次（87.02%）。其代表字所佔比例皆高於八成七，更多的是高於九成五以上的例子，且出現

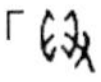

〔註 8〕高明：《中國古文字學通論》，頁 159。

〔註 9〕筆者曾於「有鳳初鳴」研討會發表〈從字樣角度試探甲骨相關問題〉一文，因目前未發現殷商時期官方整理文字的記錄，無法確定這些具有規範性的文字為正字，特約討論人許錟輝先生建議以「代表字」稱呼，筆者從之。文章後收入會後論文集中，詳見拙著：〈從字樣角度試探甲骨相關問題〉，《有鳳初鳴年刊》第 6 期（臺北：東吳大學中國文學系碩博班，2010 年 10 月），頁 404。

〔註 10〕關於鼓字第一期「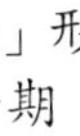」形之時代問題已於前文論及，即「」形二例或以為屬王族卜辭，若此，則第一期「」形之比例為 100%。

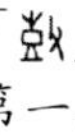

頻次多高達近兩百次，都可顯示第一期用字之一致。

當然亦有部分字例異體字比例偏高，如毓字從女之「🐍」形佔 59.46%、從人之「🐍」形佔 40.54%，二形比例大致相當；又敗字「🐍」形佔 42.72%、「🐍」形佔 51.46%、「🐍」形佔 5.83%，「🐍」、「🐍」二形比例相當，「🐍」形則顯然比例偏低。

綜上，除毓、敗等少數字例外，其他字形所出現的頻次與代表字所佔比例都非常高，由此能看出此期文字的整齊，異體字較少。

（二）第二期，祖庚、祖甲

此期分屬祖庚、祖甲二王，其用字狀況與第一期略同，若論整齊程度則比第一期略遜。如貞人即之「即」字作「🐍」形，共 234 例，無一與「🐍」形相混之例；又兄字皆作「🐍」，82 例無一例外。此期祝字有「🐍」、「🐍」二形，「🐍」形佔 89.81%、「🐍」形佔 10.19%，雖皆從跪作之卩形，與兄字有別，然由「🐍」變化出異體字「🐍」形，「🐍」作貞人名，「🐍」則為祝祭義；艱字第二期代表字為「🐍」形，佔 94.32%，然仍有「🐍」形 3 例、「🐍」形 2 例，分別佔 3.41% 與 2.27%。菁字依然以「🐍」形為代表字，佔 95.92%，亦出現「🐍」、「🐍」二形各一例，皆佔 2.04%。鼓字異體字佔比較高，從攴之「🐍」形 7 例、從支之「🐍」形 3 例，分佔 57.14%、42.86%，二形比例相當。

綜上，可知第二期之文字使用狀況雖亦頗為整齊，且與第一期相似，代表字所佔比例偏高，皆有九成左右，但已出現不少異體字。此種情況或與第二期分屬二王有關係，惜目前未能精確的區分祖庚、祖甲卜辭，無法分別觀察二王的用字情況。

（三）第三期，廩辛、康丁

此期用字情況再比第二期又略差，雖代表字所佔的比例仍高，但新產生異體字形更多，且多是缺筆或漏刻部件。如競字，「🐍」形共 10 例（90.91%），而「🐍」形出現 1 例，佔 9.09%；又毓字中有異體字「🐍」形 1 例，佔 2.22%；鼓字有從支之「🐍」形 1 例，佔 20%。或各期皆無異體字之兄（🐍）字，此期卻有 1 例與祝（🐍）字混同，其誤字比例為 2.13%。

上舉字例之頻次偏少，菁字屬第三期字例中頻次較多者，共有 505 次。此期代表字仍為「🐍」形，與第一、二期同，但僅佔 65.74%，其餘「🐍」形出現

137 次（27.13%）、「〔字形〕」形出現 14 次（2.77%）、「〔字形〕」形出現 22 次（4.36%）。

綜上，競字「〔字形〕」形漏刻人形的下半部、毓字作構形怪異的「〔字形〕」形、鼓字「〔字形〕」形偏旁訛殳為支，這些異體字出現的次數不多，至多約十例，更多的情況是 1、2 例而已。又上述諸字除菁字外，所出現頻次皆少，或有可能因統計樣本數太少，導致結果過於極端；然而，若文字出現次數已偏少，卻仍見不少異體字，也可證明第三期用字較為隨意。

（四）第四期，武乙、文丁、王族卜辭

本文討論之二十字例，出現於第四期者較少，觀察出現頻次較高之字例，其異體字出現情況近於第二期，如菁字「〔字形〕」形，佔 98.47%，「〔字形〕」形出現 2 次佔 1.53%，毓字異體字「〔字形〕」形出現 5 例，佔 13.51%。

王族卜辭在部分字例中，常出現不見於他期的特殊字形，且比例不算太低，如妙字從子作「〔字形〕」形，佔 29.41%；夢字作「〔字形〕」形，佔 33.33%；屰字作「〔字形〕」形，佔 29.17%。這些字看起來刻寫較隨意，且不合於文字創意，或因其性質為「非王卜辭」，在用字的規範上似乎較同期的武乙、文丁卜辭寬鬆，比起第一期的嚴謹程度，當然又差距更遠。

（五）第五期，帝乙、帝辛

在本文所討論的二十字例中，出現於此期的字並不多。從出現頻次的字例來分析，此期的異體字較少，只是字形經過數期的演變，有增繁或孳乳的現象產生，故此期的代表字與早期不同。如邁字，第五期以「〔字形〕」形為代表字，與第一期之「〔字形〕」形已不同，此期「〔字形〕」形有 68 例，佔 98.55%，而「〔字形〕」形一例，因其甲骨已泐損，或非刻工誤刻。

總上所述，由本文所析之字例來看，甲骨文字中異體字比例偏低，大部分字例代表字所佔比例，皆為當期的九成至九成五左右，足證甲骨文字的刻寫有其規範性。如五期之間相互比較，則以第一期的用字最為嚴謹，反之以第三期的用字最為隨意。

二、文字使用者用字心理及社會背景析述

文字承載語言、思想，是人類用以交流與溝通的工具，現在所見歷朝歷代所載之文獻，皆與當時文字使用者的心理及其所處的社會背景息息相關。顏元

孫《干祿字書・序》云：

> 所謂俗者，例皆淺近，唯籍帳文案、券契藥方，非涉雅言，用亦無
> 爽，儻能改革，善不可加。所謂通者，相承久遠，可以施表奏牋、
> 尺牘判狀，固免詆訶。所謂正者，竝有憑據，可以施著述文章、對
> 策碑碣，將為允當。〔註11〕

推敲顏氏之語，異體字的使用，或與使用文字的時機、場合相關，只要「非涉
雅言，用亦無爽」，但站在正字的角度，當然希望「儻能改革，善不可加」。如
以卜辭為記錄國家大事的性質來看，所使用之字應皆一致，但現在所見之甲骨
文字並非如此。

據上節所論，卜辭大致有一定之書寫規範，唯此規範各期略有強弱之別。
曾榮汾先生曾論及異體字之成因，其中一項包含了「政治因素」，其云：

> 運用政治力量，亦可致文字生歧。如秦始之罪，漢文之對，唯此類
> 文字仍有所本，故能行於後代而不廢。而若吳主孫休、唐武后創字，
> 多見私意竄改，純藉政治力量頒行天下。〔註12〕

曾先生是從歷時的觀點說明政治力所產生之異體字，如武后曾改「照」為
「曌」，〔註13〕然僅用於武周一朝，後世不用；除以一人之力新創文字外，避諱
亦是因政治力量而產生異體字的來源之一。依此邏輯思考，政治力量之強大甚
至能改變當代的用字習慣，最為人熟知者莫如秦朝統一文字，《說文・敘》載：

> 其後諸侯力政，不統於王。惡禮樂之害己，而皆去其典籍。分為七
> 國，田疇異畝，車涂異軌，律令異灋，衣冠異制，言語異聲，文字
> 異形。秦始皇帝初兼天下，丞相李斯乃奏同之，罷其不與秦文合者。
> 斯作《倉頡篇》，中車府令趙高作《爰歷篇》，太史令胡毋敬作《博
> 學篇》。皆取史籀大篆，或頗省改。所謂小篆者也。是時，秦燒滅經
> 書，滌除舊典，大發吏卒，興戍役。官獄職務繁，初有隸書，以趣
> 約易。而古文由此絕矣。〔註14〕

〔註11〕唐・顏元孫：《干祿字書・序》，《叢書新編集成》第 35 冊（臺北：新文豐出版公
司，1985 年 1 月，夷門廣牘本），頁 619。
〔註12〕曾榮汾先生：《字樣學研究》，頁 130。
〔註13〕曾榮汾先生：《字樣學研究》，頁 131。
〔註14〕東漢・許慎撰、清・段玉裁注：《說文解字注》，頁 765。

戰國時期因「諸侯不統於王」，導致各國皆有自己的度量衡、法律、語言、文字，至秦始皇兼併天下後，統一各項制度，文字亦趨於一致。由戰國時的周天子與秦朝對比，即可知政治力的衰弱與強大，對於文字的使用有極大的關聯。漢字另一次重大的變革即是在 1950 年代，由大陸地區所推行的簡化字，〔註15〕此一變動即是以政治之力量所主導。由上述兩次漢字的變革可政治力可以對文字產生巨大的影響，故當政治力削減、時代動盪時，多見異體叢生。而殷代五期中，以第一期的異體字較少，用字最為整飭，而第三期的用字情況較他期紛亂。《史記‧殷本紀》載：

> 帝武丁即位，思復興殷，而未得其佐。……武丁修政行德，天下咸驩，殷道復興。……帝祖庚崩，弟祖甲立，是為帝甲。帝甲淫亂，殷復衰。帝甲崩，子帝廩辛立。帝廩辛崩，弟庚丁立，是為帝庚丁。帝庚丁崩，子帝武乙立。……帝武乙無道，為偶人，謂之天神。與之博，令人為行。天神不勝，乃僇辱之。為革囊，盛血，卬而射之，命曰「射天」。武乙獵於河渭之閒，暴雷，武乙震死。……帝乙崩，子辛立，是為帝辛，天下謂之紂。〔註16〕

據司馬遷所載，武丁期「修政行德」，為殷代強盛時期，或可解釋何以卜辭第一期中異體字少、字形較為整齊。〈殷本紀〉中尚有「帝甲淫亂」、「帝武乙無道」之語，甚至對於帝辛大加批評，稱其「好酒淫樂，嬖於婦人」導致諸侯離心離德，〔註17〕筆者以為或有待考察。《尚書‧無逸》載：

> 其在祖甲，不義惟王，舊為小人。作其即位，爰知小人之依，能保

〔註15〕裘錫圭：《文字學概要（修訂版）》，頁 266。

〔註16〕西漢‧司馬遷：《史記》（臺北：商務印書館，2010 年 9 月，宋慶元黃善夫刊本），頁 61～62。

〔註17〕《史記‧殷本紀》中載帝辛「知足以距諫，言足以飾非；矜人臣以能，高天下以聲，以為皆出己之下。好酒淫樂，嬖於婦人。……厚賦稅以實鹿臺之錢，而盈鉅橋之粟。益收狗馬奇物，充仞宮室。益廣沙丘苑臺，多取野獸蜚鳥置其中。慢於鬼神。大最樂戲於沙丘，以酒為池，縣肉為林，使男女倮，相逐其間，為長夜之飲。百姓怨望而諸侯有畔者，於是紂乃重辟刑，有炮格之法。以西伯昌、九侯、鄂侯為三公。九侯有好女，入之紂。九侯女不喜淫，紂怒，殺之，而醢九侯。鄂侯爭之彊，辨之疾，并脯鄂侯。西伯昌聞之，竊嘆。崇侯虎知之，以告紂，紂囚西伯羑里。西伯之臣閎夭之徒，求美女奇物善馬以獻紂，紂乃赦西伯。西伯出而獻洛西之地，以請除炮格之刑。……費中善諛，好利，殷人弗親。紂又用惡來。惡來善毀讒，諸侯以此益疏。」見西漢‧司馬遷：《史記》，頁 62～63。

惠于庶民，不敢侮鰥寡。肆祖甲之享國三十有三年。〔註18〕

《尚書》中所形容之祖甲，為知民瘼之賢君，故能在位三十三年，與《史記》所載相差甚遠；董作賓則由第二期的書體分析，認為雖祖庚、祖甲不若其父武丁，但「至少算得守成的賢君」，〔註19〕故該期書體有謹飭守法之態度；又據第二期異體字之比例，亦無法與《史記》之評語連結。又司馬遷以武乙不信天神故稱其無道，實令人費解，《通志》所載內容與《史記》同，更云武乙「在位四年」。〔註20〕吳俊德先生曾以考武乙在位年數，應以《竹書紀年》所載之三十五年為確。〔註21〕而關於帝辛，顧頡剛早已懷疑因「成王敗寇」，帝辛之事為戰國時人加油添醋而成，不一定合於事實。〔註22〕由第五期用字情況來思考當時之政治情況，顧氏之說或不無道理。

至於第三期，《史記》對第三期之廩辛、康丁僅一筆帶過，描述甚少，無法對比該期之政治情況；對此，筆者認為可以從亦屬於器物制度層面的「鑽鑿形態」，來補充此部分之不足。鑽鑿是甲骨上以不同工具所挖出來的窪洞，目的是幫助卜兆容易裂開。也因個人習慣或時代風尚的原因，可以據以分別其時代性，〔註23〕張光直更視鑽鑿為第十一項斷代標準。〔註24〕

許進雄先生對於第一期「正常型─單獨的長鑿」有詳細的描述，其云：

> 第一期甲骨上的長鑿形態可以說是相當一致的。……此期骨上的以筆直肩，尖針狀突出頭部的為常，偶有微曲肩或平頭的；甲上的幾乎只有筆直肩，尖針狀突出頭部一種式樣了。此期都挖得很整飭，內壁也很光滑。……總而言之，這一期給人一種謹慎、專心挖刻的印象，這是他期所沒有的。〔註25〕

〔註18〕屈萬里：《尚書集釋》（臺北：聯經出版社，2010 年 10 月），頁 198。按：關於文中「祖甲」的身分，歷來有商湯（大乙）之孫「大甲」、祖庚之弟「祖甲」二說，本文採用後說。

〔註19〕董作賓：〈甲骨文斷代研究例〉，《慶祝蔡元培先生六十五歲論文集》上冊，頁 422。

〔註20〕宋・鄭樵：《通志》卷三上（北京：中華書局，1987 年 1 月），志 44 中。

〔註21〕吳俊德先生：〈第四期卜旬辭的整理與運用〉，《臺大中文學報》第 15 期（臺北：國立臺灣大學中國文學系，2001 年 12 月），頁 1～40。

〔註22〕顧頡剛：〈紂惡七十事的發生次第〉，《古史辨》第 2 冊（上海：上海古籍出版社，1982 年 3 月），頁 82～93。

〔註23〕許進雄先生：《甲骨上鑿鑽形態的研究》，頁 4。

〔註24〕張光直：《商文明》（瀋陽：遼寧教育出版社，2002 年 2 月），頁 93。

〔註25〕許進雄先生：《甲骨上鑽鑿形態的研究》，頁 7～8。

至於第三期，許先生則認為「此期大部分的肩都是寬的，都經過加寬的修整手續，所以不可能有第一期式那樣的整飭，但比起第二期及第四期都要平整得多。」〔註26〕若由整體的鑽鑿情況來分析，會發現第三期的鑿長大於第二、四期，是五期中最長的。許先生又比較三、四期的鑿長：〔註27〕

（1）第三期全體的情形

		數量	百分比
巨型	特巨	220（28.77%）	
	巨大	177（22.45%）—	51.22%
大型		256	33.03%
中型		118	15.23%
小型		4	0.52%

775

（2）第四期全體的情形

		數量	百分比
巨型	特巨	27（3.70%）	
	巨大	62（8.50%）—	12.21%
大型		170	23.32%
中型		375	51.44%
小型		95	13.03%

729

從上表可以看出，雖第三期的甲骨修整較第四期平整，但第三期的鑽鑿長度較不統一，大型約佔三分之一，特巨、巨大則約各四分之一左右；第四期則是中型佔二分之一，大型佔近四分之一左右。若單純從工藝技術層面觀察鑽鑿大小的差異，大型鑽鑿易於鑿刻，而小型鑽鑿於鑿刻時，刻工必定更加的謹慎、小心，若有所失誤而再修整，其鑽鑿勢必會因此變大，故小型鑽鑿的精細程度是大型鑽鑿所比不上的，而其所需的攻冶技巧亦高於大型鑽鑿。綜上所論，不論從鑿長長度的佔比或是大型鑽鑿的工藝技巧來看，第三期的鑽鑿都顯得較為不統一且隨意。

于秀卿、賈雙喜、徐自強整理北京圖書館所藏甲骨，對於各期甲骨鑽鑿形態特徵亦有其描述，並偏重於鑽鑿與當期書體的結合。對於第一期鑽鑿特色，與許先生觀察結果一致：

〔註26〕許進雄先生：《甲骨上鑽鑿形態的研究》，頁10。
〔註27〕許進雄先生：《甲骨上鑽鑿形態的研究》，頁78。

第一期卜甲卜骨的鑿鑽，大多數攻治認真、精美、細膩、外緣平整。

這與第一期，特別是武丁時期整個甲骨文字的風格有關，與當時的

重要史官賓、亘等貞人書刻文字的特點，如書體宏放、狀偉、圓勁、

流暢，一絲不苟等都甚為協調。總之，第一期甲骨的書法和鑿鑽特

點，反映了武丁時期的文風是比較嚴肅、認真的。〔註28〕

雖文中認為貞人即文字刻寫者有誤，貞人、刻工非同一人可參本文第二章
「敁」字考釋一節。但刻工所刻文字嚴整，與武丁期的風尚亦不無關係。又
于秀卿等人對於第三期甲骨鑽鑿有這樣的描述，其云：

這一時期的鑿鑽形態，是承襲並開發了第二期後期寬大淺平的鑿

型。鑿型向寬、長發展的程度，在五期中達到了頂峰，……鑿長多

數在 2.2 至 2.5 厘米之間，少數的也有達到三厘米者，不過此種鑿型

僅見于第三期，第四期後復趨縮短。……三期鑽鑿，攻治粗糙淺漏，

這與第三期文風之遜退有密切的聯繫。從正面刻辭看，有的字跡也

是書法草率，行款紊亂，與鑽鑿作風一致，但到了康丁時期，似乎

又復振興，書契文字，也給人以較前緊湊鋒銳之感。〔註29〕

由于氏等人觀察可知，第三期的鑿長並不如其他時期規整，且這樣的情況亦與
第三期的風尚相關。

董作賓〈甲骨文斷代研究例〉一文中，將殷代兩百七十餘年析為五期，並
提出十項斷代標準，其中第十項「書體」則分列五期特徵，即「第一期的雄偉、
第二期的謹飭、第三期的頹靡、第四期的勁峭、第五期的嚴整」。〔註30〕書體所
指者為文字之書法風格，與文字正確性無涉，然董作賓亦有談及有關用字或是
政治情況之語，如：

武丁固然是殷代中興的英主，祖庚祖甲也至少算得守成的賢君，所

以在第二期甲骨文字的書體中，你總可以看到他們謹飭守法的態

〔註28〕于秀卿、賈雙喜、徐自強：〈甲骨的鑿鑽形態與分期斷代研究〉，《古文字研究》第
6 輯（北京：中華書局，1981 年 11 月），頁 347。此文將第一期的時代劃分為「武
丁以前和武丁時期（公元前一三八四至前一二五七）」，故有「特別是武丁時期」
之語。

〔註29〕于秀卿、賈雙喜、徐自強：〈甲骨的鑿鑽形態與分期斷代研究〉，頁 347～348。

〔註30〕董作賓：〈甲骨文斷代研究例〉，《慶祝蔡元培先生六十五歲論文集》上冊，頁 421
～423。

度。這是說比較的沒有第三期那樣的頹靡。……第三期廩辛康丁之世，可以說是殷代文風凋敝之秋。在這期，雖然還有不少的工整的書體，但是篇段的錯落參差，已不似前此的守規律，而極幼稚，柔弱，纖細，錯亂，訛誤的文字，又是數見不鮮的。例（3）固然是選的不好的例子，可是這樣一個初學書契的人，卻也讓他正式參加「卜夕」之典而刻辭記事於卜骨。〔註31〕

董文中所舉例（3），即《合集》31553（重版《合集》26907 反）。此兩版拓片如下所示：

【《合集》31553】　　　　　　【《合集》26907 反】

此版確如董氏所言，像是初學者之契刻，然需特別說明之處在於，董氏文中已自言此版是「選的不好」的例子，類似於此版書體風格之甲骨雖不罕見，但並非所有第三期書體皆如此孱弱幼稚，該期亦不乏書體工整之例，不能將此零星之例作為第三期的代表，推測此類風格之甲骨或為習刻、或屬廩辛朝之刻辭。

〔註31〕董作賓：〈甲骨文斷代研究例〉，《慶祝蔡元培先生六十五歲論文集》上冊，頁422。

然而相較於他期,第三期之書體確實較為草率,以此觀之,書體實與當時的文風、政治力有很大的關係。

綜合上述對於鑽鑿的觀察,第一期的鑽鑿不論是鑿長的一致性或者是攻治的精細程度,皆為五期之最;第三期雖鑽鑿的整治較二、四期平整,但其鑿長卻是最不一致的。再結合董作賓十項斷代之書體,或是史籍上對於武丁期的描述,與上節所得出各期的用字情況趨於一致。筆者以為,其主因當與各期的政治情況相關,政治力的強弱,不論在文化、制度方面,乃至於文字的使用上,都有一定程度的影響。

三、甲骨文字中所具有的字樣學理

從上述的分析,所得出甲骨文字中所具有的字樣學理有三,包括「正字之選擇」、「用字之情況」及「辨似之概念」,以下分別描述之。

(一)正字之選擇

字樣學是一門討論正、異體字問題的學問,後世字書作者對於正字的選擇可分為兩派,一為《說文》派與時宜派。《說文》派顧名思義即是以《說文解字》為宗,「凡合乎『說文』者為正,反之即為俗誤」。〔註32〕如宋代張有《復古編》一書即是,雖《說文》派對於文字態度非常謹慎小心,然或有因泥古而忽略文字演進之慮;至於時宜派則與《說文》派相反,是以當代之準則為依歸。對於《說文》、時宜兩派,曾榮汾先生認為:

> (《說文解字》一書)出東漢,去倉頡、史籀實遠,若直視合乎「說
> 文」者為古正,違乎「說文」者為今俗,又有何異乎「幼子承詔」
> 之譏?此即甲金文大量出土後,所見文字、形體結構參差於「說文」
> 者有之,學者說解異於許氏者有之。〔註33〕

漢字不斷的演變本是一種常態,且從歷時的角度來看,小篆之前尚有古文、大篆,乃至甲骨文、金文,《說文》派字書作者或囿於所見材料有限,不需對於其過於苛責,惟不宜過份拘泥於《說文》一書。況且後世正、異體字之間的關係並非完全不會改變,以「甦」字為例,《顏氏家訓・雜藝》中載:

〔註32〕曾榮汾先生:《字樣學研究》,頁142。
〔註33〕曾榮汾先生:《字樣學研究》,頁144。

晉、宋以來，多能書者，故其時俗，遞相染尚，所有部帙，楷正可
觀，不無俗字，非為大損。至梁天監之間，斯風未變；大同之末，
訛替滋生。蕭子雲改易字體，邵陵王頗行偽字，朝野翕然，以為楷
式，畫虎不成，多所傷敗。至為一字，唯見數點，或妄斟酌，遂便
轉移，爾後墳籍，略不可看。北朝喪亂之餘，書迹鄙陋，加以專輒
造字，猥拙甚於江南，乃以百念為憂，言反為變，不用為罷，追來
為歸，更生為蘇，先人為老，如此非一，徧滿經傳。〔註34〕

據顏之推所述，可知六朝時用字的混亂，甦字被視為是「猥拙」的新造之字；
至宋代甦字仍被視為俗字，《集韻》載穌字云：

《說文》把取禾若也，一曰死而更生曰穌，通蘇。俗作甦，非是。

〔註35〕

而至現代已多用「甦醒」，少用「穌醒」或「蘇醒」，《教育部異體字字典》亦視
甦「另兼正字」。〔註36〕

　　自武丁至帝辛，文字當然不斷的演變，故甲骨文字各期的代表字並非一
成不變，最明確者為菁字。第一期時菁字作「𡄴」形，第三期代表字仍為「𡄴」
形，然此期出現了異體字「𤰔」形，《說文·敘》云：「庶業其繁，飾偽萌生。」
〔註37〕隨著社會的發展，文字亦會產生不同變化，以因應當時的需求；第三
期時，為了使「𡄴」形能更明確表達文字意義，故孳乳出加辵之「𤰔」形，即
增加辵旁以加強文字表意的功能；至第五期，代表字已變為「𤰔」形；祝字亦
有改變代表字的情況，第一期祝祭字作「𡚤」形，至第二期時，因有貞人祝，
故祝祭義之代表字改作「𡄴」形，其後無貞人祝，第三、四期祝祭義又作「𡚤」
形，第五期又使用「𡄴」形作為代表字。鼓字亦同，由第一期从殳之「𣀩」
形，轉而為第五期从攴之「𣀩」形，惟第五期字例只一見，故僅備一說。

　　綜上所述，透過甲骨文字的分期及統計，除可觀察繁化、簡化、聲化等文

〔註34〕北齊·顏之推著、王利器集解：《顏氏家訓集解（增補本）》（北京：中華書局，2002
　　　　年8月），頁574～575。
〔註35〕宋·丁度等編：《集韻》（上海：上海古籍出版社，1985年5月，述古堂影宋鈔本），
　　　　頁85。
〔註36〕見《教育部異體字字典》甦字條：https://dict.variants.moe.edu.tw/variants/rbt/word_
　　　　attribute.rbt?quote_code=QTAyNjI2
〔註37〕東漢·許慎撰、清·段玉裁注：《說文解字注》，頁761。

字發展進程，亦可發現各期代表字與異體字之間的關係，即殷商時期的代表字是「與時變化」的。

（二）用字之情況

顏元孫《干祿字書・序》將文字分為正、通、俗三級，顏氏云：

> 所謂俗者，例皆淺近，唯籍帳文案、券契藥方，非涉雅言，用亦無爽，儻能改革，善不可加。所謂通者，相承久遠，可以施表奏牋、尺牘判狀，固免詆訶。所謂正者，竝有憑據，可以施著述文章、對策碑碣，將為允當。〔註38〕

顏氏分級之依據，除了文字的歷史之外，更重要的是使用文字的時機、場合。曾榮汾先生論及俗字云：

> 這種從使用場合來區分字級的觀念，應該是種實況的觀察，而非人為刻意的區分。假如如此，可以說使用「俗字」的場合，是習慣上使用了通俗流行的用字，雖知正字，卻也棄而不用。這也是種「約定俗成」。很像是語言學中的「社會方言」（sociolect）一樣，指的是社會內部因年齡、性別、身分、職業、階級等因素所形成的「方言」。簡單來說，每個階層各有該階層的「約定俗成」標準。不過，縱然如此，卻仍有一個問題該去解決，那就是：為何寫慣俗字的人，在雅正的場合，就該寫正字？反過來說，在雅正場合能書寫正字的人，在相反的場合中，也會運用到俗字？這個問題的答案該在：原來這裡面牽涉到了「用字的道德觀」。當寫字的人內心有強烈的道德要求的時候，自然一筆一畫，力求工整，反之，則有私人筆記，塗鴉亦無不可。〔註39〕

文中所提及的「用字道德觀」，其實就是文字使用者的「用字情況」。同一位文字使用者，對於正、俗字皆能運用自如：在以「干祿」為目的的科舉考試時，會以官方所規定的正字來書寫；至於券契、藥方，乃至私人筆記等「非涉雅言」的場合，則使用俗字。換言之，文字除了有正、異體之分外，尚有

〔註38〕唐・顏元孫：《干祿字書・序》，《叢書新編集成》第 35 冊，頁 619。
〔註39〕曾榮汾先生：〈漢語俗字的演化〉，《華語文教學研究》第 3 卷第 2 期（臺北：華文世界雜誌社，2006 年 12 月），頁 31。

使用場合、使用時機，甚至牽涉到使用者心理層面，對於自己所珍視的事物，用字時會更加謹慎小心，如應考時以正字書寫的原因自然是對於此事的重視，或有不論場合、時機皆使用正字者，反之亦會有無時無刻不使用異體字者，這些都為文字使用者的「用字道德觀」。就甲骨文字而言，或因其載體、內容的特殊性，故殷商時期整體使用代表字的比例頗高，說明甲骨文字刻寫者對待這項工作仍是嚴謹小心，具有一定的「用字道德觀」。

若更深入探究五期的用字情況，則可分析各期的差異；從上所爬梳之文字整理記錄來看，用字情況不佳的朝代，亦為社會規範或政治力較不穩定之時，如春秋戰國、六朝時期皆屬之。當規範較弱，制度的不受重視，器物層面亦會受影響；反之，政治力越穩定，規範力越強，使用異體情況越少。殷代武丁期的鑽鑿形態整飭、書體風格雄偉、卜辭用字一致，都可視為是政治力強大的展示；較之第一期，第三期鑽鑿不若第一期平整，書體風格頹靡、異體字較多，甚至將「兄」（𠂤）字誤刻為「祝」（𥘲），都顯示第三期用字情況不如第一期。

（三）辨似之概念

所謂辨似，即指辨別筆畫相似之漢字。明代梅膺祚《字彙》有〈辨似〉一篇，其〈序〉云：

> 字畫之辨，在毫髮間，注釋雖詳，豈能徧覽？茲復揭出點畫似者四百七十有奇，比體竝列，彼此相形，俾奮藻之士一目了然，無魚魯之謬也。〔註40〕

有漢字字形相近者，往往差之毫釐，失之千里，而文字的主要功能在於傳遞訊息、傳承文化，即《說文·敘》所云「前人所以垂後，後人所以識古」〔註41〕，即使用文字點畫僅有些微差異，仍無法正確的溝通，「辨似」的重要性即在此。

在明代梅膺祚《字彙》之前，已有字書提及辨似的概念，亦以《干祿字書》為例，其序云：「字有相亂，因而附焉。」下注曰：「彤肜、宂宄、褘褘之類是也。」〔註42〕從注所舉之例，即可知道「字有相亂」所指的就是因字形相似而有用字訛誤的情況。事實上，文字使用者亦會為了辨別相似的文字，以「繁化」

〔註40〕明·梅膺祚：《字彙·卷末》（上海：上海辭書出版社，1991 年，據康熙戊辰靈隱寺刻本影印），葉 1。

〔註41〕東漢·許慎撰、清·段玉裁注：《說文解字注》，頁 771。

〔註42〕唐·顏元孫：《干祿字書·序》，《叢書新編集成》第 35 冊，頁 619。

或「簡化」的方式改變字形，以茲區別；以王、玉二字為例，下以簡表示之：

	甲骨文	金文	簡帛文字	小篆	楷書
王	太、玉	玉、王、土	王	王	王
玉	丰、玨	丰、王	玉、玉	王	玉

王字創意「象高帽之形」、玉字則是「象繩子所串連的多片玉飾形」〔註43〕，殷商時期兩者形體差異甚大，不會有混淆之虞；到了金文，雖部分玉字字形與王字接近，但王字下方有弧度，且文字填實；簡帛的玉字上有點，王字則無，故金文、簡帛文字的王、玉二字皆不致混淆；小篆王、玉二字字形相似，楷書則以右下是否有點來區別二字。故段玉裁於王字下注云：

> 蓋後人以朽玉字為玉石字，以別於帝王字；復高其點為朽玉、玉姓
>
> 字，以別於玉石字。〔註44〕

此即辨似於文字使用之實例。甲骨文字中亦有此情況，如兄（𠘖）、祝（𥘰）字，在第二期外的各期，兄弟之兄皆作「𠘖」形、祝祭之祝皆為「𥘰」，但第二期有貞人兄、貞人祝，而此期的祝祭字則以「𥛝」或「𥛜」二形表示。由此推測，因第二期有貞人祝，為了辨別祝祭字與貞人祝的不同，故將祝祭字由第一期的「𥘰」變為「𥛝」形，而「𥘰」形則為貞人祝之用字。

四、小 結

本章旨在討論甲骨文字中所具有之字樣觀念。因字樣學是後世所興起的學門，然因甲骨作為王室占卜之用，有其特殊性；又文字用以傳遞訊息，若無一定程度的規範，則難以達到溝通之目的。由此，雖目前尚未見到殷代整理文字之材料，仍可透過字形頻次的統計，討論各期用字的情況。

經分析可知第一期的用字最為一致，第三期異體字較多；王族卜辭可能因其非王室卜辭的性質，亦常見許多特殊字形；由此對照董作賓十項斷代標準中的「書體」及許進雄先生的「鑽鑿」斷代，結論有其一致性。

從上述分析亦可得知甲骨文字中所隱含的字樣學理有三，即「正字之選擇」、「用字之情況」及「辨似之概念」；由字形統計，可知各期代表字不會一成不變，為了表達最精確的字義，殷人使用文字是會與時變化的；而用字情

〔註43〕許進雄先生：《簡明中國文字學（修訂版）》，頁145、74。

〔註44〕東漢·許慎撰、清·段玉裁注：《說文解字注》，頁10。

況即為使用者的用字道德觀，每期用字情況不盡相同，但大致能與當期的政治情況結合；又從第二期的祝字可推測，殷人用字時已有辨似的概念，故將祝祭字換成「󠄀」形，以茲辨別。

綜上所言，藉由分析甲骨文異體字所得出的字樣觀念，並結合前輩學者所提出的斷代方法，再次檢視卜辭的年代問題，或可提供不同的觀察角度。